KB071810

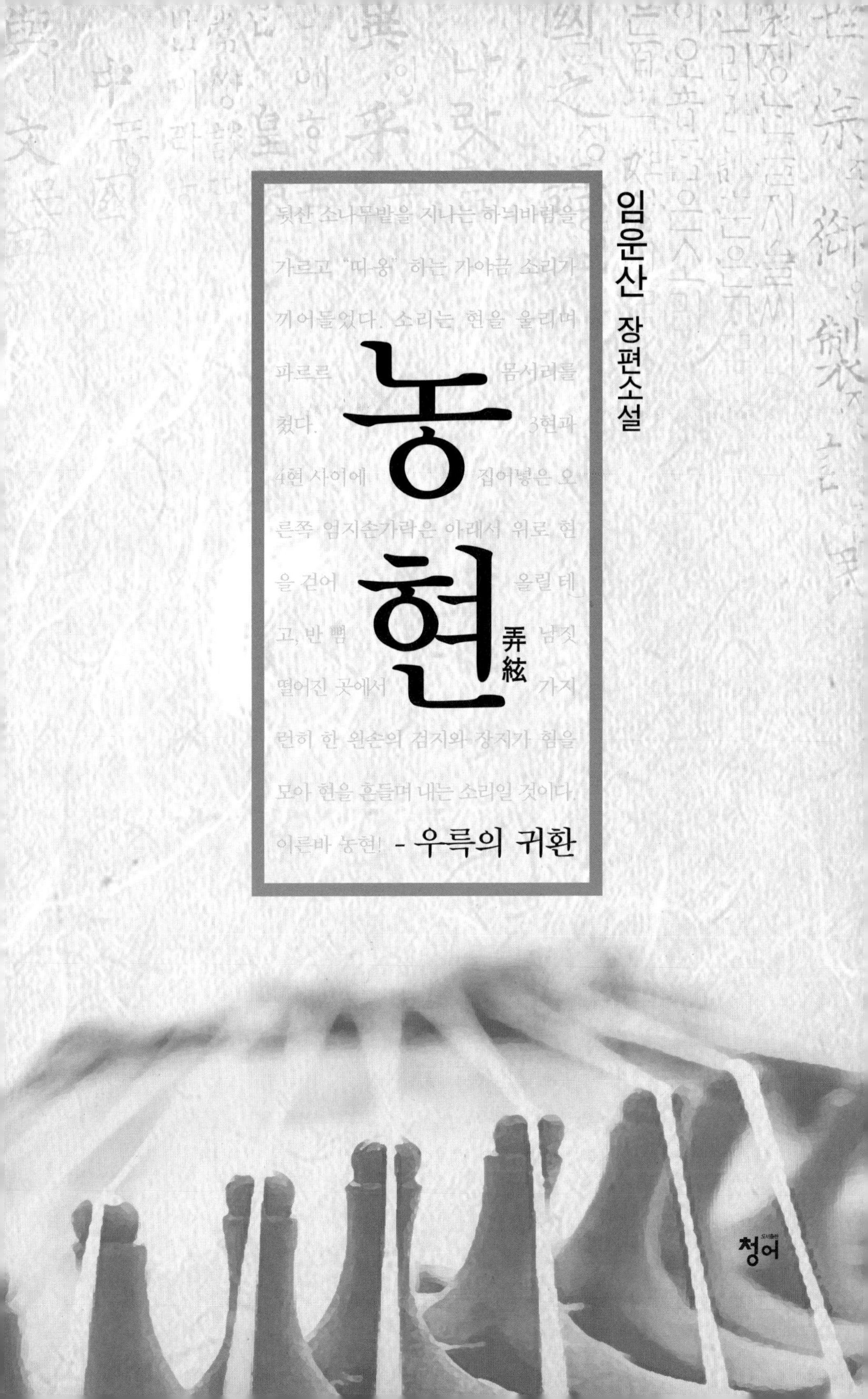
임운산 장편소설
농현 弄絃
- 우륵의 귀환
청어

농현 - 우륵의 귀환

임운산 지음

발행처 · 도서출판 **청어**
발행인 · 이영철
영 업 · 이동호
홍 보 · 최윤영
기 획 · 천성래 | 이용희
편 집 · 방세화 | 이서윤
디자인 · 김바라 | 서경아
제작부장 · 공병한
인 쇄 · 두리터

등 록 · 1999년 5월 3일
(제321-3210000251001999000063호)

1판 1쇄 인쇄 · 2015년 4월 10일
1판 1쇄 발행 · 2015년 4월 20일

주소 · 서울특별시 서초구 효령로55길 45-8
대표전화 · 586-0477
팩시밀리 · 586-0478

홈페이지 · www.chungeobook.com
E-mail · ppi20@hanmail.net
ISBN · 979-11-85482-96-5 (03810)

이 도서의 국립중앙도서관 출판시도서목록(CIP)은 서지정보유통지원시스템 홈페이지(http://seoji.nl.go.kr)와 국가자료공동목록시스템(http://www.nl.go.kr/kolisnet)에서 이용하실 수 있습니다.(CIP제어번호: CIP2015007119)

임운산 장편소설

머리말

세상 만물들이 다시는 소생 못할 것 같은, 혹독한 추위가 세 번이나 지나갔습니다.

추위 덕분에, 따뜻한 곳에서 세상에 둘도 없는 좋은 공부를 마음껏 접하게 되었음에 감사드립니다!

항상 복이 많은 사람이라고 생각하며 살아왔었는데……

정말 축복받은 인생임을, 다시 한 번 확인했습니다!

집안의 가장이 먼 여행길에서 집으로 돌아오기 전, 가장을 기다리는 마음으로,

집 안 청소나 물건들을 정리 정돈하는 마음으로,

집에 돌아오는 가장을 가장 기쁘게 해드리고 싶은 마음에……

늦었지만 세상에 발표하지 못하고, 기력이 다 소진해질 때까지 애써 남긴 작품을 세상에 알리고 싶었습니다.

고맙습니다.

저자의 영원한 동반자

수서에서 오경희

차 례

머리말 ········ 4

소리의 시작 ······ 9

바람이 불어오는 곳은 ······ 40

그 시절의 노래 ······ 84

가야금 12줄 ······ 107

어디선가 들려오는 소리 ······ 135

머리카락 보인다 ······ 173

그들의 숨소리 ······ 204

유령 ······ 221

소리의 시작

1

박담재 반장은 낭떠러지 위를 향해 고개를 젖혔다. 코발트 빛 하늘이 한가득 눈에 들어왔다. 저리 고운 빛깔이 세상천지에 어디 또 있을까 싶은 하늘이었다. 그 아래 머리에 이고 있는 하늘의 무게에 짓눌려 뒤틀린 채 서 있는 노송 한 그루가 독야청청(獨也靑靑) 하고 있었다. 그런 그림의 한 귀퉁이에서 슬며시 나타난 시커먼 비구름 한 무더기가 지금 막 소나무 위를 가로지르고 있다. 그랬다. 흡사 먹물 냄새가 채 가시지 않은 한 폭의 선비화 그대로였다.

'바로 저기 저 선비화 속에서 사람이 떨어진 거로구나. 혹여 이 작자도 태백착월(太白捉月)을 꿈꿨던 건 아니었을까.'

달을 잡겠다며 술에 절은 육신을 허공에 내던진다? 곧바로 섬뜩한 소름이 전신에 쫙 끼쳐왔다. 뒤따라 낡은 트렌치코트 끝자락께인 무릎 관절에서 기운이 쏘옥 빠져나갔다. 박 반장은 자신도 모르게 한 걸음 뒤로 물러섰다. 동시에 꾹 다문 입술을 뚫고 픽 하고 웃음이 새어나왔다. 다분히 자조적인.

'나이 탓인가. 올려다보는 낭떠러지 앞에서도 다리가 후들거리다니.'

얼른 사방을 휘둘러 봤다. 다행히 관심을 가지고 자신을 바라다보는 사람은 없었다. 얼른 한 발짝 더 뒤로 물러섰다. 저 발짝 뒤에는 소름이 돋는 단애(斷崖)와 수직으로 각을 이룬 너럭바위가 널찍하게 깔려있다. 바위 여기저기엔 유산가(遊山歌)깨나 불렀음직한 한량품관(閑良品官) 나리들이 휘갈겨놓은 해서체 시편들이 드문드문 박혀있고, 그 사이사이로 진작에 말라붙은 백무동 계곡이 쫄쫄쫄 시늉만 내며 흐르고 있었다.

남자는 그런 물길 댓 걸음 뒤에 있는 낭떠러지 아래 머리에 피를 흘리며 죽어 있었다. 양 팔다리를 아무렇게나 내뻗은 채 널브러져 있는 형상은 패대기를 쳐놓은 개구리 모양새 그대로였다. 목에까지 찬 숨을 토해내기 위해 힘겹게 물 밖을 향해 틀어올린 얼굴에서는 아직도 붉은 물기가 뚝뚝 묻어났다. 비록 핏물에 젖어있을망정 남자의 이목구비는 뚜렷했다. 흐트러진 머리칼 아래 드러난 반듯한 이마, 날이 선 듯 오뚝한 콧날, 깊이 박힌 눈동자, 구레나룻을 지나 흐르는 턱선은 잘 다듬어 놓은 데스마스크의 턱선처럼 예리한 각을 이루며 흐르고 있었다.

망자의 손에 쥐어져 있는 한지를 살펴봤다. 얼핏 보기로도 구겨진 한지 안에는 거뭇거뭇한 한자들이 빼곡히 들어차 있었다.

박 반장은 다시 쪼그리고 앉아 사체의 손안에 있는 종이쪽을 살금살금 끄집어내기 시작했다. 사체의 손에서 빠져나온 한지의 끝자락을 조심스레 펼쳐들자 종이 안에 가득한 궁서체 자구(字句)들이 한눈에 들어왔다.

頭流六山隈踏回矣忽然於西山幢月東山落日也
花間六蝶夢恎 始消憂一聲麗音
枕头边岑嶨矣秋風自西來爲尼岩樓生黴凉也
虛庭落月光爲尼幽澗迷松響歟
繞剥粉堂所下涯着一間屋永劫白雲相對爲移安李閑乎

반장은 한참 만에 맥이 빠진다는 듯 입맛을 쩝쩝 다시며 자리에서 일어섰다.

'이 양반 이거 혹시 저 위 어디 있다는 고분발굴현장에서 일하는 사람 아닌가 몰라.'

언뜻 듣기로 낭떠러지 위 산자락이 끝나는 근처 어디에서 전북도립대학 주관으로 가야(伽倻) 시절의 고분발굴작업을 하고 있다고 했었다.

고개를 젖히고 있던 박 반장은 왼쪽 가슴께에서 거의 무의식적으로 담배를 꺼내 입에 물었다. 그리고 아주 당연하다는 듯 라이터를 켜 입으로 가져갔다. 그러다 라이터를 켠 손길을 주춤 멈추었다. 새삼스레 자신의 입에 물려있는 담배와 손에 들린 물건을 휘둘러본 박 반장은 한심하단 듯 싱겁게 웃으며 불을 끈 라이터를 주머니에 다시 집어넣었다. 하지만 입에 매달리듯 물려있는 담배는 그대로였다.

사실 조금 전까지만 해도 발부리 앞에 죽어 나자빠져 있는 사내가 발을 헛디뎌 떨어지지 않았나 했었다. 아니, 솔직히 그랬으면 했었다. 그러면 골치 아픈 의문사나 살인이 아닌 등산객 본인 실수로 실족한 것이 되는 것 아니겠는가. 죽어 나자빠진 상황만 놓고 보자면 길눈이 어두운 등산객이 발을 잘못 디딘 거였다. 차림차림으로 보자면 영락없는 등산객이고, 개구리 형상으로 널브러져 있는 모양새는 당연히 등산객의 실족사인데……. 하지만 사체의 손은 숨이 끊어지는 순간까지 종잇조각을 옭아 쥔 채 바위 바닥을 박박 긴 듯 손가락마다 손톱이 갈라지고 피멍이 맺혀 있었다.

"외상성 두개강 내출혈(外傷性 頭蓋腔 內出血)."

핏물에 흥건히 젖은 사체의 머리칼을 이리저리 뒤적이며 머릿속을 한참 동안 들여다보고 있던 하얀 가운 사내가 신음처럼 내뱉었다.

"먼 소리요?"

검시의를 연신 곁눈으로 흘긋거리고 있던 박 반장이었다.

다분히 믿음이 안 간다는 투였다. 하긴 함안군 종합병원에서 진짜 검시 경험이 있는 의사를 불러와야 할 일이었으나, 현장상황이 여의치 않아 마천면 소재지 의원에서 급하게 내과의사를 데려왔기 때문이다. 서둘러 현장의 법리적 절차나 마감하자는 의도였다. 현장에서 백날 검시를 해도 사인은 어차피 국과수 부검을 거쳐야 할 일이다.

"먼 소리냐 허먼 누가 뒤통수를 패서 그로 인해 생긴 대뇌출혈로 사망했다 이것이오."

짐작대로 낭떠러지에서 떨어져 생긴 일이었다. 문제는 사체의 등짝에 난 커다란 발자국 모양의 상흔과 뒷덜미 밑에 난 타박상에 대한 소견이었다. 검시의 소견대로라면 실족사가 아니라 타살이다. 누군가가 넋을 놓고 있던 피살자에게 뒤에서 갑작스런 타격을 가해 낭떠러지 아래로 떨어뜨려 죽였다는 이야기가 되는 것이다.

"왼쪽 어깻죽지에서 등줄기로 비스듬히 난 타박의 흔적과 등뼈를 따라 찍히다시피 난 발자국 같은 상흔은 이자의 사인과 깊은 관련이 있을 듯싶소."

그렇게 친절하게 설명을 하지 않아도 수사팀 모두도 이미 그리 짐작하고 있었고, 또한 그 때문에 심사가 뒤틀려 있었다. 사실 함안서 수사과 팀들은 모른다 하면서도 여태껏 실족사이려니 하는 쪽에다 더 무게를 두고 있었다. 하지만 사건의 모든 정황은 실족사는 진작에 물 건너가 버렸다고 이야기하고 있었다. 사체에서 나온 소지품들도 예사롭지가 않았다.

삼 일 전 날짜의 청주교도소 발행 영치금 영수증에 이곳 마천면 강천골 소재의 전화번호 하나, ○○대학 사학과 교수 김유익 앞으로 보낸 현금이체 영수증, 신라·백제·가야 어쩌고 휘갈겨 쓴 메모지, 그리고 지갑 깊숙이 숨겨져 있던 강원도 추전역까지 가는 열차표 한 장, 주민등록증, 그리고 유행에서 한물간 옥색 휴대전화.

2

낭떠러지에서 아래를 내려다보던 박 반장은 놀라며 얼른 한 걸음 뒤로 물러났다.

그새 소름이 전신을 휩쓸고 지나갔다. 멀리 텅 빈 백무동계곡 거북바위 한끝이 눈에 들어왔다. 이렇게 멀리 떨어져 있는데도 무릎이 후들거려 못 서 있겠는데……. 그런데 어떻게 밀어 떨어뜨릴 만큼 낭떠러지 끝자락까지 나갔던 거지? 대개 이런 식의 추락사거나 익사 같은 경우는 자살이거나 본인 실수로 빚어지는 경우도 적지 않다 했는데, 혹 진짜 자살한 것은 아닐까? 한데 왜? 검시의도 분명코 외상성 두개강 내출혈이라고 했다. 그리고 모든 정황 역시 타살이 분명해 보였다. 현장으로 봐 면식범일 가능성이 제일 크다. 그래야 별 저항 없이 살해현장까지 당도할 수 있을 테니까.

박 반장은 낭떠러지에서 뒤돌아 전방 오른편 밭 가운데 있는 고분발굴현장으로 발걸음을 옮기기 시작했다. 등 떠밀려 내려오던 산세가 주춤주춤 멈춰선 그 끝자락에 물결처럼 너울거리는 밭이랑이 나 있고, 그 밭이랑이 산모롱이를 안고 도는 지점에 비녀를 꼽은 아낙이 이부자리를 청하고 누워있는 형상을 한 바위 무더기가 들어서 있었다. 바로 그 아래 발굴 중인 고분이 자리하고 있었다. 바위 무더기 위에 조그마한 점으로 보이는 두 사람이 서 있었다.

"하긴, 지리산 밑 마천골 여기는 대가야의 변방이었지. 『일본서기』에도 대가야인 반파의 땅이었던 기문[1]과 대사[2]를 백제가 차지했다고 쓰고 있지 않던가. 서기 560년경에 두 곳 다 국경을 바로 서쪽 이웃에 두고 있던 백제로 넘어가버리고 말았었지. 하지만 이 일대 두류산[3] 즉, 지리산 밑 함안 쪽만은 그때까지도 반파의 손길이 미치고 있었다는 게야. 그렇다고 이곳이 대가야의 왕릉이 조성될 만한 곳은 못 되는데 말야. 아무튼 여러 가지로 미스터리한 고분이야."

파헤쳐놓은 봉분 안을 내려다보고 있던 콧수염 김상옥 교수가 혼잣말처럼 중얼거렸다. 그는 이번 고분발굴 프로젝트의 책임자이기도 했다.

"글쎄 말입니다. 철정을 깐 목관만 나오면 영락없는 왕릉인데.

---

1)기문: 가야 시절 남원 임실 장수 일대를 가리키던 말이다.

2)대사: 가야 시절 경상도 하동 일대를 일컫는 말이다.

3)두류산: 지리산의 옛 이름으로 방장산, 남악산, 방호산이라고도 불렸다.

그런데 어떻게 알고 일본놈들은 임진왜란 때나 일제 강점기에 연이어 도굴을 시도했을까요?"

"그게 불가사의해. 두 번에 걸쳐 도굴을 당한 흔적이 있는데도 부장품들은 큰 손상을 입지 않았으니 말이야. 그뿐이 아니잖은가. 자네도 보게. 저건 분명 순장자의 시신일세."

콧수염이 가리키는 목관의 아래께에서 활처럼 휜 흐릿한 갈비뼈 뼛조각이 나뒹굴고 있었다. 그리고 그 발치에는 낯익은 이런저런 형태의 토기들이 아직 반나마 흙에 묻혀 있었다.

"흡사 왕릉이야……. 누굴까? 여기서도 가까운 지리산자락인 산청에도 구형왕[4]의 왕릉이 있지? 그쪽은 전기가야인 금관가야 마지막 임금인데, 혹 여기도 금관가야의 어느 임금의 왕릉이 아닐까? 대가야나 아라가야[5]보다는 말야."

"금관가야의 왕릉이요?"

"그런가 하면 서기 561년 사람인 대가야 어느 왕릉이 아닐까도 싶고."

"그렇겠죠. 561년에는 신라가 아라가야의 파산성[6]에 신라의 성을 쌓았잖습니까."

---

4)구형왕: 가락국의 제10대 왕이다. 각간(角干) 김무력(金武力)의 아버지이며, 김유신(金庾信)의 증조부(曾祖父)이다. 532년(신라 법흥왕19) 신라에 항복하여 상등(上等)의 벼슬과 가락국을 식읍(食邑)으로 받았다

5)아라가야: 『삼국사기』에는 아시량국(阿尸良國) 혹은 아나가야(阿那加耶), 광개토왕릉비와 『일본서기』에는 안라(安羅) 등 다양하게 불렸다. 변한 12국의 하나인 안야국(安邪國)으로 현재의 경남 함안군에 비정된다.

"그래. 그리고 그 이듬해에 이사부[7]와 화랑 사다함[8]에 의해 가야의 마지막 저항운동이 막을 내리게 되지 않았던가."

561년 가야의 민초들이 대가야인 반파국의 마지막 부흥운동의 불을 지핀다. 하지만 그 불씨가 들판에 옮겨 붙어 들불이 되기는 커녕 미처 펴기도 전에 신라 진흥왕의 토벌 명령으로 허무하게 진압되어 사그라지고 만다. 진흥왕은 이사부의 청으로 15살짜리 소년 사다함을 선봉장수로 세워 모욕적인 진압작전을 벌였었다. 소년 화랑 사다함에게 기병 5천 명을 주어 가야의 반란을 진압하게 했던 것이다!

이사부의 독려를 받은 사다함은 기병 5천 명을 거느리고 먼저 진격 입성해 성루에 백기를 세워놓았다. 뜬금없는 백기를 본 성안 사람들은 두려워 어찌할 바를 몰라 했다. 그때 이사부가 남은 군사를 이끌고 공격해 쳐들어오니 성안에 있던 백성들은 물론 수비하던 군사들까지 모두 항복하고 말았다고 했다. 이때가 서기 562년 9월이었다. 『일본서기』도 역시 562년에 해당하는 흠명

---

6)파산성: 아라가야의 파산성에다 신라가 다시 성을 쌓는다는 건 곧 아라가야가 신라의 세력권에 있었다는 말이 된다.

7)이사부: 신라 진흥왕 때의 장군·정치가. 병부령(兵部令)으로 국사 편찬을 제안하여 『국사』를 편찬하는 계기를 만들었고 한강 상류지역까지 영토를 넓히는 등 신라의 국력 강화에 큰 역할을 한 장군이다.

8)사다함: 성은 김으로 급찬(級飡) 구리지(仇梨知)의 아들. 화랑으로 추대되었으며 562년(진흥왕23) 이사부(異斯夫)가 가야국(伽倻國)을 정벌할 때, 15세로서 귀당비장(貴幢裨將)으로 출정하여 전단량(旃壇梁)으로 쳐들어가 가야를 멸망시키는 데 큰 공을 세웠다.

23년에 대가야에 대한 멸망 기록을 올리고 있다.

'신라가 임나를 공격하여 멸망시켰다. 통틀어 말하면 임나이고, 개별적으로 말하면 가라국, 안라국, 사이기국(斯二岐國), 다라국, 졸마국(卒麻國), 고차국(古嵯國), 자타국(子他國), 산반하국(散半下國), 걸손국(乞飡國), 임례국(稔禮國) 등 모두 열 나라이다.'

3

잡지사 기자 김요한은 가슴이 뛰었다. 내리막을 내딛는 발길까지 덩달아 후들거렸다. 무릎이 앞으로 꺾일 것같이 달달거려 애를 먹었다. 버스 종점은 아직도 까마득한데……. 고개를 옆으로 튼 채 핏물에다 머릴 처박고 있었지만 작가 이윤섭이 틀림없었다. 민지숙과 함께 서울 인사동 어디에선가 만난 적도 있었다.

그가 이곳 지리산 끝자락 운봉 땅 한구석에서 그렇게 처참한 모습으로 죽어있다니……. 다시 휴대전화를 꺼내 신호를 보내보지만 여전히 뚜뚜 소리만 되돌아올 뿐이다. 그것은 배터리가 다 됐다고 울부짖는 소리였다.

"빌어먹을. 이럴 때 배터리가 다 되냐. 얘는 배터리가 다 된 줄도 모르고 어디서 뭘 하고 있는 거야?"

전화를 받지 않는 그녀는 작가 이윤섭이 소설을 연재하는 잡지사의 편집부 기자였다. 뿐만 아니라 작가의 원고 독촉에서 편

집에 이르기까지 이윤섭을 전담하다시피 하고 있었다. 그녀의 그런 대단한 권력(?) 덕에 문단 지망생 주제에 단박에 이윤섭이라는 중견을 소개 받을 수도 있었다.

연락을 달라고 한 지가 근 30여 분 되가는데도 아직까지 감감무소식이다. 까짓 배터리 정도야 편의점에 들러 잠깐 충전하면 후다닥일 텐데. 얼마나 좋은 세상인가. 혹여 뭔가 내게 서운한 게 있었던 건 아닐까. 그래서 일부러 엿 먹어라 하고 나 몰라라 하는 건 아닐까?

밀려드는 피곤에 쫓겨 깜박 고개를 떨구었는데 어디선가 귀에 익은 음악이 울려 퍼졌다. 할랑해 빠진 민지숙이 그제야 전화를 걸어왔던 것이다. 폴더를 젖히자마자 바로 귀에 익은 소프라노가 툭 튀어나왔다.

"마의태자가 되려고 산으로 들어간 줄 알았더니 그게 아니었던가요?"

"마의태자? 그럼 우리 회사 사장이 경순왕? 말 된다 그거. 하지만 마의태잔 아니다."

"그러면 무슨? 아! 도통하러 갔었나요?"

"말했었잖아. 머릴 좀 식히러 간다고."

"그래, 많이 식혔어요?"

"그래. 그래서 지금 하산 중이야."

"그렇군요. 한데 그렇게 하산신고 하려고 회사로 휴대전화로 찾아 헤매진 않았을 텐데. 선배 혼자 지리산으로 떠난 지 얼마 안 돼 선배네 잡지사 인수팀들이 들이닥쳐 한차례 거하게 푸닥거리를 하고 갔다대요. 들리기로는 선배네 회사는 완전 초상집이라던데. 기획부 노처녀 귀신 안 대리는 벌써 다른 여성지 편집부로……."

"알아. 알고 있다고. 지들끼리 아귀다툼하다 끝내는 인수합병 당하는 마당에 뭐 잘했다고. 지금 이 마당에 바람 앞에 등불 아닌 놈이 어디 있다고. 건 그렇고 뭐 하나만 물어보자."

"뭔데요?"

"다른 게 아니고 말야……."

순간 망설였다. 작가 이윤섭의 죽음을 먼저 말해야 하나 말아야 하나? 어쩐다. 어차피 서너 시간 후면 석간신문을 통해 모든 사실을 알게 될 텐데 뭐. 하지만 우선은 그런 사실을 감추기로 했다. 아니, 혹시 요한 자신이 사람을 잘못 봤을 수도 있는 일이니까.

"너희 잡지에 소설을 쓰고 있는 작가 이윤섭에 대해서 좀 알았으면 해서 말야."

"엉? 뜬금없이 그건 왜요? 그것 때문에 회사로 어디로 나를 찾았던 거예요? 참, 선배가 거기 어디죠? 혹시 청주나 지리산 쪽 아니에요? 이 선생님도 그쪽으로 간다며 엊그제 내려갔었는데……."

"엊그제? 구체적으로 어디로 간다고 했었냐? 청주는 뭐고 지리산은 또 뭐냐?"

민지숙의 말을 듣는 순간 가슴이 쿵 하고 내려앉았다.

"소설 때문에 옛 가야땅을 한번 가봐야겠다며……. 어디라더라, 운봉, 남원, 또 어디라고 했는데……. 내친 김에 아주 청주교도소와 강원도 정선 쪽도 들렀다가 남쪽으로 내려가야겠다며 떠났었어요."

"아니, 청주교도소에는 왜?"

"만나봐야 할 사람이 있다고 했어요."

"거길 들렀다가 오래된 대가야땅으로 다시 내려간다고?"

"네. 떠나면서 이번 일이 잘 되면 연재소설이 대박 날 수도 있을 거라 했었는데."

"야! 민지숙! 청주는 그렇다 쳐도 옛 대가야땅을 들먹이며 운봉, 남원 어쩌고 했다는 건 네가 잘못 들었던 거 아니냐? 거 확실한 거야? 가야 하면 대개 김해나 고령, 함안 이쪽 아니냐. 낙동강도 가락국의 동쪽을 흐르는 강이라 해서 낙동강이라 했다던데 말야. 가락국 하면 옛날부터 그 근처 경상도 쪽이었던 거 아니야? 시험 때마다 숱하게 외워대곤 했었지만 그때도 가야가 전라도 쪽이란 말은 없었던 것 같은데."

"어휴, 이윤섭 작가 들었으면 또 땅을 쳤겠네. 그리고 낙동강도 그래요. 강 상류에 있는 상주 근처의 옛 지명이 낙양이고 낙양의 동쪽을 흐른다 해서 낙동강이라 부른 거지, 가락국의 동쪽을 흐른다 해서 낙동강이라 부른 거 아니에요. 알아요? 알람 똑바로 알아야지."

그러면서 그녀는 다시 말을 이어 나갔다.

"선배가 말하는 건 전기가야 즉, 금관가야 이야기에요. 후기가야의 즉, 대가야의 권역은 분명 전북 임실, 장수, 운봉 같은 지리산자락까지 포함하고 있죠. 그것은 우륵이 가야 연맹 열두 나라 이름을 넣어 작곡한 열두 곡의 노래 속에도 들어있어요. 열두 번째 노래인 〈하기물〉이 바로 그것이죠."

"그래?"

"네. 한데 진짜로 이윤섭 작가한테 무슨 일 있는 거 아니지요?"

다시 한 번 오금을 박듯 곁눈을 치뜬다. 학교 때부터 눈치 하나는 끝내줬었는데……. 거기다 지금은 눈치 하나로 먹고사는 기자 아닌가. 마음을 놓을 수가 없었다.

"괜히 오버하지 마라."

"내가 오버하는 거라고요? 그 말 참말이죠? 무슨 큰 건수가 있는데 나 모르게……. 혹 이윤섭 작가한테 무슨 변고가 생긴 거 아니에요?"

다시 한 번 가슴이 내려앉았으나 어이없어 하는 헛웃음으로 순간을 모면했다.

"정말 별일 없는 거지요?"

"그렇다니까."

그녀의 이야기를 묵묵히 다 듣고 난 김요한은 '사실은 말야' 하고 몇 마디 너스레를 더 늘어놓은 다음 이윤섭을 보게 된 동기와 지금까지의 과정을 상세하게 설명해줬다.

"하지만 말야. 옆으로 고개를 튼 채 엎드려 있어서 혹 비슷한 사람을 착각했을 수도 있어. 그건 감안을 해야 할 거야."

4

"둘 다 이렇다 할만한 게 없어요."

박 반장이 진심으로 답답하다는 듯 인상을 찌푸렸다.

"증거 말인가?"

타원형 탁자의 헤드 시트에 앉은 비교적 젊어 보이는 정복 차림의 경찰이었다.

"네."

"뭘 그리 성급해. 이제부터 차차 찾아보는 거지. 그리고 그 동네 버스 종점에 있던 CCTV 살펴봤나?"

"네. 김유익의 차가 찍혔더군요. 혹시나 하더라도 시간이 맞질 않아요. 이윤섭의 사망추정시간 두 시간 전에 마을을 빠져나가는 게 찍혔습니다."

"그리고 세 시간 후에 88고속도로에서 속도위반으로 찍히고."

"네, 만약 동네를 빠져나갔다 아무도 몰래 다시 돌아와 범행을 저질렀다면 충분히 가능한 시간입니다."

"한데 살해 동기에서 막히고?"

"그렇습니다. 두 사람은 절친 관계였습니다. 하는 일도 같고요."

박 반장은 하나의 문건과 함께 차가 찍힌 사진을 정복 차림 앞으로 디밀었다. 그는 사진은 힐끔하고는 문건을 먼저 주워들었다. 그것은 방금 전화국에서 발급받은 통화내역서였다.

"그걸 보면 죽은 이윤섭이 죽은 다음에 문자를 보낸 거 아닌가 하는 생각이 들어요."

"그렇습니다. 국과수의 검시 보고서를 봐도 이윤섭의 사망추정시간과 휴대전화로 문잘 보낸 시각이 거의 같은 시간대로 맞아떨어지고 있습니다."

김종표 형사와 함께 들어선 대머리 부서원이 거들고 나섰다.

회의실 안 장방형의 테이블 앞에 반장을 비롯해 네 사람의 수사 관계자들이 띄엄띄엄 앉아있었다. 오랫동안 이어진 이른바 수사회의 뒤끝인 듯 회의실 안은 사람도 공기도 탁하니 지쳐있었다. 반장을 비롯해 모두가 하나같이 죽상을 하고 있었다. 지긋한 침묵이 거슬린다는 듯 먼저 입을 연 건 민원담당 제2 부서장이었다. 그는 이번 강천리 살인사건의 형식적인 책임자이기도 했다. 그만큼 이번 사건을 대하는 함안서의 각오가 남다르단 증표이기도 했다.

"그만큼 절체절명의 순간이었다고 봐야 되겠지."

"문제는 이게 무얼 가리키느냐인데."

박 반장은 뭐라 대꾸 대신 혼자서 고개를 끄덕이며 문건을 펼쳐들었다.

종이 안에는 '38, 8, 40, 게, D, 사' 라 적혀 있었다.

"도대체 이게 뭘까? 이게 뭔데 숨이 깔딱깔딱 하는 판에 문자로 보냈던 것일까? 통화를 했어야지."

"통화는 기록으로 남기질 못하지 않는가. 망자는 말하고자 했던 바가 기록으로 남아있길 원했던 거겠지. 그래야 두고두고 살펴보면서……. 모르긴 해도 범인이던가, 그에 버금가는 중요한 증거가 아닐까 싶어.”

“아! 그렇군요.”

“그 문자 수신자 말야, 찾아냈나?”

묵묵히 얘길 듣고 있던 부서장이 거들고 나섰다. 그런 그의 얼굴에는 지치고 뭔가 귀찮은 권태로움이 가득했다.

“네. 수신자는 초향이라는 퇴물 기생인 가야금 연주자로 밝혀졌습니다.”

박 반장은 얼른 허리를 곧추 세웠다.

“그래? 거 다행이구만. 아무튼 단순한 원한살인이나 치정살인 같은 건 아닌 것 같아.”

“그렇습니다. 이른바 지능적인 먹물들의 우발적 범행이 아닐까 싶습니다만.”

“그래요. 나도 느낀 바지만 사건의 정황 곳곳에서 그런 냄새들이 풍겨요.”

“그럼 그렇게 수사 방향을 잡는 겁니까?”

가죽점퍼의 김 형사가 반장을 돌아다 봤다.

여태껏 갑론을박 떠들어 댔지만 정작 수사방향을 잡지는 못했던 것이다. 수사방향은 사건해결의 중요한 포인트가 되는 것이라 매우 중요한 사안이기도 했다.

박 반장은 대답 대신 어찌할 거냐는 듯 부서장을 바라다보았다. 반장과 눈이 마주친 부서장은 마지못해 고개를 끄덕이며 “그래야 되겠지" 하고 신음하듯 말했다.

"참, 그리고 수경의 집에서 피살자가 나오는 걸 봤다는 또 다른 목격자가 나왔습니다."

김 형사 옆의 대머리였다.

"거기서도? 참! 그리고 이거 조금 전에 내 방에서 팩스로 접수한 건데 읽어 보라고. 피살자가 그러쥐고 죽었던 그 한문투성이 문건을 도경 공보과에서 해석해서 보낸 정식 공문이야."

그러면서 그는 의자에서 엉덩이를 들고 일어섰다.

"보니까 무슨 귀신 씻나락 까먹는 소린지 모르겠는데 결국에는 그 내막을 풀어내야 될 거야. 사건해결의 방향타가 될지도 모를 거니까 말야. 그리고 마지막으로 한마디만 하겠는데 벌써부터 유림들이나 지방대학 교수들로부터 유형무형의 압력이 들어오고 있어. 공정한 수사를 하라고 말야. 그러니 무엇보다도 입들 조심하고. 그럼 수고들 하라고."

부서장이 빠져나가자 다시 의자를 끌어당기어 앉은 박 반장은 그가 던져놓고 간 문건을 펼쳐 들었다.

5

頭流六山隈踏回矣忽然於西山朣月東山落日也

花間六蝶夢恄 始消憂一聲麗音

枕头边岑嶘矣秋風自西來爲尼岩樓生黴凉也

虛庭落月光爲尼幽澗迷松響歟

繞剝粉堂所下涯着一間屋永劫白雲相對爲移安李閑乎

문건 안에는 한시의 축어적 해석만이 간략하게 적혀 있었다.

험준한 두류 산모롱이 여섯 개를 돌아서니 서산에 달이 뜨고 동산에 해가 지는 곳이 눈에 띄네.

꽃 사이의 여섯 마리 나비는 꿈꾸느라 바쁘고 맑고 청아한 한 소리에 걱정이 사라지네.

머리맡의 험준한 산봉우리께에서 가을바람이 서쪽으로부터 불어오니 바위로 지은 누각에 찬 기운만 도는구나.

빈집 뒤란 뜰에 달빛이 쏟아지니 깊고 그윽한 산골짜기에서 부는 솔바람이 깊구나.

달빛을 바른 당소 밑에다 한 간 집을 지어놓고 영겁 동안 백운만 상대하고 살면 이 얼마나 한가하고 좋겠는가?

"쯧쯧쯧 도대체 무슨 소린지 알 수 있어야지. 어이 김종표, 니가 우리들 중에 제일 가방끈이 길지?"

박 반장은 뚱한 얼굴로 검정 가죽점퍼 차림의 김 형사 앞에 종이를 밀어놨다.

"당최 눈이 보여야지. 눈 좋은 니가 좀 풀어줘야겠다."

하지만 한지 안의 한문을 본 김종표 형사도 금세 고개를 절레절레 흔들었다.

"아이고, 내가 무슨 청학동 훈장도 아니고 이걸 어떻게 풀어요. 저기 저 박 순경은 진짜로 청학동 출신이잖아요. 박 순경한테 부탁해 보세요."

"그래? 어이, 박 순경."

회의 동안 내내 말 한마디 없이 묵묵히 앉아만 있던 대머리 박 순경은 박 반장이 드민 한지를 묵묵히 들여다보다가는 잔뜩 찌푸린 얼굴로 혀를 끌끌 찼다. 박 반장은 의심스럽다는 듯 그런 박 순경을 흘긋거렸다.

"뭐야? 그러니까 박 순경도 잘 모르겠다 이거야 지금?"

"아닙니다요. 문장이라고 하기에는 너무나도 한문을 모르는 자가 쓴 말도 안 되는, 거 무시냐, 반문법적인 글이고. 그뿐인 줄 아시요? 간혹은 남의 시구를 갖다 쓴 흔적도 여기저기 보이고 말이요. 참으로 요상허고……. 선비한텐 참으로 모욕스런 물건이다 그것이요."

박 순경의 말총수염이 탱천한 노기로 파르르 떠는 듯 보였다. 박담재 반장은 그제야 순경이 화를 내는 이유를 짐작하고 달래듯 등을 토닥였다.

"어쩌면 이 문건이야말로 범인을 잡을 수 있는 유일한 단서일지 몰라. 한데 풀이했다며 도경에서 내려보낸 물건을 봐. 무슨 귀신 씻나락 까먹는 소리인지 알 수 없잖아. 그래서 협조를 구하는 것이니."

"알것습니다요. 에, 맨 처음 줄은 글자부터 그대로만 풀자면 두류육산외답회의홀연어서산동월동산락일야(頭流山隈踏回矣忽然於西山膧月東山落日也)라, 이거야 원, 쯧쯧쯧. 아무튼 '험준한 두류산 여섯 개의 산모롱이를 돌아서니 홀연히 서산에서 달이 뜨고 동산에 해가 지는 꼬라지가 보이는구나' 뭐 이런 뜻입니다."

"서산에 달이 뜨고 동산에서 해가 진다고? 그 반대 아닌가? 서산에 해가 지고 동산에 달이 뜨는 게 아닌가?"

"왜 아니겠어요? 글쎄 문장이 이 모양이니 화가 날 밖에요."

"그런가? 아무튼 그 다음."

"화간육접몽망 시소우일성여음(花間六蝶夢忙 始消憂一聲麗音)이라. '꽃 사이의 여섯 마리 나비는 꿈을 꾸느라 바쁘고 화려한 한 소리에 걱정이 사라지기 시작하네' 이런 뜻이요. 그래도 기중 나은 문장이요. 모르긴 해도 누군가의 시구를 도용하지 않했으까 하는 대목입니다요."

"좋아. 그 다음."

"침두변영종의추풍자서래위니암루생미량야(枕头边岺蓯矣秋風自西來爲尼岩樓生黴凉也). 바로 이 부분이 기중 개판이라 이것이요. 작자는 침두변영두의 맨 첫머리 이 대목을 '아마 베개 머리맡에 있는 험준한 아니면 우뚝헌 산봉우리께에서' 이런 뜻으로 쓴 것 같은디, 쯧쯧쯧 아무튼 '가을바람이 서쪽으로부터 불어오니 바위로 지은 누각에 미세한 찬 기운이 도는구나' 뭐 이런 뜻이요."

"음."

박담재가 재촉하듯 빤히 쳐다보자 도리질을 하듯 한차례 체머리를 흔든 다음 다시 읽어 내려가기 시작했다.

"허정낙월광위니유간미송향여(虛庭落月光爲尼幽澗迷松響歟). 아까부터 한가운데 박힌 이 '위니(爲尼)' 하는 글자는 뭐냐 이것이오. 소리도, 그렇다고 뜻도 도움을 못 주면서 틀어백혀 있으니 나 원, 쯧쯧쯧 아무튼 '빈집 뒤란 뜰에 달빛이 쏟아지니 깊고 그윽한 산골짜기에서 부는 솔바람만 깊구나.'

요박분당소하애착일간옥영겁백운상대위이안이한호(繞剝粉堂所下涯着一間屋永劫白雲相對爲移安李閑乎)라. 이 문장에서 제일 거치적거리는 게 바로 중간중간에 끼어있는 '애(涯)', '위이안이(爲移安李)' 이런 따위의 글자들입니다요. 아무런 뜻도, 그렇다고 문법적 기능도 없어요. 헌디 뭇 땜시 끼어있는가 그걸 모르것다 이것이요."

"그럼 그걸 걷어내고 읽어봐."

"그럼 또 그럭저럭 말이 되아요. 봅시다. '달빛을 바른 가옥 밑에 집 한 간 지어놓고 백운만 상대하면 이 얼마나 한가한 일이겠는가' 뭐 이런 뜻이요. 순전히 억지춘향이오마는."

"정리를 한 번 더 해 볼까?"

"에, 또 그것이……. 자 봅시다. '험준한 두류 산모롱이 여섯 개를 돌아서니 서산에 달 뜨고 동산에 해가 지는 곳이 눈에 띄네. 꽃 사이의 여섯 마리 나비는 꿈꾸느라 바쁘고 맑고 청아한 한 소리에 걱정이 사라지네. 머리맡의 험준한 산봉우리께에서 가을바람이 서쪽으로부터 불어오니 바위로 지은 누각에 찬 기운만 도는구나. 빈 집 뒤란 뜰에 달빛이 쏟아지니 깊고 그윽한 산골짜기에서 부는 솔바람이 깊구나. 달빛을 바른 당소 밑에다 한 간 집을 지어놓고 영겁 동안 백운만 상대하고 살면 이 얼마나 한가하고 좋겠는가?' 뭐 이런 이야기요. 순전히 억지로 꿰맞췄소마는 뭔 말인지 알아들으시것어요?"

"아이고, 전혀 모르겠는데."

"그럼 이 노릇을 어쩐데요? 쯧쯧쯧."

사실이었다. 도대체 무슨 소릴 하고 있는 것인지. 분명 뭔가 대단한 뜻을 담고 있었기에 죽어 가면서까지 손아귀에 틀어쥐고 죽지 않았겠는가. 그런데 그 의미를 알 수가 없다. 이 암호 같은 자구를 풀어낼 수만 있다면 사건이 생각보다 쉽게 해결될 수도 있을 법한데……. 박담재 반장은 문득 가슴이 먹먹해 왔다.

6

수사과 회의실 밖.

출입문 옆 한쪽 구석에 민원인 대기장소 같은 긴 나무의자 하나가 벽면을 따라 길게 놓여 있다. 텅 비어있는 나무의자의 한쪽 구석에 허름한 승복 차림의 사내가 언젠가부터 처박혀 있었다. 거의 누더기에 가까운 회색 누비 두루마기를 걸쳤으며 머리엔 갈은 색깔의 털실 모자를 쓰고 있었다. 바랑을 등에 멘 채 기다란 물건, 마치 거문고나 가야금이 담긴 듯한 회색 멜빵을 가슴에 품듯 하고 있었다. 곯아떨어진 속에서도 가다가 한 번씩은 깜짝깜짝 놀라 깨어 사무실 안을 휘둘러보곤 하는 것이었다. 그러다가는 이내 또 눈을 내리감고. 하지만 수없이 들락거리는 형사과 사람들 중 누구도 그를 눈여겨보는 사람이 없었다.

"벌써 세 시간째 저러고 있는데요."

지루한 수사회의를 마치고 나온 박 반장은 또 다른 골칫거리와 마주해야 했다. 수사과 안으로 문을 밀고 들어서자 출입문 가까이 있던 젊은 형사가 승복 차림의 사내가 찾아온 사실을 일러줬다.

"그래? 누군데? 무엇 때문에?"

"그냥 좀 만났으면 좋겠다며 말을 안 하던데요."

"그래, 누굴까?"

박 반장은 그 앞으로 다가가 졸고 있는 남자의 어깨를 가볍게 두드렸다. 남자는 이내 무거운 눈꺼풀을 밀어 올리며 자기 앞을 가로막고 서 있는 박 반장을 올려다봤다.

"나를 찾아왔다고요?"

"네? 강천리 사건을 담당하고 계신 형사님이신가요?"

"그렇소만."

"그러시군요."

그러면서 털고 일어서는 것이었다.

"한데 누구시지지요? 도통 기억이 안 나는데."

"나는 가야금을 타는 토평이라는 사람이요만."

"토평이요? 토평 선생이시라…… 한데 무엇 때문에."

박 반장은 정체를 알 수 없는 이자가 조심스러웠다.

하고 있는 꼬락서니나 입성도 보통사람 같지 않고. 게다가 무엇 때문에 경찰서까지 찾아온 것일까, 그것도 강력반까지.

"그러기 전에 먼저 뭐 하나만 말씀해 주실 수 있을지 모르겠네."

"…… 뭘 말이요?"

"이윤섭 그자, 어떻게 죽어 있었습니까? 낭떠러지에서 떨어졌다던데."

"글쎄, 뭘 묻는지 모르겠는데. 낭떠러지에서 떨어져죽은 사람 모양새야 뻔한 거 아니요? 패대기를 쳐놓은 듯……."

"그래요? 당국에선 타살로 본다던데 자살로는 안 보이던가요?"

"글쎄요. 아직까지 정황은 타살로…… 한데 그런 건 왜 물어보는 거요? 토평 선생이라 하셨지요? 뭣 때문에 그런 걸 알려고 하시는데요? 죽은 사람과는 어떤 사이입니까?"

박 반장은 가만 생각해보니 화가 난다는 듯 몇 마디 대꾸 끝에 속사포처럼 거꾸로 질문을 퍼부어댔다. 하지만 그는 정말로 눈치코치를 모르는 사람처럼 정색을 한 얼굴로 박 반장의 말끝에 따박따박 대꾸해 나갔다.

"글쎄요, 인연이 깊은 사이인데, 친구 사이라고 하는 게 제일 적당하겠군요. 인연이 깊은 친구. 한 사날 전에는 뭘 따지기 위해 저기 저 강원도 추전역까지 찾아온 적도 있었지요."

그랬었다. 정선에서 그해 겨울을 나고 다시 길을 나서던 그 무렵이었다. 뜻밖에도 이윤섭이 찾아왔었다. 그는 여전히 우륵의 배반을 안타까워하고 있었다. 그런 이윤섭을 토평은 아이 어르듯 달랬었다.

"차디찬 하늘에 걸려있는 저기 저 달 좀 보시오. '하늘에 뜬 달 하나가 세상의 천강을 다 비춘다' 멋진 말로 치자면야 〈월인천강지곡(月印千江之曲)〉을 따라갈 말이 어디 있겠소? 카! 월인천강이라. 기가 막히지 않소? 하지만 잘 생각해보세요. 그게 어디 달뿐이겠소? 소리 또한 천강을 비추는 달님이 아니겠소? 게다가 우륵의 가야금 소리라면야 더 말해 무얼 하겠소?"

말끝에 토평은 가야금 제12현 3단 음 줄을 엄지와 검지로 한껏 들어 올렸다가 퉁기듯 내던졌다. 대번에 "띠-이-옹" 하는 울림 소리가 모습을 드러내더니 이내 시커먼 산 그림자 밑에 주눅이 든 듯 웅크리고 있는 간이역 역사 뒤로 길게 꼬리를 흔들며 사라져 갔다.

소리는 때로는 휘몰이로 때론 진양조 가락으로 너울거리며 밤 공기 사이로 형체도 없이 스러져 갔다. 소리가 배어든 천강은, 달빛은 어느새 가락이 되어 흐물흐물 하릴없이 녹아내리고 있었다.

"하지만 그 노래 역시 고려 500년을 배반한 반역의 역사를 찬미한 또 다른 〈용비어천가〉가 아니었습니까?"

"…… 가야금을 싸들고 신라로 투항해 갔던 우륵의 가야금 소리처럼 말이요?"

"그렇습니다."

"…… 우륵은 소리였소. 소리 때문에 국경을 넘었던 거요. 아시지 않소?"

남실바람을 만난 물결처럼 남실거리고 있는 토평 또한 어느새 스스로가 바람이 되고 소리가 되어 휘모리장단으로 다시 빚어지고 있었다.

"그리고 정치적 야망을 품고 또다시 국경을 넘어 고향 성혈현으로 숨어들지 않았던가요. 그런 모든 것들을 이제는 털어놔야 합니다."

"마치 나더러 들으라는 말씀 같습니다……. 우륵의 열세 번째 노래 따위는 없다. 쓰잘머리 없는 방랑은 이제 그만 접어라. 후후후, 그 말을 해주려고 이곳 강원도 골짜기까지 날 찾아왔던 거요?"

"소리가 어찌 하늘에 걸린 달이 될 수 있겠습니까?"

이윤섭의 공격적인 언사 끝에 단말마의 비명 같은 소릴 토해내며 토평의 가야금이 벌떡 일어섰다. 멀리 시커먼 산 그림자 모롱이를 막 돌아서는 정선행 기차가 여태 그들이 노닥이던 텅 빈 간이역 역사를 향해 달음박질하고 있었다.

"그래요? 뭘 따지기 위해 찾아갔었지요?"

"네? 아, 네. 소리, 소리였지요. 우륵의 소리. 한데 정말로 패대기를 쳐놓은 듯 널브러져 있었습니까?"

토평은 생각에서 깨어나 서둘러 말을 이었다.

"예. 단지 손에 뭔가를 들고 있었고……."

"그랬군요. 범인은 누구 짐작이라도……."

"아직은 아니지만 그건 토평 선생이 내게 물을 입장이 아니 것 같습니다만."

"아! 그래요? 참 형사 양반도 참말로 까칠하시네. 그렇게 퉅퉅거릴 게 뭐 있다고. 난 그저 궁금해서 물었던 것뿐인데. 우선 어디 가서 요기부터 합시다. 아까부터 뱃속에서 신고산 타령이 울려 나오고 있는데."

다른 사람들 같으면 그냥 대면하기도 께름칙해 하는 살인과 형사를 이웃집 강아지 대하듯 하는 겁 없어 뵈는 저 모양새. 이야기 도중 느닷없는 요기 타령! 기미투성이의 비쩍 마른 얼굴. 턱 주변과 코밑에 띄엄띄엄 난 수염과 이마와 볼 가리지 않고 묻어나는 부연한 흙먼지. 섬뜩하니 조금은 꺼림칙해 보이기도 하는 사내는 반장에게 따라오라는 투로 앞서 휘적휘적 걸어 나갔다.

반장은 사내의 그런 태도에 조금은 어이가 없다는 듯 '허, 참' 하고 헛웃음을 터트렸다. 그러든지 말든지 먼저 형사과를 빠져나간 사내의 뒤를 따라 막 출입문을 밖으로 밀던 반장이 그 자리에 우뚝 서며 소리를 질렀다.

"토평! 몇 해 전에 북에서 넘어왔다던 가야금의 대가 그 토평 말이오?"

토평은 가던 길을 멈추고 뒤돌아서 고개를 까딱거렸다. 지극히 무표정한 얼굴이었다.

"혹시 가야학회라고 들어봤습니까?"

설렁탕 한 그릇을 막 비워낸 토평은 기운을 차린 듯 앞뒤 다 잘라내고 가운데 토막만 불쑥 드밀었다.

"가야학회요? 그게 뭐지요?"

"죽은 이윤섭이 활동하던 일종의 학습동아리 같은 것이라 하더군요."

"그래요? 한데 가야학회, 가야가……."

"고구려, 신라, 백제와 어깨를 나란히 했던 고대국가 가야를 말하는 겁니다."

"아! 네. 한데 왜 하필 가야학회인가요? 이번 사건과 무슨 연관이라도 있다는 거요?"

"이윤섭의 죽음은 어쩌면 그 고대국가 가야로부터 시작됐을지도 모릅니다."

"혹시 그럴만한 뭐라도 가지고 계시는 것……."

"아니요. 그런 건 없습니다. 하지만 그가 최후 순간까지 손에 틀어쥐고 있었던 그 종이에는 고대가야의 문자였던 이두와 구결들이 드문드문 들어있었을 게요. 이를테면 그것 역시 이윤섭의 죽음이 가야와 무관하지 않다는 걸 증명하는 것 아닐까 하는 겁니다."

'가야, 가야금……. 사선을 넘어온 북쪽 가야금의 대가인 토평. 그가 이윤섭은 가야 때문에 죽었을 거라 한다. 무언가, 자기 발로 사자굴 같은 경찰서 살인과를 찾아들어와 저렇게 너스레를 떨고 있는 저 작자 토평은 정말로 이번 사건과 아무런 관련이 없는 것일까? 그래서 나 잡아봐라 하듯 저렇게 오만을 떨고 있는 것일까?'

말을 끝낸 그의 눈에서 촉촉한 물기가 배어나는 듯했다. 반장은 조금은 의아스럽다는 듯 눈을 크게 떴다.

'뭐지? 참회감 같은 걸까? 아님 후회스러움이나 무슨 연민 같은 것? 참회라면 뭘 참회하지?'

그새 그는 고개를 모로 틀어 창밖으로 시선을 돌렸다. 참으로 망연해 보이는 눈길이었다.

"좋습니다. 계속 하시지요."

"가야학회라는 단체 안에는 김부식의 『삼국사기』를 지지하는 삼국사기파와 가야를 삼국들 틈에 끼워 넣어 『사국사기』로 해야 한다는 사국사기파 양 파가 존재했다고 하더라고요. 그 양대 파벌이 늘 서로 으르렁거렸다던데 이윤섭은 사국사기파 중 한 사람이었답니다. 사실 난 이윤섭이 스스로 낭떠러지에서 뛰어내리지 않았나 하는 생각도 했었지요. 한데 죽어 널브러진 속에서도 뭔가를 틀어쥐고 있었다니 그건 아닌 것 같아 마음이 덜 무겁더군요."

"요는 반대파인 삼국사기파에서 음해를 가했을 수도 있다?"

"수사해보시면 아시겠지만 그런 그들의 속내가 반장님이나 내가 생각하듯 그렇게 간단하지만은 않을 겁니다."

바람이 불어오는 곳은

1

띠 또오-옹

그것은 제11현 4단 음이었다. 둘째 음에서 꼬리를 물고 느리게 물결을 이룬다.

다시 번개를 치듯 너덧 줄이 한꺼번에 요동을 친다. 모두가 날이 선 칼날처럼 예리하기 그지없는 2단, 4단, 3단 음 일색이다.

'무슨 일일까? 이 시각에 가얏고 용두[9]를 무릎 위에 앉히다니, 게다가 평소 즐겨 하지 않던 산조[10] 가락이다.'

정애는 멀리 뒷마당께서 들려온 아련한 가야금 소리가 전에

---

9)용두: 가야금 연주 시 무릎 위에 올려놓는 가야금 머리 부분.

10)산조: 한국의 전통음악에 속하는 기악독주곡의 하나로 연주 시에는 장구의 반주가 필수적이며 진양조로 시작하여 점차 급한 중모리, 자진모리, 휘몰이로 바뀌어 가며 병창(竝唱)과 대(對)를 이루어 진행된다.

없이 신경이 쓰였다. 양푼 안에서 점심상에 낼 고춧잎을 주무르던 손길이 저절로 멈춰 선다. 한데 기다렸다는 듯 곧바로 소리가 끊어진다. 더불어 고소한 들기름 냄새가 진동을 하던 부엌 안도 갑작스레 밀려든 적막감으로 휩싸인다. 이대로 끝난 건가 하는데 이내 다시 소리가 솟구쳐 오른다. 한데 조금 전과는 또 다른 생소한 가락이다. 전에는 별로 들어본 적이 없는 것 같은, 가슴을 쥐어짜는 듯한 애절한 가락이다. 띠-또-옹, 땅, 땅, 징, 땅, 찡, 땅…….

무얼까. 정애는 수도를 틀어 쏟아지는 물길에 손에 배인 간기와 기름기를 씻어냈다. 돌아가는 낌새가 장구가 들이닥쳐야 할 것 같았다. '아무리 그래도 그렇지, 수경 앞에서 내가 장구를 어떻게…….' 하는데 또 주춤한다. 가락은 어느새 모양을 바꿔 8현과 10현을 휘모리장단으로 넘나들고 있었다. 이정애가 장구 대신 작설차 한 잔을 투박한 질그릇 찻잔에 담아 안채 뒤란을 지나 뒷마당 대나무밭 옆에 자리한 정음헌(靜音軒)으로 내올 때까지 계면조의 휘모리장단은 계속되고 있었다.

구름 위를 걷듯 발걸음 소리를 죽였다고 했는데도 섬돌 앞에 서자 대번에 "알타공주[11]?" 한다. "네." 하고 주춤 멈춰 서는데 이번엔 "거 작설차 아니냐?" 한다. 어느새 심청이 선인에게 팔려

---

11)알타공주: 신라 진흥왕의 딸로 왕의 허락을 받아 우륵에게 가야금을 배웠다. 그러다 스승과의 금지된 사랑에 빠지게 됐고 그 결과 우륵이 탄금대로 귀양을 가게 됐다는 충주지방 민간에 전하는 전설 속의 공주이다.

가는 대목 같은 애원조의 가락은 끝나 있었다.

"어쩐 일이십니까?"

'이 시각에 산조 가락이라니요. 게다가 애원조까지. 혹 무슨 일이 있으십니까?' 하는 뒷말은 끝내 입에 담지 못하였다.

"어쩐 일은, 스쳐 지나가는 바람결이 하 스산하더구나. 하더니 마음에 물결이 일렁이고……. 노추지? 몸은 늙었으되 마음은 청춘이다, 뭐 이런 거 아니겠느냐. 허허허."

"아닙니다. 언감생심 노추라니요."

하면서 정애는 눈을 내리깔았다. 자신을 빤히 바라다보는 수경의 눈을 마주 보기 조금 뭐하다 싶은 생각이 들었다. 이럴 때 보면 멀쩡한 사람 같다. 수경은 진작부터 세상을 보는 눈을 아니, 안구는 여느 사람들처럼 아무렇지 않되 기능을 못 하는 청맹과니셨다.

"일찍이 소리가 상하면 세상이 상한다 해서 옛 성인들은 세상의 환부에 메스를 들이대기 전에 먼저 소리를 바로 했다 했는데……. 우륵은 대가야땅에서는 그게 어렵겠구나 싶어 월경을 해 신라땅으로 들어갔던 것 아니겠느냐. 그런데 이 눈뜬장님은 여기 남아 무얼 하는지 모르겠구나."

"무슨 말씀이십니까. 스승님의 소리를 따르려는 자들이 세상에 한둘이라고 그리 말씀을 하십니까."

"아침이 되면 흔적도 없이 스러져버리는 새벽안개를 쫓아 스며드는 자들 말이냐. 그들을 볼 때마다 죄가 더 깊어지는 것 같아

괴로울 뿐이다."

"김유익 선생이나 토평 선생 같은 분들도 계시지 않습니까?"

"김유익과 토평이? 그래, 토평이 있었구나."

"그리고 어디 토평 선생뿐이겠습니까?"

"그래?"

"이정애는……."

"참, 그렇구나. 우리 알타공주 정애도 있었구나. 허허허."

말씀 끝에 매달린 웃음소리를 들으면서 비로소 가슴을 쓸어내린다. 그렇다.

'나는 알타공주다. 유배당해 온 악성 우륵을 남몰래 사모하는 진흥왕의 딸, 알타공주. 하지만 21세기 알타공주는 왜 이리 서럽기만 한가. 내 사랑 토평은 도대체 어디에 처박혀있어 코빼기도 보이지 않는 걸까.'

"좋구나. 알타공주 차 끓이는 솜씨가 일취월장하는 것 같다."

"아니 옳습니다."

"아니다. 잘하는 건 잘하는 거다. 귀한 차 덕에 일렁이던 마음이 한결 가라앉는 것 같구나. 고맙다."

찻잔을 내려놓은 채 빈 쟁반을 들고 돌아서는데 "기세요?" 하는 목에 톱날이 걸린 듯한 남정네의 목소리가 들려왔다.

2

"수경 선상님, 커피 한잔 주십시오."

귀에 익은 동네 이장의 목소리였다. 서둘러 커피를 준비해 다시 정음헌 쪽으로 향했다. 해사한 얼굴의 검정 가죽점퍼 차림과 함께 앉아있던 이장님이 정애를 깜짝 반겼다.

"아이고! 정애 씨 집에 기셨네. 난 또, 오늘이 운봉 장날 아녀? 그새 장에라도 나갔으면 어쩌나 했었는디 마침 집에 기셨네. 이리 잠깐 올라오셔야 쓰것는디."

"이 사람 좀 확인해줄 수 있겠습니까."

커피 잔을 내려놓고 돌아서는데 김종표 형사가 정애의 뒷덜미를 움켜쥐었다. 흘깃 돌아보자 기다렸다는 듯 안주머니에서 뭔가를 꺼내들고 있었다.

정애의 눈엔 그런 작자가 뭔지 모르게 께름칙했다. 젊고 곱상하게 생긴 데다 피부까지 백옥처럼 하얘 부잣집 귀공자 영락없지만 사람을 쳐다보는 눈길만은 영 아니었다. 핥듯이 훑어내리는 시선도 불쾌했지만 파렴치범을 보는 듯 의심이 잔뜩 배어 있는 눈길은 더 기분 나빴다. 김 형사는 정애의 그런 시선 따위 아랑곳하지 않는다는 듯 주머니에서 꺼낸 A4용지를 정애 코앞에다 바짝 드밀었다.

흘깃 보기로 남자의 얼굴이 한가득했다. 정애는 부러 종이에 눈길 한번 주지 않은 채 시선을 내리깔았다 치뜨며 김 형사를 정면으로 응시했다.

"들었지라우? 엊그제 저그 저 위 백무동 끝자락 너럭바위 위에서 실족사헌 남잔디……."

"아! 아직 실족사라고 하기엔 조금 그렇습니다. 부검결과가 아직 안 나왔으니까요. 이 남자 전에 여기 들른 적 있습니까?"

사진 속의 남자는 비교적 뚜렷한 윤곽을 가지고 있었다. 하지만 그렇게 특출나게 잘생긴 얼굴은 아니었다. 그냥 거리에서 흔하게 볼 수 있는 그런 정도의 일상적인 얼굴이었다. 한데 낯이 익었다. 어디서 봤더라? 허리를 꺾고 자세히 들여다보니…… 가만 혹시? 하는데,

"누구요? 아는 사람이요?"

내내 시선을 내리깔고 있던 수경이 걱정이 잔뜩 배인 목소리로 다그치듯 물어왔다. 정애가 보기로 다분히 의도적인 질문이었다. 마치 정애의 입을 막으려는 듯한.

"아닙니다. 안면이 없는 얼굴입니다. 오래전에 묵었다 간 손님이 아닐까 싶습니다."

"그래요?"

"네."

"그래요? 거 좀 이상하군요. 사고 나기 전날 이 집에서 나오는 걸 보았다는 목격자가 한둘이 아니던데. 거기다가 이자의 소지품에서 이 집 전화번호를 적은 메모지도 나왔고요."

김 형사가 다소 뚱한 목소리로 말꼬리를 이었다. 정애를 쳐다

보는 그의 눈동자는 여전히 희번덕이고 있었다.

"보셨듯이 대문이 늘 열려있는 시골 민박집이잖습니까? 누구고 맘대로 드나들 수 있지요. 거기다가 수경 선생님께 가야금을 배우는 학생들도 많이 있습니다. 그 남자 또래의 제자도 부지기수지요."

"그래요? 죽은 남자 또래의 남자로 누가 있지요?"

김 형사는 아무 생각 없이 한마디를 툭 던졌다.

"곡성대학 교수이신 김유익 선생도 계시고요."

"김유익이요?"

낯이 익은 이름이었다. 그랬다. 죽은 사람의 유류품 중에서 읽어본 이름이었다.

"그분도 그날 이곳에 들렀던가요?"

"아마 그런 걸로 알고 있습니다."

정애는 그가 건네준 사진을 다시 그 앞으로 밀쳐놓으며 자리에서 일어섰다.

수경과 정애를 번갈아 쳐다보던 김종표 형사는 그래도 뭔가 부족하다는 듯 연신 고개를 갸웃거렸다.

"한데 어쨌다는 거요? 내가 잘못 듣지 않았다면 그 사람이 죽었다고 하는 것 같던데."

수경은 목을 길게 빼고 이장이 자리한 쪽을 향해 귀를 쫑긋 세웠다.

"네. 여기서 멀지않은 낭떠러지 밑 너럭바위 위에서 죽은 채 발견된 사람입니다."

"저런! 아니 뭐하던 사람인데?"

"소설가더군요. 지금 아니, 지난달까지 모 여성잡지에 소설을 연재하던 작가였습니다."

"저런, 저런. 아니 소설가가 무슨 일로 여기까지 와서."

김 형사는 연신 눈을 껌벅이는 수경과 그의 무릎 옆에 놓인 가야금을 번갈아 쳐다보았다. 정애는 그런 김 형사의 눈길이 여전히 마음에 걸렸다.

3

분명 징검다리를 건너 마천동 쪽으로 뻗어내린 남한산성 산줄기가 주춤 멈춰선 끝자락에 있는 파란 기와집이라 했었다. 하지만 그 자리에는 찌들다 못해 이젠 다 주저앉고 있는 낡은 슬레이트 집 한 채만 동그마니 자리하고 있었다. 슬레이트 집 앞에 선 박 반장은 문설주에 박힌 돌쩌귀에서 떨어져 내릴 듯한 철 대문짝을 마지못해 살짝 두드렸다.

"누구슈?"

곧바로 남자인지 여자인지 구분이 안 가는 굵직한 목소리가 인기척을 해 왔다.

"실례합니다."

문밖의 박 반장의 대꾸 끝에 이내 꽈당 하고 문 여닫는 소리가 났다.

그리고 오래지 않아 신발 끄는 소리에 이어 조금은 생뚱맞아 보이는 쪽진 머리에 비녀를 꼽은 얼굴이 불쑥 나타났다. 풀풀 날리는 분을 분장하듯 바른 위에 빨간 입술연지까지 칠했지만 얼굴에 다분히 그어진 잔주름살은 오갈 데 없는 할머니 그대로였다. 단지 조금은 말끔해 보여 다른 할머니들보다 덜 추해 보인다는 것뿐. 이런 할머니한테 그 절박한 시간에 문자를 보내다니, 반장은 너무나 의아스러웠다.

"어떻게 오셨소? 보아하니 소리를 들으러 온 것 같지는 않은데."

"소리요?"

"그래요. 아직은 이 박순님이 가야금 소릴 들으러 오는 사람들이 꽤 있거든."

"아! 예. 하지만 전 소설가 이윤섭 사건으로 좀 알아볼 게 있어서 온 경찰인데요."

"이윤섭? 오! 저 아래 수서동 사는 소설가 말이요?"

"네."

"그래. 무슨 일일까? 좌우간 들어오세요. 헌디 누추해서. 집이 낮으니까 머리 조심해야 쓰요."

하면서 돌아서 앞서기 시작했다.

"아! 예. 한데 성함이 초향 씨 아니시던가요?"

박 반장이 앞선 할머니의 등 뒤에다 대고 물었다.

"내 이름? 이름은 순님이고 박순님. 초향이는 기방에서 처음으로 내 머릴 올려준 사람이 붙여준 머리이름이제. 기명 말이요."

"아. 예."

"혜숙이가 알려줍디까? 여기 말이요."

어둑한 방 안으로 들어선 초향은 서둘러서 고미다락께의 벼락닫이를 열어 재꼈다.

"혜숙이요?"

문을 열고 방 안에 들어서는 순간부터 확 달려드는 비릿하고 구릿한 냄새 때문에 숨이 막힐 지경이었다.

"아! 그 죽은 소설가 딸 말이요."

"아! 네."

반장에게 방석까지 권한 다음 초향은 방 윗목에 난 미닫이를 살짝 열고는 벽에 세워진 가야금을 안아왔다. 미닫이 문 안에는 또 하나의 방이 있었으며 방 아래쪽으로 자릴 청하고 누워있는 사람과 그 사람의 머리맡에 병수발을 하고 있는 듯한 생머리의 처자도 언뜻 보였다. 초향은 여기저기를 살피고 다니는 반장의 시선 따윈 아랑곳하지 않는다는 듯 가야금 용두를 무릎 위에 올려놓았다.

"윗방의 저 화상은 좀 전에 말했던 내 머리서방이라오. 그리고 그 머리맡에 앉아있던 처자는 화상의 유일한 핏줄인 딸이지요. 이름이 정귀임이라고 했지 아마. 저렇게 다 큰 처자까지 달고 다니던 화상이 돈 떨어지고 병들어 다 죽게 생겼으니까 그래 지 손으로 내 머릴 올려줬다며 꼴에 머리서방이라고 찾아오지 않았겠소. 또 보니까 나 말고는 저 병든 화상을 받아줄 사람이 아무도 없더라고. 당시 딸인 저 처자는 중학생쯤 되었을까 했으니까.

그래, 눈 딱 감고 집에 들여놓은 거여. 한데도 화상이 염치도 없이 저리 눠서 똥오줌까지 싸대고 있다오. 여태껏 방 안에 똥오줌 냄새가 진동했었제. 바로 얼마 전에 저 화상 똥오줌을 치웠거든. 참, 나도 미쳤제. 천하에 짜 하게 이름난 기생년이 지가 무슨 춘향인 줄 알고. 쯧쯧쯧. 나하고 이야기하는 동안은 싫어도 가야금 소릴 들어야 허요. 그래야 저 윗방 화상이 나중에라도 몽니를 안 부려. 날 찾아오는 남정네 손님 대부분은 돈 내고 가야금 소릴 들으러 오는 한량들이거든. 아니면 무슨 바람이라도 피우는 줄 알고는 끼니 때 입을 꼭 다물고 죽도 안 받아 먹으려 들거든. 하여간 남자들이란. 쯧쯧쯧."

그러면서 퇴물기생 초향의 가야금 연주가 시작되었다. 반장은 가야금 소리 사이사이에다 질문을 끼워 넣어야만 했다. 빌어먹을, 이럴 줄 알았더라면 출두요구서를 보내 서로 부르는 건데. 아무튼 반장은 이래저래 여러모로 애를 먹고 있었다.

"처음엔 이윤섭 선생도 소문을 듣고 이 초향이가 타는 가야금 소리를 들으러 온 손님이었지요."

"……."

"그 뒤로 내 처지가 안 돼 보였던지 자기네 집으로 날 불러 가야금을 가르쳐 달라고 했소. 하지만 배우는 건 둘째고 주로 이야기를 많이 나눴어요."

"좋습니다. 얘긴 거기까지만 듣겠습니다. 지금부턴 제가 질문을 하겠습니다. 신중히 생각해서 대꾸해 주셔야 합니다."

"그래요? 그럽시다. 한데 무슨 얘기까?"

"지난달 27일 밤에 이윤섭으로부터 휴대전화 메시지 한 통을 받으셨지요?"

"예? 휴대전화? 아! 그 이상스런 말을 보내왔던. 그거라면 받았지요."

"그 메시지의 내용을 알아야 하는데 아시는 대로 좀 일러 주시겠습니까?"

"글씨 나도 그걸 모르것어. 도통 그게 무슨 소린지. 뭐랬더라? 뭐라고 했는데. 그게 무슨 소린지."

"38, 8, 40, 그리고 게, D, 사 입니다."

"오! 맞어. 그랬던 것 같아. 헌디 도무지 그 말이 뭔지 알 수가 있어야제. 그리고 그 밤에 그런 걸 왜 나한테 보내? 난 우리 두 사람 사이가 그 정도까지는 아니었다고 생각하는데."

"글쎄요. 이윤섭이 숨이 끊어지기 4, 5초 전에 혼신의 힘을 다해 휴대전화 자판을 눌러 보낸 메시지였습니다. 세상에 많고 많은 사람 중에 초향 씨에게 말입니다. 그런데 그걸 모르겠다니 말이 되겠습니까?"

하지만 반장은 이미 포기를 하고 있었다. 초향은 정말 메시지의 내막을 모르고 있는 듯했다.

"말이 안 돼도 어쩔 수 없지요. 알 수가 있어야제."

반장은 갑자기 눈앞에 탁한 안개가 밀려드는 걸 느낄 수 있었다.

"한데 사고 나던 날도 소설가의 집을 찾으셨던가요?"

"네. 나한텐 어디 간다거나 갔다 온다거나 하는 이야기를 안 했었거든요."

"그래, 그냥 기다리다 오신거구만요."

"예, 아마 집으로 돌아갈 시각쯤 됐을 때 그 집 딸내미가 울며불며 집을 나서더구먼요. 그래 바로 나도 뒤따라 나왔었지요."

"아! 예. 그동안에 혹시 누구한테 쫓기듯 불안해하거나 혹은 안절부절못하거나 하는 그런 눈치를 안 보였던가요?"

"아니요, 전혀요. 참! 사건이 나기 며칠 전에 도둑이 들은 적이 있다고 했어요."

"예?"

"한데 죽일 놈의 도둑이 책꽂이 책만 다 빼 어질러놓고는 그냥 갔다고 하더라고요."

"그래요? 무얼 훔쳐간 게 아니라?"

"아마 그랬다는 것 같았지. 그래, 그거 아닌가 몰라? 책꽂이. 책꽂이에서 보자면 끝에서 38, 위에서 8 하던가. 그리 부를 수도 있지 않은가뵈."

"책꽂이요?"

'그래, 그럴 수도 있겠다. 뭔가를 감추어 놓고 그 장소를 측근에게 일러주기 위한 암호 같은.'

반장은 새롭게 밀려드는 전율을 온몸으로 느끼며 애써 태연하게 그의 연주하는 손을 바라다보았다. 시선은 가야금에 처박은 채로 손은 가야금 공명판 안에서 현을 따라 사뿐사뿐 춤을 추고 있었다. 박 반장은 그렇게 머리와 육신이 아무렇지 않게 따로 놀고 있는 초향을 부럽다는 듯 멍하니 바라다보았다.

"더 물어볼 것이 있으시오?"

눈을 치뜨고 박 반장을 건너다보는 초향의 손은 여전히 가야금 줄 위에서 화간의 나비가 되어 훨훨 날고 있었다. 그리고 윗방에는 누워서 똥을 싸대고 있는 언젯적 머리서방이 있다.

"아, 뭐 대강 다 끝난 것 같은데 저 물 한잔 얻어 마실 수 있겠습니까?"

"물이요? 그럽시다."

초향은 가야금의 용두를 저만큼 밀어놨다. 그리고 자리에서 일어나 주방 쪽으로 돌아서 나갔다. 그런 초향의 뒷모습을 확인한 반장은 바지 주머니를 털어 몽땅 다 건넌방 머리서방의 베개 머리맡에 쑤셔 넣었다. 인사의 인생이, 향이의 마음 씀씀이가 처음부터 맘에 걸렸었다. 이야기 동안 콧잔등이 찡해오는 걸 숨을 흠흠 거리며 겨우 참아냈었다. 그리고 무엇보다도 돈을 내고 소리를 들으러 오는 한량들이 많다는 소리가 맘에 걸렸었다.

"형사 양반이라고 그랬지요?"

"네? 아, 네."

나올 거 없다는데도 굳이 대문 앞까지 따라 나온 초향은 앞선 박 반장의 등판을 질벅거려 극장 표 같은 티켓 한 장을 내밀었다.

"뭐 어린 가수들처럼 거하게 리사이틀이라 할 것까진 없지만 다음 달 동숭동 작은 극장에서 독주회가 있어요."

"네."

박 반장은 초향이 내민 티켓을 두 손으로 정중하게 받아들었다.

"도통 사람이 없을 것 같아서, 시간 좀 내주실 수 있을까 모르겠소?"

4

"여긴 아파트 광장도 금연구역입니다."

경비실의 담뱃갑만 한 문을 밀치고 그 안에 웅크리고 있던 수위가 낮은 톤으로 말을 건넸다. 말소리에는 그러니 알아서 기라는 듯 다분한 무게가 실려 있었다. 박 반장은 조금은 무안한 얼굴로 입에 건성으로 물고 있던 담배를 코트 주머니 안에 던져 넣었다. 그러고는 "인자는 이런 건성 날담배도 못 피것구만. 그래, 젠장을." 하며 혼잣말로 구시렁거렸다.

"그래요?"

'봉이 김선달도 아니고. 이젠 서울에서는 하늘까지 돈 받아먹고 분양을 하겠다는 거야 뭐야.'

박 반장은 다분히 심사가 뒤틀린다는 듯한 투로 그의 말을 되받았다.

"네. 한데 누굴 찾아 오셨습니까?

"예. 302호 이윤섭 씨요.

"이윤섭의 아파트요?"

박 반장의 물음에 경비실 수위 아저씨의 눈동자가 금세 동글해졌다.

"예."

"그 집, 지금 아무도 없을 텐데."

경비실의 늙수레한 경비는 연신 박 반장을 흘긋거렸다.

반장은 그런 수위의 코앞에다 신분증을 드밀었다. 이내 수위의 허리가 구부정해졌다.

"그래요? 다들 어디 갔나요?"

"딸은 엊그제 일찍 현장으로 내려간다며 울며불며 나가던데요."

"다른 식구는 없나요?"

"네. 아! 있긴 한데. 그 초향인가 뭔가 하는 아줌마는 조금 전 딸과 함께 왔다가 가야금을 들고 나갔고."

"가야금을 들고 나가요?"

그러면서 돌아서는 박 반장의 얼굴에서 알듯 모를 듯한 미소가 스쳐 지나갔다.

미소 덕에 유난히 자글자글한 눈가의 잔주름이 살짝 모습을 드러냈다. 주름 끝자락 메마른 피부에는 잡티와 검버섯이 온통 뒤덮여 있었다. 해서일까? 처음 대할 때 선뜩한 긴장감이 드는 형사다운 그런 면모는 눈을 씻고 봐도 없었다. 형사라기보다는 그저 수더분한 동네 이장 아저씨 같은 그런 몰골이었다. 느려터진 말솜씨에다 어딘지 모르게 현장의 긴장감을 덜어내는 듯한 말투 또한 이장 아저씨 같은 모습에 일조를 하고 있었다.

"네."

"그래요?"

"소문으로는 가야금을 배우기 위해 선생으로 청한 퇴물기생 출신이라 했습니다."

"그래요? 소설가가 가야금을 배우기 위해서? 한데 부인은…… 상처를 했던가요?"

"네. 두 부녀지간만 산 지가 오래됐습니다."

"아, 네."

대꾸 끝에 박 반장은 경비실 문 앞에서 엘리베이터를 향해 돌아섰다.

"엊그제는 도둑이 들었다더니……."

늙수레한 경비는 마지못해 따라 일어서면서도 연신 박 반장을 흘긋거렸다.

"302호 이윤섭의 집에요?"

도둑이란 말에 박 반장의 눈이 금세 동글해졌다.

"네."

"그래요? 소설가가 그렇게 부잔가? 도둑이 들 만큼 그렇게 부잔가요?"

"아! 뭐 남들은 없는 책이라도 가지고 있잖아요?"

"책이요? 그게 얼마나 나간다고 참……. 그래, 도둑놈은 잡았데요?"

"웬걸요? 베란다에서 그대로 뛰어내리는데 그걸 어떻게 잡아요?"

"3층에서 아래로?"

"그럼요."

경비는 연신 박 반장 일행을 곁눈으로 흘긋거리며 뒤를 따랐다.

5

잘해야 열 평 남짓 할까 하는 그의 아파트 안은 깔끔하게 잘 정리되어 있었다.

거실과 주방 그리고 방이 셋 있는데 그중 주방 바로 옆에 있는 하나를 서재 겸 집필실로 썼던 듯했다. 박 반장은 무엇보다도 먼저 책꽂이를 뒤지기 시작했다. 하지만 무얼 어떻게 어디서부터 해야 할지 알 수가 없었다. 너무나 막연했다. 메시지의 내용을 이해할 수 없을 바에야 첨부터 책꽂이를 하나하나 뒤져 나갈밖에. 하지만 메시지가 지시하는 대상이 뭐냐 하는 데에서 걸렸다. 작가의 서가에서 벌어지는 일이니 당연히 책이겠지 하겠지만 그건 어디까지나 일반적인 추측일 따름이다.

절체절명의 시각에 휴대전화 문자로 보내야 했던 내용으론 어딘가 좀……. 무릎에서 기운이 빠져나가는 소리가 들려왔다. 하지만 달리 방법이 없었다. 서가를 온통 다 뒤집어놓더라도 해 볼밖에.

양 벽면을 꽉 채운 서가에는 바늘 꼽을 틈새 하나 없이 책들이 빽빽이 들어차 있었다. 먼저 왼쪽 벽면을 뒤진 다음 오른쪽 벽면 책꽂이를 뒤져나갈 생각으로 왼쪽으로부터 책을 한 권 한 권 뒤져나가기 시작했다. 근 한 시간여에 걸쳐 한쪽 벽면 책꽂이를 반 정도 뒤졌을까 했을 때 전혀 생각 밖의 책 한 권이 눈에 들어왔다. 제목이 『게이의 사랑』이란 책으로 외국인 작가가 쓴 책이었다. 이런 걸 점잖은 작가 선생도 보나 하며 펴 들었다. 하지만 책은 온통 영어 일색인 외국 책이었다. 박 반장은 쓴웃음을 지으며 다음 칸으로 옮겨갔다.

그렇게 해서 3시간여에 걸쳐 서가를 다 뒤져 봤지만 책 말고는 다른 아무것도 발견할 수 없었다. 바로 방 안의 다른 물품들을 뒤지기 시작했다. 숨듯 처박혀 있는 책상 위에는 구닥다리 PC 한 대가 덩그마니 놓여 있었다. 우선 컴퓨터부터 뒤지기 시작했다. 메일에서 메모 일기 혹은 개인 홈페이지까지 샅샅이 뒤졌다. 개인 홈페이지 안에 그간 잡지에 연재했던 소설 전편도 찾아냈다. 생각잖은 수확이었다. 안 그래도 어떻게 잡지를 다 구해 읽어보나 하던 차였다. 그리고 작품에 임하는 자세와 간간이 작품 자체에 대한 고뇌를 기록한 메모도 보였다.

책상 서랍에서는 낡은 수첩 한 권도 눈에 띄었다. 뭔가 생각이 퍼뜩 떠오르는 순간 이를 놓칠까봐 괴발개발 갈겨쓴 글씨가 대종을 이루는 수첩이었다. 내용을 대강 훑어보던 중 얼핏 눈에 띄는 대목이 있었다. '4월 28일 10시 청주교도소' 하는 메모였다. 다른 것들에 비해 비교적 또박또박 쓰여 있었다. 그리고 바로 뒤따라 '이자에게도 한 캐릭터를 부여해?' 하고 갈겨 쓴 글자 뒤를 이어서 바로 다른 말이 쓰여 있었다. '가야학회는 극복될 수 있는가? 결국 나는 가야학회에 의해 암살당하고 마는 것 아닐까.' 하는 말이 쓰여 있었다.

'암살? 암살이라, 뭔가 섬뜩하다. 토평인가 뭔가 하는 자도 가야학회를 운운했었다. 도대체 가야학회는 뭔가?'

서랍 안의 수첩을 챙겨 넣으려다 말고 주춤했다.

'가만, 4월 28일 청주교도소 하는 메모는 잊지 않고 있다가 당일 청주교도소로 면회 가겠다는 게 아닐까? 그리고 그 누군가는 뒤따라 나온 문장의 문맥으로 따져보면 도굴범이고. 현역 소설가가 교도소로 도굴범이라는, 어찌 보면 파렴치범이나 다름없는 자를 면회 가겠다는 것 아닌가? 더더욱 그런 자를 지금 연재 중인 작품 속의 한 인물로 쓰겠다고 하고. 그런 걸 보면 지인이거나

친인척은 아닌 것 같은데.'

더 알 수 없는 건 도굴범의 진술을 다른 누구의 말보다도 더 신뢰하는 듯한 느낌이었다. '도굴범이 작정을 하고 입만 열면 ○○대 가야학회 노 회장의 가야 학설 정도는 바로 뭉개질 수가 있을 텐데.' 하는 따위 메모 같은 게 그 증표였다. 민지숙이라는 잡지사 여직원에 대한 언급도 있었다.

이들 모두가 이번 사건과 무슨 관련이 있는 사람들이 아닐까? 상상이 꼬리에 꼬리를 물고 있었다. 조심스레 방을 빠져나오는데 문 옆 서가 한구석에 서 있는 가야금이 얼핏 눈에 들어왔다. 자세히 보니 늘 봐왔던 그런 가야금이 아니었다. 다른 것에 비해 크기도 작았을 뿐더러 줄도 12줄이 아니라 근 20여 줄은 되어 보였다.

띠 또오-옹

그것은 제11현 4단 음이었다. 곧바로 뒤를 이어 둘째 음인 3현과 4현이 꼬리를 물고 느리게 징땅거리며 물결을 이룰 것이다. 하지만 가야금 현은 띵 하고 엇나간 외마디 비명을 지르며 가늘게 떨다 이내 잦아든다. 소리를 더 가까이 듣기 위해 귀를 바짝 드밀고 있던 수경의 얼굴이 한순간 딱딱하게 굳어진다.

"죄송합니다."

"뭘 그럴 수도 있지. 잠깐 한 호흡 쉬었다 다시 한번 해 보겠어?"

그러면서 수경은 무릎 위의 용두를 더 바짝 끌어당겨 12줄 현을 몇 번 넘나들며 고르나 싶더니 곧바로 너덧 줄이 천둥번개를 치듯 요동을 한다. 모두가 하나같이 날이 선 칼날처럼 예리하기 그지없는 2단 4단 3단 음 일색이다.

땅, 칭, 총, 칭, 유독 요동을 치듯 하는 거친 가야금 소리가 전에 없이 수경의 신경을 거슬렀다. 조심스레 현으로 다시 가던 손길이 저절로 우뚝 멈춰 선다 하는데 곧바로 뒤따라 소리가 이어진다. 조금 전과는 또 다른 생소한 가락이다. 결코 전에는 들어본 적이 없는, 가슴을 쥐어짜는 듯한 애절한 가락이다. 뭔가가 께름칙하다.

띠―또―옹, 땅, 땅, 징, 땅, 찡, 땅, 징, 당, 찡, 땅

소리는 물결을 이루듯 잦아드는가 싶으면 다시 살아나 마침내는 12줄이 모두 나서 나대기 시작했다.

가락은 계면조를 넘나들다 넘나들다, 애원조로 돌아서려 한다.

"정애야."

낮게 내리 깐 수경의 목소리가 전에 없이 묵직하다. 하기야 정애 역시 한 작품에 박자를 두 번씩이나 놓친 일도 근래 없던 일이긴 하다.

"죄송합니다."

얼른 손을 놓고 머리를 조아렸다.

"박자도 박자지만 오늘따라 현 또한 긴장과 이완이 상반된 데

가 있어 보이는구나. 무슨 일이 있는 거냐?"

"아닙니다."

"음……."

"……."

"남도 국악제 서류는 접수했다고 했었지?"

"네. 한데……"

"한데? 사정상 때려치우기라도 하겠다 이것이냐? 이윤섭이 일로 경찰을 속였던 내가 마음에 쓰였나 보구나. 그래서 그러는 것이냐?"

'아! 그거였구나. 난 또.'

정애는 입안에서 소리 없이 웅얼거리다가 손을 들어 얼른 입을 틀어막았다.

"그날 밤 소설가 이윤섭이 날 찾아왔던 사실을 숨기려하는 내가 의심스러웠겠지? 사실 귀찮아서도 그랬지만 이야길 시작하면 끝이 없을 것 같아 그랬던 것인데."

그러면서 수경은 여태껏 건성으로 무릎 위에 올려놨던 가야금의 용두를 마룻바닥 위에다 소리 없이 내려놓았다.

그러면서 조심스레 입을 열었다. 먼저 수경이 경남 김해 지역에서 이곳 지리산 끝자락인 함안군 마천면 강천리로 이주해온 이유였다.

"다른 거 없었어. 시력을 잃어버린 인생 패배자나 다름없는 풍각쟁이가 은둔하여 살기에는 그만이다 싶어 찾아들었던 거야.

시력을 잃어버리기 전에 세석평전에서 이곳 백무동 계곡으로 내려온 적이 있었거든. 그때 본 그 절경을 잊을 수 없었던 것도 이리로 이주해온 이유의 하나이기도 했었다. 하지만 비책인 『이문일지』에 나오는 우륵을 들먹이는 이들도 있었어. 그의 책에 의하자면 말년의 우륵 역시 백무동 계곡 끝자락인 이곳에다 자릴 잡았었거든. 하지만 나로서는 정말로 우연히 그리 된 것뿐인데 말야."

"……."

"자리 잡고 난 한참 후에 찾아온 토평도 그랬으니까. 도무지 내 말은 믿으려 하지 않았으니까."

"토평 선생께서요?"

순간 정애의 가슴이 쿵 하고 내려앉았다.

"이곳 강청리로 이사 온 후 한참 되어서 토평이 물어물어 찾아왔더구나. 그러니까 정애가 날 찾아 이곳으로 들어오기 한 2, 3년 전 일이었을 거야."

"무슨 일로……."

"그때 토평은."

그때도 지금처럼 토평은 가야금 하나만 덜렁 둘러메고 우륵의 전설적인 제13곡을 찾아 남한 산천을 떠돌고 있었다. 국토의 최북단인 철원이나 간성, 또는 최남단인 토말이나 마라도 가리지 않고 돌아다녔었다. 그러던 중 바람결에 들려온 수경의 소식을 듣고 혹시나 하는 마음으로 찾아왔던 것이다.

어둑한 밤 대나무 잎 사각거리는 정음헌 마루에서 토평을 맞은 수경은 거리낌 없이 가야금을 뜯었다. 둘은 그렇게 한참 동안 소리를 주고받았다.

그러다 어느 순간엔가 토평이 먼저 말문을 열었다.

"『이문일지』의 지적처럼 왕국의 서기가 어린 이곳 지리산 끝자락에서 대가야인 반파의 부흥과 영주 자리를 꿈꾸시는 건가요."

비책인 『이문일지』의 저자인 이문은 실지로 1500년 전부터 지리산 끝자락 반파의 변두리인 이곳 강천리를 왕궁의 터라 하고 있었다.

"언감생심 대가야의 영주라니. 만일 그렇다면 그건 당연히 토평 자네라야 하겠지."

"불경스럽게 하찮은 제가 어찌 영광스런 대가야땅의 영주 자릴 넘본단 말입니까?"

"이젠 방황을 접고 한 곳에 머물러야 하지 않겠나? 그런 생각에 자네에게 물어보지도 않고 터를 잡은 것이네. 가야 역시 이곳에서 다사강[12]의 비굴함을 버리고 황성강[13] 하구를 다시 찾지 않았던가?"

---

12)다사강: 섬진강의 가야 시절 명칭. 대가야는 낙동강 하구를 신라에 빼앗겨 멀리 돌아서 가야 하는 긴 뱃길이지만 어쩔 수 없이 섬진강을 지나 남해로 나갈 수밖에 없었다.

13)황성강: 가야 당시 낙동강을 이르는 말이었다. 낙동강은 신라나 가야 모두에게 남해로 나가기 위해 절대 필요한 관문이었다. 이를 가락국의 멸망으로 신라가 차지하게 됐다.

"애초에, 처음부터 떠나지 말았어야 했습니다."

하지만 토평은 회한 섞인 혼잣말로 동문서답을 하고 있었다.

수경의 얘길 묵묵히 듣고 있던 정애가 갑자기 불쑥 끼어들었다.

"그래, 토평이 방황을 접겠다는 얘기를 했었나요? 안 했겠지요."

"그냥 입에 바른, 급하다고 둘러대느라 말을 하는 사람은 아니니까."

"바보 같은 사람. 자신 역시 대가야의 부흥을 꿈꾸는 유민이었으면서."

"허허허, 있는지 없는지도 모르는 노래를 찾아다니는 한심한 토평이 말이냐."

"네. 하오나 노래라는 건 원래 그런 거 아니겠습니까? 바람처럼 말입니다."

"저 멀리 가락국의 하늘에서 불어오는 바람 같은 거 말이냐."

"맞습니다. 우륵 할아버지가 퍼트린 황척음 같은 비음(秘音)이지요."

"비음이라…… 그래, 비음이지."

서기 551년 이후 우륵 할아버지가 신라의 국원[14]으로 넘어간 뒤 진흥왕은 계고, 법지, 만덕[15] 셋을 우륵이 머물고 있던 국원으로 보내어 가야의 음악을 배우게 한다. 한데 그들은 우륵에게서 가야의 뛰어난 음악을 다 익히고 난 다음 스승인 우륵의 12곡을 난도질해 5곡으로 만들어 버리고 만다. 이른바 '음란하면서 아정하지 못하다'는 유명한 이유로. 말이야 그리했지만 기실은 12곡 그대로를 고스란히 받아들이기에는 너무나 배가 아팠던 것이 아니었을까 싶다.

하지만 워낙에 뛰어난 가락이다 보니 난도질당한 그대로 신라의 대악[16]으로 쓰이게 된다. 하지만 그 역시 가슴 찢어지는 애통한 일이 아닐 수 없었다. 그래서였던지 우륵은 문제의 제13곡인 비밀스런 가락을 만들어 가야의 남은 사람들에게 전하게 된다. 그러면서 후대에 가야인들은 물론 이 땅의 모든 사람을 구원할 노래라 은밀하게 속삭였었다.

비밀스런 노래는 바로 고구려, 백제, 신라를 가리지 않고 사람들의 입을 통해 민들레씨앗처럼 널리널리 퍼져나갔다. 그렇게 고려 때까지 민간의 입에서 입으로 생명을 이어오던 노래가 무슨 이유에서인지 조선조 들어와 잠시 시들해진다. 그러다 일제를 겪으며 다시 고개를 들고 퍼져나가기 시작했다가 100여 년 전부터 다시 모습을 감추어 버리고 만다.

황음[17]이었고 미륵신앙이었으며 사람마다 가슴에 품고 있는 염원을 꽃피워주는 신통력을 가지고 있다 믿었던 노래는 끝내 모

---

14)국원: 당시의 충주를 이르는 말로, 가야의 사민을 주로 수용했던 신라의 버려진 땅이었다.

15)계고, 법지, 만덕: 진흥왕이 우륵에게 보낸 신라의 음악인들.

16)대악: 신라의 궁중음악을 이르는 말이다.

습을 나타내지 않았다. 노래를 기억하는 사람은 전국팔도 어디에도 없었다. 세상이 어수선하다 싶으면 꽁꽁 숨어있던 세상 어디선가에서 기어 나와 사람들의 입에서 입으로 퍼져나가던 노래였는데. 옛날 어른들은 세상이 어려워지면 꽁꽁 숨어버린 전설 같은 노래를 찾아내 사람들의 입에 다시 올리곤 했다는데. 우리의 할아버지의 할아버지가 그랬고 그 할아버지의 할아버지가 그래왔다 했는데. 분명코 이 시절 어딘가에 살아남아 있을 터인데 도무지 모습을 드러내지 않고 있었다.

"그리고 1년 정도 지났을까 하는데 어느 날 밤에 문제의 이윤섭을 데리고 불쑥 나타났던 거지."

수경은 자리끼 같은 물그릇을 더듬어 들고 목을 적셨다. 그런 수경을 물끄러미 바라다보고 있던 정애의 얼굴에 뭔가를 궁금해 하는 빛이 역력했다.

그러더니 조금 못 가 그에 입에 올리는 것이었다.

"정말 토평 선생이 말한 우륵의 13곡 같은 그런 노래가 존재하긴 하는 건가요."

---

17)황음: 중국의 우주질서에는 황종이 중심음이었다. 황음은 황종음의 줄임말이다. 삼황오제 때 황제가 신하 영륜을 시켜 곤륜산 북쪽 해곡의 대나무를 끊어와 두 마디를 잘라 그것을 불어 황종의 궁으로 삼았고 대나무 통에 기장 알을 부어 넣어 그 기장의 양을 가지고 척도로 삼았는데, 그 황종척을 잣대로 12개 율관을 기초해서 음악의 기본원리를 구축했다. -김지하, 『율려란 무엇인가』에서

"글쎄, 핍박 받는 민중들이 간절한 염원을 미륵신앙에다 담아내듯 그런 식으로 표출될 수도 있는 것 아닐까 하는데."

"아! 네."

"답이 됐는가 모르겠구나. 조금 전에 어디까지 이야기했지?"

"이윤섭 씨가."

"그래, 바로 문제의 이윤섭이 나타났던 거지."

"무슨 이유로 그 밤에……."

"불쑥 나타난 이윤섭은 내게 우리들의 북한에서의 탈출과정과 이유를 들려 달라 했어. 개인의 탈출기를 넘어 세계 유일무이한 분단국가의 비극일 수도 있는 이야기라면서 말야.

그날 밤 나는 그간 맘속에만 끌이고 살던 우리의 탈출과정을 소상하게 이야기해줬지. 이윤섭과는 그런 식으로 인연을 맺었던 거지. 그러면서 그의 소설은 농익어 갔고 나는 그의 소설을 위해 내가 가지고 있던 모든 것을 다 털어가며 음으로 양으로 도왔었지. 그의 소설 속 이야기 대다수가 내가 그에게 건넨 비책의 내용이 대부분이다시피 했었지. 그러면서 앞으로 나에 관한 얘기도 쓸 거라고 했거든.

사실은 사고가 나기 전날 밤도 앞으로 써야 할 소설의 그런 소소한 이야기를 하기 위해 찾아왔다가 다른 날과 달리 이내 자릴 떴었어. 한데 경찰에서 나온 사람들한테 그런 이야길 털어놓으면 그들이 내 말을 그대로 곧이듣겠어? 뭔가 다른 이유가 있을 텐데 둘러댄다고 트집이나 잡으려 들 게 뻔할 거 아니겠어. 그래 그런 상황을 모면해보려 했던 건데."

"맞아요. 그러겠습니다."

하지만 아니었다. 방금 정애에게 했던 말은 새빨간 거짓말이었다. 그날 밤 이윤섭은 영원히 열지 말았어야 할 재앙의 판도라 상자를 열어젖히기 위해 수경을 찾아왔었다. 오지 말았어야 했다. 그날 밤 수경을 찾아오지 않았더라면 아니, 그 문자를 해독해내지 못했더라면. 아니다. 그보다 더한 원죄는 토평의 말처럼 사선을 넘어왔다는 사실에 있었다. 넘지 말았어야 했다. 빌어먹을 이윤섭이도 그래. 그게 그리도 중차대한 일이었어? 자신의 목숨보다도 더? 수경 생각으론 참으로 어처구니없는 일이 아닐 수 없었다.

6

도굴범 이채연만 취재를 끝내면 지난번 휴대전화로 보낸 초벌 기사를 그런대로 완성할 수 있잖을까 싶었다. 교도소에 수감 중인 도굴범이 교도소 밖 살인사건에 연루되어 있고, 더군다나 죄인인 그가 사건을 풀어나가는 데 일정 부분 감당해야 할 역할도 있어 보였다. 이런 비범성이 사건의 대중적 흥미를 더 촉발시키는 요인도 되지 않을까 싶었다. 이는 또한 요한이 서둘러 청주교도소를 찾는 이유이기도 했다. 아무튼 교도소 취재를 끝내고 결과를 보강해 작성한 기사를 데스크에 제출할 참이었다.

요한은 버스가 궁내동 톨게이트를 벗어나자마자 기다렸다는 듯 커튼을 당겨 차창 밖 세상을 차단했다. 그러고는 곧바로 두터운 노트를 꺼내들었다. 이채연이 수감되어 있는 청주교도소까지는 버스로 대략 두 시간 정도 소요된다고 했다. 그 시간 동안 잠으로 시간을 무참히 죽이느니 독서를 할 생각이었다. 이윤섭의 소설은 읽어둬야 할 숙제였다.

여행용 가방에서 파란색 비닐 노트를 집어 들었다. A4지로 200쪽이 넘는 두툼한 두께였다. 원고 여기저기에 자기만 알아볼 수 있는 급한 메모 같은 것도 써놔 틀린 글자가 여럿 눈에 띄었다. 한 시간 반 동안에 다 읽어내기에는 너무나 많은 분량이 아닐까 싶었다.

다시 가방 속을 기웃거리다 주황색 표지의 노트를 집어 들었다. 그건 그의 홈페이지 안에 있던 비망록 같은 이런저런 메모가 들어있는 노트였다. 아니, 아예 메일이나 수첩의 내용을 마스터해버려? 하지만 읽는 재미는 소설만 할까 하는 생각에 끝내는 소설을 펼쳐들었다. 7회 연재분부터 시작되고 있었다.

AD 523년

김해 금관국은 제10대 왕이자 마지막 왕인 구형왕(仇衡王, 재위 521~532) 때에 이르러 490년 이어온 나라의 문을 닫는다. 신라 법흥왕에게 가락국을 통째로 들어다 바쳤던 것이다.

왕비 및 세 아들 노종(奴宗), 무덕(武德), 무력(武力)과 함께 국고(國庫)의 모든 보물과 나라를 통째로 들어 바친 덕에 구형왕은 양왕(讓王)[18]이라는 모욕적인 시효와 함께 상왕이란 칭호까지 받게 되고, 또 다른 포상으로 식읍으로 쓰라는 구가락국 땅과 함께 셋째 자식 무력은 신라 조정에 나가 상대등에까지 이르는 벼슬살이를 하는 광영까지 누리게 된다. 그런 패왕 구형왕이 이궁대에서 항복 행사를 마치고 왕조의 별궁인 태왕궁(太王宮, 별칭으로 수정궁[水晶宮])으로 이동할 때 백성들은 손을 흔들어 그런 양왕을 위로해 줬다.

"양왕 구형의 자식 무력이 지금 신라 조정에 나가 상대등[19]까지 올랐다고?"

도끼를 어깨에 둘러멘 이문을 앞세운 우륵은 송아지동무인 담숙과 어깨를 나란히 한 채 우두[20] 정상이 올려다 보이는 계곡을 따라 산을 오르고 있었다. 그런 두 사람의 발길이 징검다리 사이사이로 흐르는 냇물과 돌에 낀 물때나 진초록색 이끼를 피하느라 여간 조심스럽지 않다. 우륵은 그런 속에서도 송아지동무인 담숙에게 말을 건넸다.

"암! 이르다 뿐인가, 더욱이 이찬 이사부가 늘 가까이 두고

---

18)양왕: 나라를 타국에 양도한 왕이라 해서 후세사람들이 그리 칭함.

19)상대등: 신라 17관계(官階)를 초월하여 설정한 최고관직. 국사를 관장하고 귀족·백관회의인 화백(和白)을 주재(主宰)하며 귀족연합의 대변자 노릇을 하였다.

20)우두: 가야산 정상에 있는 한 바위가 소머리를 닮았다 하여 붙여진 이름.

있다고 하더군."

등에 꼴망태를 맨 철 노부꾼 담숙이 역시 헐떡거리는 호흡 사이로 대꾸를 했다.

"이사부가?"

"그렇다니까."

"그러다 설마 자식놈 무력을 앞세우고 우리 반파의 대가야나 다른 형제국 땅으로 쳐들어오는 건 아닌가 몰라."

"아니, 그럴 수도 있겠는데."

"그런 비극은 없어야 할 텐데. 이봐! 그런 이야기 치우고 이번에 다녀온 낙랑국 이야기나 좀 해 보지. 거긴 어떻던가? 낙랑국 거리는 우리 반파의 국읍인 고령이나 사로국의 계림 뺨치게 번다하다고? 사람들이 넘쳐난다면서. 또 가야의 철을 그렇게 높이 쳐준다던데 그 모두 사실인가?"

"물론이야. 멀리 반파 땅에서 온 철이라고 하면 서로 자기가 먼저 사겠다며 다투다 사가는 형편일세. 이번에도 아주 대환영을 받았지."

"그래 거 다행이구만. 참 우리 가실왕에게 보국 장군 본국왕 벼슬을 내려준 남제국은 거기서 얼마나 떨어져 있는가?"

"글쎄, 우리 같은 노부꾼 걸음으로도 반년 너머 가야 다 간다지 아마."

"낙랑에서? 그렇게나 멀어?"

"암. 이르다 뿐인가."

"그 남제국엔 우리 반파와는 달리 공구(孔子)나 불타(佛陀)가 다 성하다고 하던데."

"그렇다더구만."

"불타(佛陀)는 혜암 선사께서 늘 말씀하시던 바로 그분인가요?"

뒤따르는 우륵이나 담숙과는 달리 숨결 하나 흩어짐 없이 양 볼따구니에 불그레한 홍조까지 피어 있는 이문이 돌아다봤다.

"그래. 혜암 선사께서 말씀하시던 대자대비 하시다는 바로 그분을 말하는 거다. 한데 이문이 너는 힘들지 않은 모양이구나."

"힘들기는요. 어서 빨리 나무를 찾아내 그 '고[21]' 라는 놈의 상판을 드러내고 싶은 생각뿐인걸요. 한데 공구라는 어른도 선사님 초막 뒤 바위에 새겨진 그런 형상을 하고 계신가요? 귀만 커다랄 뿐 되게 못생겼던데……."

"허허허, 이문이 공구에 대해 알고 싶은 바가 많은 모양이다만 나도 직접 안 봤으니 뭐라 말을 못 하겠구나."

사람 좋은 담숙의 너털웃음 끝에 이문은 다시 오르막을 향해 돌아섰다.

---

21)고: 일설에 의하자면 3세기 이전부터 변진땅에 전승되어 온 현악기를 6세기 초 가실왕이 가야의 고라 해서 가얏고란 이름을 붙였다 하는, 가야금의 전신이라 한다.

"우리 반파에도 그런 좋은 스승들의 가르침이 빨리 들어와야 할 텐데 말야."

"글쎄 아직은 많은 사람들이 낯설어 하지 않을까 싶네만. 그나저나 자네 어디까지 오를 건가? 설마 정견모주[22] 할매가 있는 사당까지 오르는 건 아니지?"

"계곡 물소릴 들어보니 다 온 것도 같네 그려. 이런 청아한 물소리가 나는 맑은 개울가 바위틈에서 자란 오동나무로 울림판을 만들어야 쟁 소리가 청아하거든. 왜 거 물가 바위틈에서 자란 오동나무(水邊石上作 梧桐)라야 소리판 중에서는 으뜸으로 친다 안 하던가."

"건 또 어찌 알았을꼬. 혜암 선사께서 그리 이르던가."

"선사님 말고 누가 있겠나."

소설을 반은커녕 다섯 장도 미처 다 읽지 못하고 그에 잠에 빠져들고 말았다. 낭떠러지에서 떨어지는 꿈을 꾸는데 실지로 몸뚱어리가 한쪽으로 기우뚱 기울자 식겁을 해 눈을 번쩍 떴다. 버스가 터미널 승강장을 향해 거의 180도 회전을 하고 있었다.

---

22)정견모주: 신라 말의 유학자 최치원에 따르면 가야산신 정견모주가 천신 이비가지에게 감응되어 대가야 뇌질주일과 금관국왕 뇌질청예 두 사람을 낳았다. 뇌질주일은 이진아시왕의 별칭이고, 청예는 수로왕의 별칭이라고 하였다. 이는 바로 대가야의 건국신화이다.

7

"이 선생님이 사망을요?"

작가 이윤섭의 사망 소식을 전해들은 창살 저쪽의 도굴범은 지나치다 할 만큼 화들짝 놀라는 것이었다.

"아니 어쩌다……."

"지금 그것을 알아보기 위해서 여기까지 이 선생을 만나러 온 것입니다."

"……."

도굴범이라기보다는 황혼녘에 삽자루를 어깨에 멘 채 논두길을 가로지르는 밀짚모자같이 수더분해 뵈는 이채연은 망연해 하며 말을 잇지 못했다.

"이채연 씨, 이윤섭 선생님이 사고가 나기 전날 와서는 무슨 얘길 했었습니까?"

"어디서 어떻게 돌아가셨던가요?"

하지만 이채연은 동문서답을 하고 있었다.

"이 선생은 지리산 백무동 계곡의 한 낭떠러지 아래 죽어 있었습니다. 한문이 잔뜩 쓰인 낡은 한지 책장을 그러쥔 채 죽어 있었지요. 그런 모양새로 봐 숨이 끊긴 순간까지 뭔가를 간절하게 알리려 했던 것 같았습니다."

"하지만 어쩌지요. 그날 별말이 없었는데……. 그냥 잘 있었느냐 안부 정도만 묻다 갔어요."

이채연은 마음에 인 혼란을 가라앉히고 평정을 찾은 듯 좀 전과는 사뭇 달라진 얼굴을 하고 있었다.

"이 선생님, 천 리 남짓 되는 길을 달려와서 '그간 잘 있었소?' 하고 문안만 여쭙고 갔다는 게 말이나 됩니까? 왜 이러시는데요. 뭣 때문에 감추려 드는데요?"

"감추다니요? 제가 무얼 감춰요?"

"그래도 세상 물정은 좀 알겠구나 했더니 영 아니시네요. 이봐요. 그날 죽은 이윤섭이 면회 온 날 당신 영치금 통장에 거금이 들어왔었다는 거 다 알고 있습니다. 설마 백만 원 돈이 애들 껌값이라고는 안 하겠지요. 그 돈을 당신 통장에 영치시키고 그길로 남도 땅으로 내려가 죽은 겁니다. 그뿐이 아니에요. 중요한 것은 검시 결과 이윤섭의 등짝에 큼지막한 상흔이 드러났다는 사실입니다. 그건 누가 죽였단 얘기가 되는 것 아니겠습니까?"

"그러니까 누군가에게 살해를 당한 게 확실한 거로군요."

잠시 고개를 숙이고 있던 그가 다시 말문을 열었다.

"모두 다 그렇게 추정을 하고 있습니다."

"그랬군요. 상고심에서 확정 판결이 난 다음 전주교도소에서 이쪽으로 이감을 해 왔었는데 그런지 얼마 되지 않아 이윤섭 선생이 처음 찾아왔었습니다. 찾아와서는 대뜸 한단 말이 신문에 난 것처럼 내가 도굴했던 무덤에서 정말로 돌배나무[23] 안족[24]이 나왔냐는 거였어요. 앞뒤좌우 다 잘라내고 대뜸 그렇게 물으니 알아들어요? 글쎄 내가 무슨 가야금 도사도 아니고."

그러면서 이채연은 이윤섭을 만나게 된 과정을 상세하게 털어놨다. 텔레비전이나 신문에 난 뉴스를 보고 알게 됐다며 교도소로 찾아온 이윤섭은 이채연이 마지막으로 도굴하다 붙잡힌 전라도 장수 땅의 이름 없는 고분에서 정말로 가야금의 안족이 나왔냐고 물으러 온 다음부터는 마치 오래된 죽마고우나 되는 것처럼 자기 내키는 대로 면회를 왔다.

이채연도 그가 찾아온 이유나 하는 일이 무엇인가를 알고 난 다음부터는 물어오는 것마다 알고 있는 한 상세하게 답변해줬다. 그런 이채연의 친절에 보답이라도 하려는 듯 어느 날은 이채연이 해준 이야기를 바탕으로 쓴 소설을 가져다 보여주기도 했다. 그런 중에도 그의 질문은 계속되었다. 도굴했던 고분 근처에 그런 무덤이 많이 있었느냐, 혹 거기서 옛날 가야금에 썼을 법한 명주실 같은 것이나 나무판 같은 건 나온 적이 없느냐, 혹 감춰둔 토기 같은 건 없느냐, 있다면 좀 보여줄 수 없겠느냐, 당신이 지금까지 알고 있던 우리나라 고대사를 통째로 뒤집어엎을 만한 어마어마한 유물을 가지고 있는지도 모른다, 그러니…….

"그리고 엊그제는 뭣 때문에 들렀던가요?"

"제가 마지막으로 파헤쳤던 무덤이 있던 장소였습니다. 그곳

---

23)돌배나무: 장미과의 낙엽 활엽 소교목으로, 마른 후에도 재질이 단단하고 뒤틀림이 없어 가야금의 안족을 만드는 데 많이 쓰인다.

24)안족: 가야금 공명판 위에서 현의 팽창과 신축을 조절하는 기능을 하는 소도구로, 생긴 것이 기러기 발가락 같아 안족이라 한다.

을 알고 싶다고 했습니다."

"그걸 물으러 왔었단 말이오? 아니 뭣 때문에? 자기가 나서 손수 재도굴이라도 할 심산이었나?"

"알 수 없는 건 김해에 있는 이름 없는 고분에서도 그런 건 많이 나오거든요. 한데 꼭 운봉이라야만 하는지 알 수 없었어요. 특히 베개머리 바위가 건너다보이는 고분들에서 많이 나왔지요. 참, 이제 생각났는데 김해 베개머리 바위가 보이는 고분이라고 하니까 '뭐라 했냐?' 되묻더니 한참을 심각한 얼굴을 하고 있다 말 한마디 없이 나가버렸지요."

8

"여, 김요한! 하산했네. 나는 지리산 화엄사에 들어가 머리 깎은 줄 알았는데. 왜? 아무리 생각해봐도 속세의 고기 맛 술맛 못 잊어 땡추 짓은 못하겠데?"

잉크 냄새 풀풀 나는 석간을 펼쳐들고 있던 편집부 데스크가 신문 한 귀퉁이로 고개를 갸웃했다 이내 다시 장막 같은 신문 뒤로 숨어버린다. 요한이 테이블 위에 살며시 밀어놓은 후속 기사 원고 따윈 거들떠도 보지 않은 채다.

"죄송합니다. 제가 생각이 짧았습니다. 그 대신."

"그 대신, 그 대신에 뭐? 아! 이윤섭이 건으로 한건하지 않았냐

이 말인가? 회사 안에 소문이 파다하데. 산에서 큰 거 한건 건졌다고. 그 이야기 말하는 거지? 그래, 그럴만해. 하긴 휴대전화 문자 기사도 가관이었지. 기사와 함께 보낸 이윤섭의 사진은 백미였고."

펼쳐들고 있던 신문을 소리가 나게 접어 데스크 한쪽으로 밀어붙이며 테이블 앞에 고개를 숙이고 있는 요한을 치뜬 눈으로 건너다봤다.

"한데 문제는 그걸로 새우젓 장사 출신인 새 회장이 빽이 가겠느냐. 그게 그 정도로 겁나게 감동적인 얘기가 되겠느냐야."

"그랬으면 하고……."

"당장 돈이 안 되는데? 어디 가서 광고나 큰 거 하나 물어오는 게 백 번 낫지. 한데 그럴 생각은 안 하고 회산 인수합병 당한다는데 뭐 지리산으로 가? 폼이야 나지. 먹물들은 그게 탈이야. 알아? 뭘 몰라도 한참 모르거든."

그렇게 한참을 퍼부어대고 난 다음 요한이 밀어놓은 원고 뭉치를 못 이기는 척 슬며시 주워들었다.

"이름 없는 소설가 한 사람의 죽음 따위를 요즘같이 싸가지 없는 세상이 거들떠나 보겠어? 무슨 큰 이슈가 되겠냐고. 이런 게 어디 요즘 뉴스 축에나 끼겠어? 그렇다고 개그 프로나 아침드라마처럼 재미가 있겠어?"

원고를 대충 훑어보더니 신통찮다는 듯 테이블 한쪽에다 던져놓으며 창밖으로 시선을 돌렸다. 그의 시선이 가는 유리창 밖엔

까마득한 회색 콘크리트 벽 꼭대기 위에 파란 하늘 한 조각이 겨우 걸려 있었다.

“1500년 전 가야시대 이야기를 쓰던 작가가 작품을 위해…… 참, 작가가 여행을 떠나기 전에 이번 여행을 다녀오면 어쩌면 소설이 대박이 나게 될지도 모른다고 했었답니다. 아무튼 작품을 위해 떠난 작품 속의 장소에서 의문의 살해를 당한다. 그런 그의 손에는 뭔가를 말하려는 듯한 암호 같은 문서가 쥐어져 있었고.”

“그 손에 쥐고 있었다던 한문투성이 종잇조각을 말하는 거야? 해독은 해 봤어? 하긴 그게 해독된다고 해도 중뿔나게 달라질 것도 없겠지만 말야.”

데스크는 확실히 전 같지 않았다. 지난달까지만 해도 사람들 꼴만 보이면 기사를 찾아오라며 밖으로 내몰았었는데. 그 역시 M&A 파고 앞에서 무력하게 무릎을 꿇고 만 것인가. 하긴 데스크 아니라 다른 그 누구라도 거역할 수 없는 거대한 정리해고의 칼날 앞에서 성해날 수 있겠는가도 싶었다.

“부장님!”

김요한이 목소리를 뚝 떨어뜨려 부르자 유리창 밖 하늘을 찾느라 고개를 꺾고 있던 그가 흠칫 돌아다봤다.

“전 그간 우리가 밤을 새워가며 만들었던 우리들의 잡지를, 그게 안 된다면 제호만이라도 어떻게 살려나갈 수 있는 방법이 없을까 하고 고민했었습니다.”

“이런! 자네 로맨티스트였나. 기자가. 것도 칼날 같은 현실을 다루는 시사담당 기자가 로맨티스트라니. 도대체가 어울리지 않아요. 안 되면 잡지사 타이틀만이라도 살려내고 싶다고? 잡아먹는 놈이 먹히는 놈 사정 봐주며 엉덩잇살 가슴살 가려가며 뜯어먹는 것 봤어? 인수해 들어오는 팀이 과거 팀들의 문화의 흔적을 그대로 남겨놓고 싶어 하겠어? 어림없는 이야기야. 꿈 깨라고. 일부러 돈을 들여서라도 지우려 들 텐데, 어림없지."

"더러는 그런 경우도 있잖습니까? 인수합병한 자동차회사 같은 경우 말입니다."

"자네 순결한 거야, 무지한 거야? 그거 습자지 한 장 차이인거 몰라?"

"……."

그러면서 그는 던져뒀던 특집기사 초안을 다시 주워들었다.

"이 사람이 가야와 우륵에 관한 이야기를 썼다는 건가. 이 시대에 그것만으로도 충분히 생뚱맞구만 그래. 누가 쳐다나 봤을까 몰라."

"잡지사 말로는 연재되는 동안 꽤 인기를 끌었다던데요. 주로 젊은 독자층들이 좋아했답니다."

"자네, 우륵의 묘가 일본 나라현 어딘가에 있다던 말 들어본 적 있나? 아마 신사(神社)까지 있다고 했었지."

"우륵의 묘가요? 우륵의 낳고 죽음에 관해서는 역사학회에서도 아는 바가 없는 역사적인 미스터리라고 하던데……."

"거야 누구나 다 아는 얘기고. 아, 오사까 후지대라 시에는

5~6세기 일본으로 이주한 가야인들이 세운 신국 신사 즉, 한국 신사라는 것도 있지 않던가. 그건 우륵이 살던 시대에도 일본 즉, 왜국으로 피난 겸 이주의 길에 오른 사람들이 수도 없었을 거란 얘기 아니겠어? 가야의 멸망이 바로 눈앞으로 다가왔던 때야 오죽했겠나. 오늘날도 그렇지만 그때도 돈푼깨나 있는 여유가 있는 사람들이 그딴 짓을 했을 거 아냐. 300여 년 걸쳐 계속되어 오던 김해 대성동 고분 축조를 어느 순간에 중단한 채 사라져 버렸던 금관가야 사람들처럼 대가야의 사람들도 그랬다는 거야. 우륵도 궁중악사 신분이니 그런 인간들 축에 들어 그들과 섞여 일본으로 건너갔다는 거야. 그래서 그곳에서 뿌리를 내리고 오늘날까지 자자손손 살아왔다더구만. 왜 거 그 당시 우륵이 반파를 떠나기 전에 반드시 다시 돌아온다는 약속과 함께 만들어 전했다는 노래도 있다 하지 않던가? 그런 얘기 못 들어봤나?"

"아니, 그런 게 있었습니까?"

너무나 생각잖은 갑작스런 이야기였다.

"놀라기는, 그럼 여태껏 무얼 취재했다는 거야. 그럼 죽은 이윤섭이가 흠모했던 퇴물기생 초향이에 대해선 아예 깜깜하겠구먼."

"퇴물기생 초향이요?"

"그래. 아는 사람들은 다 아는 가야금 산조의 명인이지."

"그래요? 두 사람이 사랑 어쩌고 하는 그런 사이였습니까?"

"미안하지만 아니었네. 그런 점에서 보면 죽은 이윤섭이야말로 진정 로맨티스트가 아니었나 싶어. 가야를 이해하기 위해 아니, 가야의 우륵을 이해하기 위해 가야금 소리의 원류를 찾아 접근했던 게 아니었나 싶어."

"우륵의 가야금 소리를 이해하기 위해?"

"그렇지. 뭐라 해도 지금 사람들한테는 가야(伽倻) 하면 우륵의 가야금 소리와 비운의 정치적 망명으로 이해되지 않던가. 가야 자체의 역사가 아니라 말야. 이 가야라는 나라의 운명이 어찌 보면 오늘날을 살고 있는 우리들의 사주팔자하고도 닮은 구석이 많은 것 같아. 그래서 하는 얘긴데 자네 그쪽을 한번 파보는 게 어때."

데스크는 알듯 모를 듯한 말을 끝으로 손에 들고있던 기사 초안을 다시 김요한 앞으로 던져놓았다.

그 시절의 노래

1

우륵은 엊그제 담숙, 이문과 더불어 상산 물가 바위틈에서 자란 오동나무를 베어 왔었다. 지금 그 오동나무로 오래전부터 반파 고령 땅에 면면이 이어오는 고유 소리틀인 '고'를 개량해 새로운 악기를 만드는 중이었다. 손에 익은 쟁이나 비록 남의 땅인 신라 한주 쪽에서 들어온 현금을 놔두고도 굳이 가야의 옛것인 고를 만들어보라 하였지만 손이 설어 여간 애를 먹고 있지 않았다. 이 모두는 혜암 선사의 책동(?)으로 시작된 일이었다.

마름질을 마친 오동 나무속을 파내던 우륵이 문득 손도끼질을 멈추고 대나무밭을 등지고 있는 초막을 향해 소리쳤다.

"혜암 선사님, 나무판을 어느 깊이까지 파야 할까요? 선사님."

하지만 초막 안은 적막강산이었다. 다시 소리치다 말고 얼른 말꼬리를 내렸다. 혹 선사님께서 지금 불타의 형상을 했다는 돌멩이 앞에서 눈을 감고 있을지도 모를 일이다 싶었다. 일단 움막을 벗어나면 밭으로 산으로 개울로 정주간으로 다니며 그렇게 부지런을 떠시는데, 그렇지 않을 때는 늘 그 돌무더기 앞에서 허리를 곧추 세우고 눈을 감고 있었다. 그렇게 하는 것이 불타의 가르침을 따르는 것이라 했다.

우륵으로서는 도무지 이해가 안 가는 대목이었다. 초막을 올려다보던 우륵은 여전히 인기척이 없자 이내 체념을 하고 멈췄던 도끼질을 다시 시작했다. 그리고 용두쯤 파들어 갔을 때였다. 굳게 닫힌 초막의 문짝을 들치고 선사께서 모습을 나타내셨다. 언제 봐도 하고 있는 형상이 늘 아니다 싶었다.

엉덩이까지 늘어트린 긴 머리칼은 때가 끼다 못해 떡이 져 엉겨 붙었고 텁수룩한 수염은 엊그제 초막을 오르는 길에 깜짝 조우했던 멧돼지의 형상 그대로였다. 섬돌을 내려서 마당 한 귀퉁이에서 도끼질을 하고 있는 우륵을 향해 다가오는 선사의 손에는 여러 겹의 명주실을 꼬아서 만든 울림통 위에 걸 소리줄이 들려 있었다. 우륵은 손도끼를 놓고 자리에서 일어섰다.

"네가 보기로 이 줄이 소릴 만들기 위해 운신을 하는 폭이 얼마나 돼야 하겠느냐."

"글쎄요. 아무리 낮게 판다 해도 반 뼘 남짓은 돼야 하지 않을까요."

"그래? 그럼 그만큼 파보거라. 그래서 아니 되면 다시 파보는 거고."

"네, 선사님."

"호! 오늘은 대답이 선선하구나. 화도 내지 않고서."

"소리는 우리가 사는 세상의 근간이라 하지 않으셨습니까?"

"그랬었지."

"우리가 사는 세상의 근간을 만드는 일 아니옵니까? 그런 일을 하는데 어찌."

"그래 맞다! 무엇보다도 이 줄로 소리를 내는 일은 다른 악기와는 모름지기 다른 데가 있느니라."

"아, 네. 그러하옵니까? 아니 어찌해서 그러하온지요."

"우리의 가실왕에게 본국왕이란 칭호를 내려준 남제 왕의 먼 조상 격인 복희씨라는 성인이 아주 심오한 세상 이치가 담긴 팔괘[25]라는 물건을 만들었었다. 이 팔괘의 이치를 한눈에 알아본 사람들은 바로 이를 이용해 먹고 자고 밭 갈고 하는 모든 일들을 기록하기 시작했었다. 해서 그때까지 끈을 이용해 기록하던 역사는 자연스레 뒷방으로 물러나 앉게 됐던 거

---

25)팔괘: 중국 최고(最古)의 제왕 복희(伏羲)가 천문지리를 관찰해서 만들었다고 하며 이 괘 두 개씩을 겹쳐 중괘(重卦) 육십사괘(六十四卦)를 만들어 사람의 길흉화복(禍福)을 점쳤다 한다.

지. 그렇게 쓸모가 없게 돼버린 끈을 이용해 만든 것이 바로 거문고 아니겠느냐.

복희씨[26]는 이 거문고라는 악기를 만들어 그것으로 몸을 닦고 마음을 다스려 하늘의 진정함을 배반하지 않게 하기 위한 수양의 도구로 삼았었다. 바로 그 거문고에서 대국의 비파가 나왔고 반파의 고가 태어나지 않았겠느냐. 고의 전신에는 이런 심오한 이치가 숨어 있었느니라. 이런 속내를 우륵 너는 납득할 수 있겠느냐."

"어슴푸레 짐작이 가옵니다."

"한데 오늘따라 이문이 안 보이는구나. 설마 초막 뒤 불상을 찾아간 건 아닐 텐데."

"네. 제가 뭐 좀 알아오라 일러 가해현[27]으로 심부름을 보냈사옵니다."

"가해현? 왕궁이 있는 대가야 가해현으로?"

"네."

"음……."

선사는 유독 길게 호흡을 끌며 말을 맺었다.

"소리가 들떠 있구나."

---

26)복희씨: 중국 고대의 전설상의 제왕(帝王) 또는 신(神)으로 숭상 받으며 삼황오제 중 중국 최고의 제왕으로 팔괘(八卦)를 처음 만들고 그물을 발명하여 어획 · 수렵(狩獵)의 방법을 가르쳤다 한다.

27)가해현: 고령의 가락국이 관할하던 현으로 경덕왕 때 개명한 것으로 지금의 기온 현이다.

마름질과 손 도끼질로 만든 울림통에다 선사께서 손수 금릉군 남면 부상리[28]까지 가 구해오신 명주실을 걸어 만들어 낸 고를 우륵이 맨 먼저 퉁겨봤었다. 별다른 감흥이 일지 않았다. 손때가 묻은 진나라의 쟁이나 신라땅 한주[29]에서 온 현금만 못하지 않나 하는 생각이 들었다. 우륵은 안쪽 둘째 줄의 안족을 돌괘[30] 쪽으로 반 마디쯤 당겨 놨다. 그리고 중심 줄은 부들을 당겨 조금 더 팽팽하게 하였다. 그런 다음 다시 현을 퉁겨보았다. 어느 정도 들뜬 소리가 가라앉아 있는 듯 보였다.

"그래. 이제야 제자리를 찾은 듯하구나."

우륵은 초막 앞 섬돌 위에 앉아 자신을 내려다보는 혜암을 한번 올려다본 다음 용두를 당겨 무릎 위에 안정시켰다. 그리고 가락을 타기 시작했다. 그것은 하림조였다. 붉어진 산 나뭇잎이 떨어질 때쯤이면 낯익은 새떼들이 북녘을 향해 날아가고, 그 끝을 따라 때 이른 하얀 눈가루가 풀풀 흩날렸다. 곡조는 그 무렵 황혼녘을 떠올리게 하는 서글픔을 지니고 있었다. 가락이 두어 장단 지나가자 바로 뒤따라서 하림조의 현 울림 소리에 실린 컬컬한 목소리가 들려오기 시작했다.

---

28)금릉군 남면 부상리: 이름처럼 뽕나무가 잘 돼 좋은 명주실이 생산되는 곳이다.

29)한주(漢洲): 경기도 광주를 가리키는 당시의 지명으로 광주군 신창리의 무덤에서 AD 100~200년경에 속하는 가야금과 유사한 현악기가 출토되었다.

30)돌괘: 악기 뒤판으로 연결되는 줄감개로 미세한 음정을 조율할 수 있다.

누구인지 모르는 사람으로부터 시작된 노래는 사람들의 입에서 입으로 바람처럼 온 세상에 은근하게 퍼져나갔다. 수로왕이 세운 가락국이 고구려의 말발굽 아래 짓밟힌 다음부터 시름시름 앓아눕더니 끝내는 문을 닫고 말았었다. 노래는 그 다음부터 바람처럼 들려오기 시작했었다. 그렇게 형제국인 구야국이 막을 내린 뒤부터 누군가가 지어낸 노래가 봄바람을 만난 민들레 씨앗처럼 온 사방으로 퍼져 나갔었다.

삶과 죽음의 길은
이에 있음에 머뭇거리고
나는 간다는 말도
못다 하고 갔는가?
어느 가을 이른 바람에
여기저기 떨어지는 나뭇잎처럼
같은 나뭇가지에 나고서도
가는 곳을 모르겠구나
아아, 극락에서 만나볼 나는
도를 닦으며 기다리겠다

선사의 노래가 끝나길 기다렸다는 듯 우륵은 소리통인 고의 용두를 저만큼 밀쳐놓았다.

"선사님, 언제까지 이런 서러운 노래나 부르고 있어야 합니까?"

생각잖은 질문에 선사는 눈을 크게 뜨며 우륵을 건너다 봤다.

"호오! 그래, 그럼 우륵 너는 누이가 죽은 마당에 달리 무슨 할 일라도 있다는 게냐?"

"당연히 누이에게 닥친 불행의 원인을 자세하게 찾아봐야 지요. 그래서 남은 형제나 자매들은 그런 불행을 두 번 다시 맞이하지 않도록 해야 하지 않겠습니까?"

"그래, 무엇으로 어찌 그리할 것인데? 소리로 그리할 것이냐?"

"그런 면도 없다 못할 것입니다."

"그래도 다는 아니라는 얘기로 들리는구나. 그나마 다행이다. 그래, 너는 그 길이 옳은 길이라 생각하겠구나."

"당연히 그렇습니다만 선사님은 아닌 듯싶습니다."

혜암은 두 무릎 위에 손을 얹고 용을 쓰며 무릎을 세워 몸을 일으켰다. 그리고 두어 발짝을 떼었으나 더는 못 가고 다시 픽 쓰러지며 그 자리에 주저앉았다.

"선사님."

우륵은 당장 자리에서 일어섰다. 이번에 새로 만든 소리통인 고에 쓸 현을 만들기 위해 신라땅 한주까지 가 명주실을 구해 오시느라 평소도 성치 않던 무릎을 더 상하게 한 것 같아 마음이 여간 쓰이지 않았던 터였다. 그런 우륵의 마음을 아는지 모르는지 선사님은 사납게 손을 흔들며 우륵이 다시 자리에 앉길 원했다.

"무릎이야 뜸을 뜨거나 상피나무를 달여 먹으면 그만이다만, 마음은 그렇질 못한 물건이라 더 큰일인 것이다."

"무슨 말씀이신지요."

"형제국들을 걱정하는 네 마음 말이다."

"네."

"바르고 맑은 소리는 일찍이 우리의 먼 조상들이 믿고 따르던 홍범구주와 같은 것이다. 하늘과 땅처럼 세상살이의 가장 근본이 되는 것이란 얘기다. 너도 알겠거니와 우리 가야에서는 일찍부터 궁중행사에 아악을 썼고 이웃 나라인 신라에서는 근래에 들어서부터는 대악이라는 걸 두어 회악(會樂)·우식악(憂息樂)·미지악(美知樂)·신열악(辛熱樂)[31]과는 달리 아정한 소리를 따로 다스리곤 하질 않더냐? 그 모두가 소리의

31)회악: 신라 유리왕 때 지어진 작자·연대 미상의 노래로 7월 보름부터 8월 한가위까지 길쌈 경쟁을 하게 해 진 편의 여자가 '회소, 회소' 라는 감탄구를 가진 노래를 부르며 춤을 추었는데 그 소리로 인해 노래 이름을 〈회소곡〉이라 했다고 한다.
우식악: 418년 고구려와 일본에 각각 볼모로 잡혀 있던 눌지왕의 아우 복호(卜好)와 미사흔(未斯欣)을 박제상(朴堤上)이 가서 기지(機智)로써 무사히 돌아오게 하자 그들을 맞이하는 잔치에서 이 노래를 지어 불렀다 한다.
미지악: 우리 고유의 전통 궁중음악을 중국계의 아악이나 당악에 상대하여 이르는 말. 고려 이후로는 향악과 같은 뜻으로도 쓰인다.
신열악: 작자나 내용은 알 수 없고, 『삼국사기』와 『악지(樂志)』에 이름만 실려 전한다. 신열(辛熱)이란 시뇌(詩惱), 사뇌(詞腦), 사내(思內)와 같은 차자(借字)이다.

소중함을 말하는 것 아니겠느냐.”

“……?”

“지금 네가 하는 그런 걱정은 남의 밥그릇이나 넘보고 사는 나 같은 하찮은 사람들이 할 일이고, 너는 그 홍범구주가 되는 맑은 소리로 세상을 가득 채워야 한다. 그것이 네가 해야 할 일이다.”

2

요한은 소설이 연재된 여성지를 덮고 인터넷에서 〈제망매가〉를 찾기 시작했다. 대번에 수도 없는 관련 블로그들이 솟아올라 왔다. 그중 한 블로그 위에 커서를 놓고 엔터키를 쳤다. 원하는 내용이 아니었다. 몇 군데를 더 뒤졌다. 시답잖긴 마찬가지다.

결국 백과사전을 쪽으로 방향을 틀어 뒤지기 시작했다.

제망매가(祭亡妹歌)

신라 제35대 경덕왕(742-765) 때의 승려 월명사가 지은 10구체 향가

작자: 월명사

장르: 향가

〈위망매영재가(爲亡妹營齋歌)〉라고도 한다. 월명사가 죽은

여동생을 위하여 이 노래를 지어 제사 지내니 갑자기 광풍이 지전(紙錢)을 날리어 서쪽으로 없어졌다고 한다. 형제를 한 가지에 난 나뭇잎에 비유하고, 누이동생의 죽음을 나뭇잎이 가을철에 떨어져가는 것에 비하여 누이를 그리워하며, 미타찰(彌陀刹) 곧 극락에서 도를 닦아 기다려 달라는 내용으로 되었다. 이와 같은 시가(詩歌)는 이따금 천지신명을 감동시키는 일이 많다 하여, 향가를 신성시하던 당시의 예를 여기서 볼 수 있다. 향찰(鄕札)로 표기된 원문이 『삼국유사(三國遺事)』 5권에 실려 전한다.

요한은 자신이 뭔가를 착각하고 있었던 게 아닌가 했었다. 〈제망매가〉가 우륵이 살아있던 시절의 노래인가? 가야에도 문자로 기록된 노래 같은 게 남아있었던 것일까? 하지만 찾아본 결과는 전혀 아니었었다. 〈제망매가〉는 우륵이 죽고 난 뒤에 태어난 노래였다. 우륵이 오늘날의 충주에서 진흥왕과 만나던 때가 AD 551년이라 했다. 그때를 놓고 보더라도 근 200여 년이란 세월이 흐른 뒤에야 나온 노래였던 것이다. 그런데 아무렇지 않게 우륵 당대에 있었던 노래인 것처럼 것도 아무런 근거도 없이 훨씬 그 이전의 세대인 가야땅에서 불리고 있다. 지하 출판물이거나 아이들이 장난삼아 만든 책도 아닌, 엄연히 국가의 인가를 취득한 잡지에 이런 터무니없는 내용들을 아무렇지 않게 싣다니. 이럴 수도 있는 것일까? 소위 장르문학, 판타지 같은 것도 아닌 백과

사전에서 말이다. 이건 난센스여도 대단한 난센스가 아닐까?

3

지숙은 까칠한 질그릇 찻잔을 다시 두 손으로 감싸 안았다. 대번에 싫지 않은 뜨거운 기운이 손바닥 가득 파고들었다. 어느새 시커먼 숙지황 특유의 한방약 냄새가 코끝에 스미며 후각을 질벅였다. 시골 한약방 같은 고리타분한 분위기를 향음하며 찻잔을 다시 입으로 가져간다. 달콤 쌉쌀한 게 입안에 가득 고인다 했더니 이내 가슴께를 훈훈하게 덥힌다. 그런 온기 덕일까 이내 마음이 가라앉는 기분이다.

쌍화차를 홀짝이다 말고 문득 창밖으로 시선을 돌렸다. 내려다보인 창밖 거리는 서울의 여느 길목 같지 않고 한가하기 그지없었다. 사람들 모두가 하나같이 세월아 네월아 걸으면서 상점마다 빠뜨리지 않고 기웃거리며 지나친다. 그러다 마음 내키면 물건을 사기도 하고. 물건이라 봤자 스카프나 카드, 달력, 담뱃대 따위가 고작이지만. 그리고 깔깔거리다 사진을 찍기도 하고……. 인사동은 벼락치기 같은 서울살이의 유일한 해방구 같은 곳이 아닐까 싶었다.

실내에서는 요변을 떠는 가야금 줄이 숨 가쁜 가락들을 쏟아내고 있었다. 그 속으로 김요한 선배가 소리 없이 다가왔다. 문득

벽시계를 돌아다봤다. 4시 30분. 예나 지금이나 시간 약속 하나는 칼이다. 그거 하난 학창 시절이나 지금이나 변하지 않고 남아 있다. 나머진 다 젬병인데. 학교 때는 그렇게 만만하게 보였던지 입으로는 사랑하는 후배 어쩌고 하면서 실지로는 사랑은커녕 '케리버 50'에 딸린 부사수 정도로 알고 부려만 먹더니. 엊그제는 드디어 그런 이 후배 등까지 쳤었다. 이윤섭의 사망 사실은 감쪽같이 숨긴 채 특집기사 소스만 쏙 뽑아먹지 않았던가. 웃으며 다가와 앉는데도 그냥 샐쭉한 얼굴로 흘긋한다.

"야! 민지숙. 이제 그만 좀 풀어라. 내가 잘못했다고 했잖아."

"됐어요. 선배가 뭘 잘못했다고. 말 그대로 사실 확인이 안 돼 그랬다면서요."

"그래, 진짜 그거 핑계 아니야. 내 눈으로 죽은 이윤섭의 얼굴을 확인했다면 뭐 하러 너한테 숨기냐."

"그럴 걸 왜 모두(冒頭)에 이야기하지 않고 볼 장 다 본 다음 맨 끝에 것도 확인할 수 없다는 투로 얘기하죠?"

"그래서 내가 잘못했다고 한 거 아니냐."

"됐어요. 한데 오늘은 뭐죠."

"아, 거참. 미안하다니까. 그리고 솔직히 지금 내 입장 너도 알잖아. 어려운 선배 좀 도와주면 안 되냐."

"…… 좋아요. 그래서 제가 뭘 어떻게 하면 되죠?"

그제야 요한은 궁리 끝에 조심스레 소설 중에 있던 〈제망매가〉 이야기를 꺼냈다.

"말 그대로 픽션이잖아요."

찻잔을 입에서 떼어 놓은 민지숙은 티슈로 조심스레 입술을 찍어냈다. 끈끈한 쌍화차의 찌꺼기가 혹 묻어 있을지도 모른다는 투였다.

"단지 그뿐이야? 그래서 의도적으로 역사적 사실을 왜곡한 내용을 그대로 실었단 말이야?"

"그럼 사전검열이라도 해야 했단 말인가요?"

"건 아니지만 그래도 좀. 내 말은 이런 내용이 나가고 나서도 다른 데서 항의하거나 하는 일은 없었는가 하는 점이야."

"없었어요. 그리고……."

민지숙이 갑자기 말을 끊고는 다시 찻잔을 집어 들었다. 요한도 따라서 커피 잔을 다시 집어 들었다.

"지금 생각해보니 생전의 이윤섭 선생은 가야에 관계된 역사적인 사실에 대해서만은 그런 식으로 유독 엇나가려 했었던 것 같아요. 그 일례가 바로 〈제망매가〉가 아니었을까 해요. 그분은 〈제망매가〉라는 향가가 어쩜 가야에서 먼저 불렸을지도 모른다는 투였어요."

"건 좀 과도한 억지였군. 그래."

"하지만 그게 그렇게만 볼 일도 아니더라고요. 〈제망매가〉라는 노래를 찬찬히 음미해 보세요. 물론 겉으로 드러난 뜻으로만 보자면 불치의 병으로 먼저 간 누이동생을 안쓰러워해 부른 노래가 맞아요. 하지만 조금 더 자세히 들여다보면 가야 연맹국들 중 어느 나라가 금관가야처럼 앞서 망해가는 형제국을 보고 애통한 심정을 그리 에둘러 나타냈던 건 아니었을까 하는 생각도 들지 않아요? 요즘 말로 상징이나 비유니 하는 수법으로 표현한 것처럼 말예요."

"에이, 그래도 그건 아니다. 엄연한 작자가 있는 노래 아냐? 네 말대로라면 신라의 스님인 작자 월명사가 가야의 노래를 도용한 거라 볼 수 있네. 스님이 말야."

"그래요? 선배 혹시 고려 말 이방원의 〈하여가〉에 답하여 부른 정몽주의 〈단심가〉 원작자가 누군 줄 아세요?"

"아니, 이 몸이 죽고 죽어 일백 번 고쳐 죽어 그 〈단심가〉 말야? 허, 참 내."

"선배는 지금 그 노래가 '정몽주의 노래다' 하려는 거지요?"

"것도 아니라는 거냐?"

"당연히요."

"말도 안 돼."

"들어보세요. 말이 될 테니. 한데 조선 초에서 근 팔백 년 전으로 거슬러 올라가야 돼요."

고구려 22대 안장왕이 태자로 있을 때의 일이다.

백제와의 한판 승부를 위한 전쟁 준비를 위해 변복을 하고 백제의 계백(지금의 고양시 행주)으로 숨어들어가 정보수집 활동을 하던 태자 시절의 안장왕이 그곳 장로인 한 씨의 딸

'주' 라는 절세의 미인을 만나게 된다. 당연히 사랑에 빠지게 된 안장왕은 주와 부부의 약속을 맺고 자신의 신분을 밝힌 뒤 고구려로 돌아갔다가 다시 군사를 몰고 와 여길 정복한 뒤 주를 데려가겠다 약속한다.

약속대로 고구려 22대 왕이 되어 군사를 몰고 계백을 쳐들어오지만 패배하고 만다. 그러길 수차례. 그사이 오로지 안장왕만을 기다리던 주는 자기와 결혼해주지 않으면 사형을 시킬 거란 고을 태수의 협박에 시달리고 있었다. 하지만 그녀는 오로지 안장왕만 생각하며 꿈쩍도 하지 않는다. 그러면서 노랠 지어 부르는데 그게 바로 '죽어 죽어 일백 번 다시 죽어 백골이 진토 되어 넋이라도 있고 없고 임 향한 일편단심이야 가실 줄이 있으랴' 하는 노래였다.

"신채호의 『조선상고사』에 전하는 이야기예요. 굳이 그게 아니더라도 안장왕의 로맨스는 이미 다른 사서 같은 데서도 즐겨 다루고 있잖아요. 웃기는 얘기 아니에요? 수절가로 불렸던 노래가 팔백 년 후쯤 해서 충절가로 변해 불려지고. 이윤섭 선생은 이런 식의 가정 하에 기존의 노래를 가져다 쓴다 했어요. 찾아보면 이런 유의 노래가 많이 있다더군요."

"사실이야?"

"직접 한번 확인해 보시든가요."

4

지숙이 바텐더의 뒷덜미를 붙잡아 세웠다. 계집애처럼 생겨먹은 바텐더는 말없이 다가와 냉수 잔을 다탁 위에 내려놓고 돌아서는 중이었다.

"토평 선생은 오늘도 결근인가요?"

"네. 지금 이 시간까지 안 나오면 그런 거죠 뭐. 지금쯤은 강원도 어디 오지를 헤매고 있을 겁니다."

"그래도 안 잘리나 보죠."

"네. 아마 대통령 '백' 인 거 같아요."

바텐더는 말끝에 싱거운 웃음을 흘리며 돌아섰다.

"토평 선생이라니?"

요한은 돌아서는 바텐더에게서 시선을 돌리며 물었다.

"이 집 가야금 연주자 겸 집 주인인데 이북 사람이에요. 이윤섭 선생께 이번 소설을 쓰도록 여러 면에서 도와주신 분이기도 하지요."

지숙은 이미 저만큼 가버린 바텐더의 뒤통수에다 대고 평소 즐겨듣던 가야금 산조를 부탁한다고 소리를 질렀다. 바텐더는 알아들었다는 듯 고개를 끄덕이며 주방 안으로 사라져 갔다.

"이북 사람? 6·25 때 월남한 피란민이란 얘기냐?"

"아니요. 최근 넘어온, 이를테면 탈북자란 얘기죠. 선배도 언젠가 신문 같은 데서 봤을 텐데. 북한 가야금의 일인자, 탈북 귀화했다고 대서특필로 떠들어 댔었는데."

"엉. 그 탈북자였어? 토평인가 하는 이 사람이 바로 그때 그 사람이었단 말야?"

"네. 자신의 조국인 조선민주주의인민공화국이 미래가 안 보인다며 가야금과 지인 한 사람만 데리고 오래전에 탈북 귀화했던 사람이에요."

"그래? 하긴 현대사 속에도 헤르베르트 폰 카라얀이나 푸르트뱅글러도 있었으니까."

"선배, 이 사람은 달라요. 그들은 어찌됐건 부역했던 사람이지만 토평 선생은 목숨을 건 선택이었어요. 몰락해 가는 조국에 주저앉아 있다 자신의 하늘같은 음악도 같이 몰락하느니 탈출해 음악이나 살리자. 말하자면 정치적 망명이 아닌 음악인으로서의 사명감 때문에 남쪽을 택한 사람이었어요."

얼마 안 돼 "띠오-옹" 하는 소리에 이어 얼핏 들어본 적도 있는 것 같은 가야금 산조가락이 흘러나오기 시작했다. 자신이 청한 음악이라는 듯 민지숙이 반색을 하며 귀를 쫑긋 세웠다.

"이런 걸 뭐라 해야 하나. 늘 들어도 알 수가 없었어요. 그래 언젠가 이윤섭 선생에게 물었지요. '저런 가락을 우륵의 말처럼 락이불유(樂而不流) 하면서도 애이불비(哀而不悲)하다고 하는 거 아니냐' 하고. 하지만 이윤섭 선생은 고개를 가로로 저었습니다. 그 말에 결코 동의할 수 없다는 거였지요."

"아닙니다. 락이불유하면서도 애비불비하다는 말은 바꿔 말하면 아정하다란 말이 되는데 아마도 우륵은 아정(雅正)하다라는 말을 하지 않았을 겁니다. 아정은 저런 산조가락을 가리키는 말이 아니거든요. 아마도 『삼국사기』를 쓴 김부식의 말이었을 겁니다."

"김부식의 말이요? 사기에선 분명 우륵이 한 말로 기록되어 있잖아요."

그때 지숙은 이윤섭의 말을 얼른 이해할 수 없었다.

"생각해 봐요. 자기가 항복해 간 나라에서 자신의 작품을 맘에 안 든다며 임의대로 뜯어 고쳐 왔는데 거기다 대고 아정(雅正)하다라는 말을 할 수 있겠어요? 그게 말이 된다고 생각하세요?"

지숙은 한참 지난 다음에야 우륵의 항변 같은 이윤섭의 말을 어슴푸레하게나마 이해할 수 있었다. 어느새 신청 음악이 다 끝나고 그 자리에 다른 가락이 들어서 있었다.

"왜 그랬을까? 누구보다도 역사를 바로 봐야 할 입장에 있었던 것 같은데."

요한은 삼국사기를 부정하는 이윤섭의 태도를 선뜻 공감할 수 없었다.

"관심을 가지고 들여다보니 가야 역사가 너무나 많이 훼절내지는 왜곡되어 있더란 얘기였습니다. 삼국사기를 썼던 고려조 사람들에 의해 그리 되었을 거라 하더군요. 그러니 그만큼 다시 비틀어야 바로 보이지 않겠냐는 거였습니다."

"무슨 근거가 있는 얘기였나?"

"우선은 유독 가야사 부분만 문자로 전하는 게 없다는 사실을 들더군요."

"그게 왜? 건 가야인 자신들의 불찰이 아니었을까?"

"이 선생님은 그걸 그렇게 안 보더군요. 원래에는 이웃나라 신라나 백제처럼 문자로 기록된 사서나 향가 같은 문학작품들이 있었을 텐데 후대 사람들이 그걸 의도적으로 없앴을 거라는 거였어요."

"아니 무얼 근거로 그런 발상을……. 그 양반 거 아무도 모르는 열등감 같은 거 가지고 있었던 거 아니야?"

지숙은 대답 대신 눈을 한 번 흘기고는 말을 이었다.

"가야의 목기나 토기, 특히 유려하고 절묘한 허리선을 가진 굽다리접시나 화문염문투창 같은 토기는 우리나라보단 외국에서 더 높이 평가해주는 토기 아닙니까. 철기도 그래요. 함안 동항리 고분에서 출토된 병사들이 입었던 판갑옷이나 쇳조각을 하나하나 붙여서 만든 말갑옷 같은 철기문화는 당시 중원을 재패했던 고구려에도 결코 뒤지지 않는 높은 수준이었습니다. 이런 문화적 수준으로 보자면 당연히 문자로 기록된 다른 장르의 문화도 함께 존재했어야 했다는 게 이윤섭 선생의 지론이었습니다. 동시대를 살았던 신라나 백제, 고구려 같은 나라들처럼요."

"하긴, 그리 생각할 수도 있겠다."

딴은 그랬다. 무덤 속에 토기나 철기 목기 같은 건 멀쩡하게 남아있는데 유독 무덤 밖 문자만 전하지 않는 건 조금은 석연치 않은 부분이기도 했다.

"그러면서 들고 나왔던 게 바로 그날 손에 틀어쥐고 죽은 한지 조각이었어요."

주변을 흘긋흘긋 살피며 손에 든 책자를 펼쳐 든 이윤섭은 무슨 큰 비밀을 이야기하듯 조근조근 속삭이듯 말했었다.

"이 문건이 어쩜 기존의 가야 700년사를 뒤엎을 대단한 충격을 몰고 올지도 몰라요."

조금 오버한다 싶은 엄포(?)에 지숙은 자신도 모르게 "에이" 하며 가볍게 눈을 흘겼었다. 이윤섭은 그런 지숙을 잠시 동안 멍하니 바라다보았다. 그제야 정신이 퍼뜩 든 지숙이 '나 좀 봐라' 하며 서둘러 사과를 했다.

"어머, 선생님 죄송해요. 불쾌하셨다면 사과드릴게요. 저는 그런 뜻이 아니었어요. 그냥 장난 말씀 하시는 건 줄 알고."

"아니요. 그럴 수 있어요. 처음엔 나도 그랬었는데 뭐. 그래 나도 이 내용을 확인하기 위해 이번 옛 대가야땅 여행을 계획하게 된 거요."

"이 책이 진짜 물건은 물건인가 보네요. 혹 정말 이 책이 가야사 700년을 뒤엎을 수 있는 그런 물건 아닌가 몰라요."

"이 문건의 내용이 사실이라는 것만 밝혀진다면 지금까지 우리가 알고 있던 가야사가 잘못되어 있었다는 사실을 만천하가 알게 될 거라는 겁니다."

"그런 엄청난 일이……."

"그렇지요. 자연 연재 중인 소설에도 영향을 미치겠지요."

"어디 영향뿐이겠어요? 그 정도 충격적인 일이라면 우리 잡지사 자체가 뒤집어지겠지요."

"그걸 위해서 이번 여행을 떠나는 겁니다. 기대하세요."

그리고 다음 날 그는 고속버스터미널에서 전화를 했었다. 이윤섭 작가는 가야땅으로의 여행을 떠나기에 앞서 무슨 낌새라도 느꼈던지 그런 입방정을 떨었었는데. 확실히 뭔가가 있어 보이긴 있어 보였는데 그게 뭔지를 알 수가 없었다. 정말로 가야사 700년을 뒤엎을만한 역사적인 사실이 아니었을까? 무엇보다도 그가 손안에 틀어쥐고 죽은 그 종이쪽지가 더 그리 이야기하고 있는 듯 보였다. 그리고 그걸 틀어쥐고 죽은 이윤섭의 형상이 지숙을 향해 뭔가 메시지를 던지고 있는 것도 같고……. 그래서 더 섬뜩하기까지 했었다.

5

다음 날 신문들이 일제히 벌떼처럼 들고 일어났다.

어제 가야학회 총회 자리에서 김유익 교수가 언급을 했던 반파국에 관한 얘기 때문이었다.

"반파가 음악국가였던가? 그럼 우리가 배워온 대가야의 멸망은 어찌되는 것인가? 그리고 또 하나 언어도단은 생사불명이라는 학회의 엄연한 정설이 존재하고 있음에도 불구하고 우륵을 다시 반파로 불러들이고 있다는 사실이다. 아무런 근거도 없이. 개인의 문집 차원도 못 벗어난 북에서 내려온 책 한 권을 내밀면서. 근거할 수 있는 학회의 감정도 받지 못한 고서적 한 권을 바탕으로 그런 주장을 일삼는다는 것은 그야말로 명망 있는 전공학자의 행동으로 믿기 어려운 일이라 아니할 수 없다. 보잘 것 없는 몰락한 후기가야연맹의 한 부속국가였을 뿐인 대가야를 정사에도 없는 이야기로 한순간에 음악국가로 만들고 있다. 것도 일생을 사학에 몸담아온 중견 학자가. 이번 사건을 기회로 하여 그간 학회내에 존재해 왔던 우륵에 관한 이설에 대한 정리도 할 겸 학자로서의 자질 또한 정리를 해야 하지 않나 생각하고 있다."

사회면과 정치 그리고 사설까지 들고일어나서 김유익의 어제 발언을 성토하고 있었다.

하지만 신문을 들여다보던 김유익은 안타까움이나 섭섭함 대신 회심의 미소를 날리고 있었다.

"선생님, 세상 모든 사람들이 어제 선생님의 발언을 충격으로 받아들였던 것 같습니다."

김유익이 집어던진 신문지를 다시 주워들면서 그의 변태 같은 조교가 간드러지는 목소리로 거들고 나왔다.

"암! 새로움이란 늘 커다란 충격과 함께 다가오지 않던가. 코페르니쿠스나 뉴턴처럼 말야."

"코페르니쿠스, 뉴턴이요?"

"암, 우리나라 사학계에서 우륵의 문제는 지동설이나 만유인력설에 버금간다고 할 수 있을 거야."

"그럴 수 있겠습니다. 문제는 뉴턴의 사과와 같은 증거인데."

조교는 혼잣말처럼 낮은 소리로 웅얼거렸다.

"말하자면 우륵의 묘 말이냐."

"네. 그리고 반파가 음악국가였단 사실도 그렇고요."

"모두 차차 해결이 될 거야."

그러면서 조금 전부터 요란스럽게 울어대는 전화 수화기를 집어 들었다 .

"아, 회장님, 네. 세미나 꽃다발 정말 고마웠습니다. 네, 네, 이번 금요일에요? 그렇게 하겠습니다. 음, 장소는 부산입니다. 여건만 갖춰진다면 미국도 순회할 계획입니다."

그러면서 김유익은 조교를 힐끔 하더니 수화기를 입으로 바싹 끌어당긴 다음 한층 소리를 낮추었다.

"성주 씨가 다시 미국으로 나갈 거라고요?"

가야금 12줄

1

"132번 안 자나? 다음 달 보름날 출소한다고 했지? 그래, 그럴 것이다. 나갈 날짜를 받아놓으면 시간이 정말로 거꾸로 가는 것 같지. 잠이 올 리가 없지. 그냥 눈 딱 감고 양 천 마리만 세어봐라. 출감 날짜까지 계속 말야. 빵에서 시간 의식하면 세월 못 죽인다."

이채연이 쉽게 잠을 이루지 못하고 이리저리 뒤척이자 옆자리의 노인네가 돌아누우며 구시렁거렸다. 노인은 잠시 세상 밖으로 외출 나갔다가 집(?)으로 돌아온 지 얼마 되지 않은, 별이 일곱 여덟 개는 훨씬 넘을 거라는, 그래서 교도소 안에서는 드물게 중장 대장을 넘어 원수(元首)급 대우를 받는 유명 인사라 했다.

"죄송해요. 그건 아닌데 오늘 어째 쉽게 잠이 안 오네요."

"그래도 자둬야지. 나가는 날까지 몸을 성히 간수했다 가지고 나가야 되지 않겠어.”

“네, 알겠습니다.”

순간 복도 끝 철창 출입문 여닫는 차가운 금속성 소리가 텅 빈 복도를 흔들어 깨우고 있었다. 이내 뒤를 이어 자박거리는 습관 같은 둔중한 발걸음 소리. 정시 순찰 중인 교도관의 발걸음 소리였다. 이채연은 자신도 모른 새에 모포를 턱밑까지 끌어당긴 다음 눈을 감았다. 하지만 머릿속은 좀 전보다 더 청아하게 맑아오는 느낌이었다.

‘작가 이윤섭이 죽다니. 것도 분명 누군가에게 등 떠밀려 낭떠러지에서 떨어져 죽었다니. 누가? 혹 그자가 아닐까? 내게 1500년의 시간이 담긴 고분이 있다고 말해줬던. 그래서 그 고분을 도굴하지 않고는 배겨내질 못할 것 같은 의욕을 심어줬던 그자. 가야금의 안족과 다 썩어 나자빠진 오동나무 울림통 한 조각을 건져내게 했던 그자. 하지만 놈은 막판에 가서는 나를 배신했었지.’

재판은 물론 2년 넘게 감옥에 들어와 있는 동안에도 놈은 코빼기 한 번 보이지 않았다. 하지만 이채연은 끝까지 자신 뒤에 그가 있다는 이야기를 하지 않았었다. 소설가에게도, 엊그제 찾아왔던 기자나 경찰에게까지 함구를 했었다. 한데 소설가가 죽는 순간까지 손에 쥐고 있었다던 한지 종이쪽의 내막을 그 기자라는 작자는 알고 있었을까? 이윤섭이 무엇 때문에 죽는 순간까지 그렇게 악착같이 손에 틀어쥐고 있었는지를 짐작이나 하고 있을까? 한데 이윤섭의 말처럼 그 종이쪽에 벼락같은 가야 1500년의 시간이 정말로 담겨 있었던 건 아니었을까?

세 번째던가 면회 왔던 날이었을 것이다. 그는 또다시 생각잖은 큰돈을 영치시킨 다음 면회실 쇠창살 저쪽에서 기다리고 있었다.

"또 큰돈을 영치시켰더군요. 도대체 왜 그러시는데요?"

사실 그때까지도 이윤섭의 의도를 짐작할 수 없었다.

"전 단지 오래전 이런 곳에 있다 나온 친구 말이 생각나서 그러는 겁니다. 다른 뜻은 없습니다. 오해하지 않았으면 좋겠습니다."

여전히 사람 좋은 미소를 입에 바르고 있었다.

"그 친구가 무슨 말을 했기에?"

"누군가가 면회를 왔다 가면 같은 방 식구들한테 한턱을 써야 한다면서요. 그래야 앞으로의 생활이 어렵지 않을 거라고."

생각잖은 대답에 이채연은 어이없다는 듯 웃음을 터트렸었다. 그리고 시답잖은 세상사를 몇 마디 더 주고받았었다. 그런 다음 정색을 하더니 본론을 끄집어냈다.

"제 말이 혹 기분 나쁘게 들리더라도 몰라서 그러는 것이니 화내지 마시고요."

'이자가 무슨 말을 하려고 이러는 걸까? 역시 돈 값어치를 빼내려는 수작을 부리겠지.'

내심 씁쓸했지만 내색을 안 한 채 창살 밖 그를 건너다 봤다.

"정말로 가야금의 안족이나 명주실의 가야금 줄 혹은 울림통의 조각 따위를 건져내신 거 맞나요?"

"거야 신문에 대문짝만 하게 나지 않았습니까."

"그러니까 그 모두가 다 사실이다?"

"……."

"전부 다였습니까? 안족, 명주실, 돌괘 일부까지."

"그게 그렇게 중요한 건가요? 누구 살 사람도 없을 것 같았는데, 심지어는 입도선매할 것 같던 그 작자도 나 몰라라……."

"입도선매요? 그런 사람이 있었던가요?"

"아! 이를테면 말입니다."

"…… 그랬군요. 만약에 말입니다. 그런 물품들이 내가 생각했던 그런 것들이라면 우리의 고대사는 다시 쓰여야 할 것 같아서요."

이채연으로서는 도무지 알아들을 수 없는 말들만 늘어놨었다.

그러더니 엊그제는 바로 처음 도굴을 했던 장소를 가르쳐 달라 찾아왔었다. 그리고 그 장소 가까이에서 피살을 당했다는 것 아닌가. 그의 피살 소식을 전해 듣는 순간 이유도 모른 채 등골이 오싹했었다.

2

목이 바짝바짝 타들어가는 듯했다. 사포 바닥 같은 혓바닥 위에서는 누런 모래가루가 풀풀 날릴 것만 같다. 얼음처럼 차가운

순천 송광사의 샘물 한 바가지가 애타게 그립다. 토평은 "아! 물!" 하고 비명을 지르며 벌떡 일어났다. 순간 전혀 생경한 풍경들이 눈앞으로 와락 달려들었다. 도로를 꽉 메운 자동차들의 행렬과 그 도로 건너에 있는 산만 한 콘크리트 건물. 건물 앞에도 길바닥에도 역시 물찬 제비 같은 자동차들이 꽉 들어차 있었다. 세상이 온통 자동차 천국이었다. 하늘에 놓인 다리 위로도 역시 번쩍번쩍한 자동차들이 쏜살같이 내닫고 있었다.

한참 만에 정신을 수습하고 보니 여태껏 자신이 곯아떨어져 있었던 이곳이 바로 서울역 앞이란 사실을 알 수 있었다. 그럼 여태껏? 밤차를 타고 춘천을 떠났었고 기차 안에서 사람들과 어울려 술을 마셨었다. 소주, 맥주, 막걸리, 동동주……. 물론 술값으로 쓸데없는 소리들로 꽉 들어차 시끄럽기 짝이 없는 객차 안에서 혼자 흥에 겨워 가야금을 뜯었었다. 그리고 청량리역 플랫폼을 빠져나와 남원으로 내려가기 위해 서울역으로 왔었는데……. 그럼 지난밤부터 여태껏 이곳 서울역 시계탑 아래서 뻗어 있었단 말인가.

'빌어먹을! 이 모두가 그 잘나 빠진 우륵인가 하는 가야금의 명인 때문이다. 명인은 무슨, 허접스런 손재주 하나로 나 같은 얼뜨기나 홀려 종 부리듯 부려먹는 주제에. 따지고 보면 나같이 착해빠진 사람이 우륵 그자의 말장난에 놀아난 것이…….'

그러다 고개를 떨어뜨리고 혼자서 낄낄거린다. 무슨 느닷없는 우륵 타령인가? 비열한 작자! 아무런 속내도 모르는 애먼 우륵을 끌어다가 자기합리화를 위해 둘러대기는. 그러다 화들짝 놀라 일어서 사방을 휘둘러본다. 다행히 바로 머리맡에 질빵에 담긴 가야금이 가로로 누워 있었다. 여태껏 머리를 눕히고 코를 골았던 역사 출입문 한 귀퉁이였다. 긴 숨을 토해내며 가슴을 쓸어내린 끝에 질빵을 풀어 헤치고 가야금을 꺼내 이리저리 살펴본다. 다행히 어디 한 군데 다친 곳 없이 잘 있었던 모양이다. 기분이 좋아 용두를 무릎 위에 올려놓고 줄 몇 개를 퉁기어본다. 건드린 게 3현 등줄이었던 듯싶었다. 몇 번 퉁기어보다 A음에 맞춘다. 제2현도 조금은 느슨해지지 않았나 싶다.

3현보다 장2도 낮은 G음에다 맞춘다. 마지막으로 8현은 7현보다 장2도 높은 B음에다 맞춘다. 그리고 고개를 드는데 어느새 사람 그림자로 그늘 병풍이 드리워져 있다. 어느 사이에 모여든 구경꾼들이 토평을 가운데 두고 빙 둘러 에워싸고 있었다. 그 속에 산발을 한 거지발싸개 같은 작자 하나가 "거 진짜 풍각쟁이거든 풍악이나 한번 거하게 타보아라" 한다. 그 소리에 키득거리던 사람들 사이로 누군가가 "한 곡조 해 봐요" 하며 끼어든다. 어느새 "한 곡조!"가 날개를 파닥이며 사방으로 퍼져 나간다.

그들을 휘둘러보던 토평이 빙그레 웃으며 가야금의 용두를 더 바짝 당겨 앉혔다. 그랬다. 황음(黃音)은 누구나가 다 들을 수 있는 저잣거리에서 타는 게 제일 제격이라고 했다. 황음! 빌어먹을 그런 게 어디 있다고. 하물며 악성의 제13곡[32] 같은 게 어디 있다고. 모두가 우륵 그자의 말장난이었던 거여. 거기에 넘어간 거지. 안 그렇습니까? 할아버지, 아버지, 고조할아버지. 가야금 줄은 어느 새 귀신이 들린 듯 저 혼자 나풀대며 보도 듣도 못한 소리들을 토해내기 시작했다. 사단은 소리가 끝나갈 때쯤 일어났다. 사람들 사이에서 나타난 그 사기꾼 같은 작자가 불쑥 끼어들었으니까.

"백수요? 보아허니 백수는 아닌 것 같은데. 삿갓이요? 김삿갓 같은, 삿갓이어도 그렇지 벌건 대낮에 것도 서울역 광장에서 이 무슨 행패요!"

중광지곡[33] 중 가락 덜미가 거의 끝나갈 때쯤 구경나온 사람들 뒤에서 툭 불거져 나온 사내가 사뭇 시비조였다. 토평은 곡의 끝자락쯤에서 두어 번 퉁퉁거리다 손을 놓을 참이었다. 하지만 미처 줄에서 손을 못 내린 채 사내를 올려다봤다.

근교 어디에 있는 절에 사는 보살인가? 회색 승복 바지 차림에 상의는 그때까지 두툼한 파카를 걸치고 있었다.

"행패요? 행패라, 그리 보였다면 내 사과하리다. 미안하게 됐습니다. 되겠습니까?"

"치, 옆구리 찔러 절 받는 수작이구만. 그래 어느 문하시오? 계면조[34] 상령산을 그리 타는 걸 보니 한수(漢水) 위쪽은 아닌 것 같

---

32)악성의 제13곡: 우륵이 가실왕의 명령으로 만든 12곡 말고 비밀리에 작곡한 또 하나의 가락을 말한다(물론 허구로 꾸며낸 말이다).

33)중광지곡: 고려 때 연주되었던 제례악의 한 곡명이다.

34)계면조: 국악에서 쓰는 음계의 하나로 슬프고 애타는 느낌을 주는 음조가 주축을 이루며 서양 음악의 단조(短調)와 비슷하다.

고. 어디 저 아래짝 어디 서편제 쪽이시오?"

바람결처럼 무심한 사내의 말에 토평은 얼어붙은 듯 손길을 멈췄다.

"그리 애처롭지? 저 아랫녘 소리들 말이요. 왜 그러는가 몰라? 어디 한번 구경해 봐도 쓰겠소?"

그러면서 토평의 옆 맨땅바닥에 철퍼덕 주저앉았다. 그러더니 토평 무릎 위의 가야금을 달라는 투로 팔을 벌리며 돌아다봤다. 작자는 누런 앞니를 드러낸 채 소리 없이 웃고 있었다. 토평은 얼른 그자에게서 눈을 돌렸다. 송곳니 위쪽 잇몸께에 퍼런 파 조각이 끼어 있었다. 대문니 한쪽에 금상첨화(?)처럼 고춧가루 하나가 몸을 사리고 있고, 제멋대로 자란 채신머리없어 보이는 턱수염도 지저분했다. 그랬다. 무엇보다도 잔주름이 수도 없이 그어진 거무죽죽한 살가죽 안에 능글능글 웃고 있는 시뻘건 눈동자가 제일로 눈에 거슬렸다.

작자는 토평이 좋다 나쁘다 뭐라 대꾸하기도 전에 입이라도 맞출 듯 얼굴을 들이밀며 내내 토평의 무릎 위에 놓여있던 가야금을 들어다 자신의 무릎 위에 비스듬히 올려놓는 것이었다. 그러더니 시험 삼아 두어 번 튕겨보는 일도 없이 바로 가야금 줄을 뜯어나가기 시작했다. 마치 오랜 시간 자기 손에 익은 악기를 다루듯 익숙한 손놀림으로 연주를 해나가는 것이었다.

잠시 흩어졌던 사람들이 새로운 가야금 소리에 다시 모여들기 시작했다. 그들 사이에 섞여 갑작스레 구경꾼이 된 토평은 사뭇 긴장된 얼굴로 귀를 기울였다. 들어본 적이 없는 그런 가락이었다. 무얼까? 무슨 노래지? 그러다 토평은 그 자리에서 얼어붙었다. 여태껏 세상에 나타난 적이 없는 가락. 하지만 지금처럼 누군가에 의해 옛날부터 면면이 이어왔던 가락. 혹시라도 그것이 아닐까. 우리의 할아버지의 할아버지가 찾아 헤매던 바로 그 가락, 그것이 아닐까. 그러자 대번에 가슴이 벌렁거리기 시작했다.

순간 "띠옹" 하고 제3현이 우는 소리를 끝으로 연주가 끝이 난 듯 숨을 몰아쉬고 있었다. 작자는 가야금을 다시 토평에게 던지듯 건넸다. 그러고는 훌훌 털고 일어서는 것이었다.

"다 끝난 거요? 그래서 접는 것이오?"

무엇보다도 토평은 그게 궁금했다.

"끝나요? 시작도 안 한 걸."

"예? 대체 얼마나 길기에……."

"모르오. 나도 그저 귀동냥으로 조금씩 얻어들은 것이 전부요. 들을 때마다 가락이 달랐던 걸로 봐서는 모르긴 해도 하루 반나절은 뜯어야 될 것 같던데. 한데 왜 그러시오?"

"그거 한번 들을 수 없겠소?"

"무슨 수로? 나 그거 다 기억 못 해. 우리 집사람이라면 모를까. 그거 우리 집사람 친정 쪽에서 아주 오래전부터 전해 내려오던 거라고 했거든."

그러면서 자리에서 일어선 작자는 엉덩이를 툭툭 털어냈다. 토평은 그런 작자에게 달려들어 손목을 움켜 쥐었다.

"잠깐, 내 뭐든 시키는 대로 할 테니 돈이라면 돈, 쌀이라면 쌀 뭐든 낼 테니까요."

그때까지 주변에 남아 알짱거리던 사람들도 둘의 실랑이를 재미있단 듯 피식거리며 쳐다보고 있었다.

"뭐든 시키는 대로?"

팔목을 잡힌 작자가 다시 능글거리는 눈으로 토평을 돌아다봤다.

"뭐든, 무엇이든. 달을 원하면 달을 따다 드리리다. 그러니."

사실이었다. 나머지 소리만 들을 수 있다면 달이라도 따다 주고 싶은 심정이었다.

그보다 훨씬 못한 소리일망정 듣게 해달라며 영월 땅에서는 감자를 심으며 한철 담살이를 한 적도 있었다. 거기서 그렇게 한 철을 보내고 정선으로 넘어와 화전민 마을에서는 엉터리 퇴물에게 깜박 속아 이번 겨울을 났었다.

그런데 뭘 못하겠는가. 삼척에서는 가야금에 '가' 자도 모르는 사람한테 넘어가 거금 27만 원을 날리기도 했잖은가.

"그 말 실없는 소리 아니겠지요."

능글거리던 사내가 얼굴을 토평 앞에다 바짝 드밀며 나직이 속삭였다.

"이를 말이요?"

"좋소. 그러거든 내 살 동무가 되어줄 수 있겠소? 뭐 딱 한 번이어도 좋소. 그럼 내 마누라에게 한 번 부탁해보고."

"살 동무요?"

"암! 살 동무. 병이 무서워 아무나 집적댈 수 없고. 그렇다고 돈이 있나? 그러니 돈으로 깨끗한 살 동무를 구할 처지도 못 되고. 그래서 이래저래 임을 본 지가 어언 반년이 넘어가고 있는 처지요. 그러니 살 동무만 되어준다면 한 번이 아니라 백한 번이라도 들려줄 수가 있지."

"…… 다른 방법은 없겠소? 이를테면 돈이라든가 담살이라든가 하는 건."

"아니, 그딴 것들보단 당신이 더 맘에 드는구려. 그러니 남은 가락을 마저 듣고 싶거든 군산으로 내려가 제1부두에서 낙월도 가는 배를 타시구려."

사내는 다시 한 번 입을 맞출 태세로 얼굴을 토평의 코앞까지 바짝 드밀더니 소리 없이 쓰윽 웃는 것이었다. 그러더니 이내 몸을 돌이켜 서울역 광장 한구석에 있는 지하도 입구를 향해 발걸음을 옮기었다. 살 동무! 살 동무라! 수경 선생 당신 같으면 어찌할 건데. 저런 불한당 같은 작자에게 비역질까지 허락하고서라도 그 소리를 마저 들어야 할 것인가?

보나마나 이 소리 역시 듣고자 하는 우륵의 비음이 아닐 건 뻔한 노릇일 텐데. 그런데 혹시 모른다는 막연한 기대 하나로 가장 혐오스런 자세로 항문을 팔아가며 소릴 청해 들어야 할 것인가. 아니면 천하에 추악한 놈 같으니라고 하며 귀싸대기를 올려붙이고 돌아설 것인가.

빌어먹을! 악성의 13곡은 정말로 있기나 한 것일까? 곧바로 문을 닫고 말 것이라던 조국 조선민주주의인민공화국은 벌써 10년 넘게 서슬이 시퍼렇게 살아있고, 이문이 쓴 비책을 끌어 남으로만 내려오면 당장에 가야사를 책대로 복원하고 말 것처럼 길길이 날뛰던 수경은 복원은커녕 비책(秘冊)의 접수마저 거절당한 채 우륵의 비음처럼 10년째 오리무중이다. 어찌할 것인가? 언제까지 되돌릴 수 없는 회한을 안고 타관객지 하늘을 떠돌아야 하는 것인가?

3

뒷산 소나무밭을 지나는 하늬바람을 가르고 "띠-옹" 하는 가야금 소리가 끼어들었다. 소리는 현을 울리며 파르르 몸서리를 쳤다. 3현과 4현 사이에 집어넣은 오른쪽 엄지손가락은 아래서 위로 현을 걷어 올릴 테고, 반 뼘 남짓 떨어진 곳에서는 가지런히 한 왼손의 검지와 장지가 힘을 모아 현을 흔들며 내는 소리일 것이다.

이른바 농현[35]! 대문 문턱을 넘던 정애가 멈칫했다. 이 야심한 시각에 흔치 않던 소리였다. 저 음계 다음엔 분명 휘모리장단의 광풍 같은 소리가 휘몰아 쳤는데. 반 호흡 정도 주춤한다 싶더니 이내 계면조의 휘모리장단이 "징땅, 찡땅" 뒤따른다. 현존하는 가야금 대가의 출세작인 산조가락이다. 간간이 들릴 듯 말 듯한 장구 소리가 뒤섞여 따른다. 가야금 소리야 그렇다 쳐도 장구는…….

정애는 연신 고개를 갸웃거리며 마당을 가로질렀다. 정주간을 돌아서자 댓잎 서걱거리는 소리가 들리는 집 뒤란, 불이 켜진 정음헌이 눈에 들어왔다. 생각대로였다. 소리는 그곳에서 생멸하고 있었다. 정애는 지붕 끝자락에다 양철 물받이까지 달아 유난히 긴 처마가 만들어낸 시커먼 어둠 속에 몸을 숨긴 채 고개를 빼밀었다.

등을 지고 있는 허름한 가사(袈裟) 차림과 각이 지게 앉아 있는 수경 선생 앞에 장구가 놓여있고 가사 차림의 사내가 가야금을 뜯고 있었다. 전혀 예상하지 못한 그림이었다. 정애가 알기로 수경이 장구채를 잡은 적은 거의 없었다. 가야금을 타는 저자가 누구이기에 수경이 장구를 앞세우고 있는 것일까. 그러고 보니 가야금을 타는 사내의 뒤편 멀찍이 눈에 익은 고만고만한 크기의 술병들이 도열해 있다. 그래서일까. 가야금 사내의 몸짓도 봄바람 앞에 선 갯버들처럼 하늘거리고 있었다.

수경 선생 앞에서 술을 마신 채로 가야금을 탄다. 거기다 소리

---

35)농현: '현(絃)을 희롱(戲弄)한다' 는 뜻으로 넓은 의미로는 전성(轉聲)이나 퇴성(退聲) 등도 이에 포함되지만 일반적으로는 음을 흔들어서 물결과 같은 파동을 얻는 기법인 좁은 의미의 농현만을 가리킨다. 가야금·거문고·아쟁 등 현악기들은 왼손 주법이 중요시되는데, 현이 없는 대금·피리 등의 관악기들에도 적용되고 있다.

로만으로 보자면 일찌감치 한 경지에 도달한 듯 보이는 귀신들린 솜씨다. 누굴까. 그러다 경애는 아! 하고 탄성을 질렀다. 토평! 살아있는 악성 우륵인 토평 말고는 이런 시각에 수경 선생 손에 장구채를 쥐게 하고, 이런 해프닝을 연출할 사람이 없다.

그가 이 야심한 시각에 무슨 일일까? 혹여 정말로 우륵의 황음을 찾은 것일까? 그래서 그걸 알리려? 아니면 혹 내가, 알타공주인 내가 왔단 이야기를 듣고 한달음에 달려온 것일까. 당연히 그래야 하겠지만 하는데 갑자기 소리가 뚝 끊기는 것이었다. 순간 넋을 놓고 지켜보던 정애는 숨을 흑 들이마시며 거의 무의식적으로 두 손을 들어 자신의 입을 틀어막았다.

"소설가 이윤섭이 여길 찾아왔었다고요."

토평이 수경에게 물었다.

"음, 그랬다는구나."

"왜 왔을까요? 혹 뭔가를 알아냈던 게 아니었을까요."

"글쎄다, 그자를 직접 만나보질 못해서……."

"만나지 못했다고요?"

"암."

"……."

처마 밑에서 숨을 죽이고 있던 정애의 목울대가 꿈틀했다. 자신도 모르는 새에 꿀꺽 소릴 지르며 생침이 목울대를 타고 넘었던 것이다. 얼른 손을 들어 다시 입을 틀어막았다.

"이제 다른 얘길 하자꾸나. 지금은 어디에 머물고 있느냐?"

"근자에 들어서는, 흐흐흐 서울 인사동 한 술집에서 소리를 팔고 있습니다."

"나쁠 거 없지. 모름지기 황음(黃鐘)은 저잣거리에서 많은 사람들에게 널리 들려줘야 할 소리 아니던가."

"황음이라고요? 제 소리가요? 흐흐흐, 건 너무 심한 말씀 아니십니까?"

무릎 위의 가야금 용두를 저만치 밀쳐놓으며 등 뒤의 술병을 집어 들기 위해 앉은 채 상체를 틀었다. 흐릿한 조명등 아래 툭 불거진 광대뼈와 뾰쪽한 턱, 움푹 파인 눈두덩이. 괴기가 서린 듯 음침한 얼굴이 드러났다. 그랬다. 역시 토평이었다. 토평이 야심한 시각에 바람처럼 느닷없이 수경을 찾은 것이다.

"스승님도 잘 알고 계시잖습니까?"

"……."

"그딴 것. 황음 따윈 세상 어디에도 없다는 걸 잘 알고 계시면서."

병째 들고 술 나팔을 불던 토평이 갑자기 발광을 하듯 소리를 질렀다. 넋을 놓고 있던 정애는 놀라 그 자리에 털썩 주저앉을 뻔했다. 하지만 수경은 옷깃 하나 흩트리지 않은 채 바위처럼 앉아 있었다.

"하지만 우륵인 토평께서는 내일이면 또다시 소릴 찾아 나서실 거 아닌가? 부친이나 조부, 증조부, 고조부님 같은 조상님네들이 그랬던 것처럼……."

"그 어른들이 미쳤던 거지요. 그런 게 어디 있다고. 그딴 게 어디 있다고. 모두가 우륵 그 작자에게 사기당한 줄도 모르고."

"그럼 무엇 때문에 나까지 데리고 사선을 넘었던가?"

"스승님, 그건 모함입니다. 스승님께서 순박한 저를 꼬드겨 함께 사선을 넘었던 거지요!"

더위 앞에서 혓바닥을 늘어트린 강아지처럼 시종 축 늘어져 있던 토평이 화들짝 놀라며 사방을 휘저어 본다. 그런 그의 눈동자에서 도망자의 두려움과 공포 같은 게 일렁이고 있었다. 그러다가 서둘러 질빵에다 가야금을 집어넣어 등에 둘러메더니 자리에서 일어서는 것이었다.

"자신을 너무 학대하지 말게. 황음을 찾는 일, 그마저 놔버리고 나면 무얼 의지해 남은 생을 살 건가?"

"소설가 이윤섭의 죽음엔 제 책임이 크다고 봅니다. 더는 어처구니없는 비극은 일어나지 않았으면 좋겠습니다."

동문서답이었다. 다분히 의도적인.

"그래서 이 야심한 시각에 찾아온 건가? 것도 근 1년여 만에. 오랜만에 찾아와 하는 말이 겨우 그런 협박이나 경고인가."

"솔직한 바람입니다."

"하지만 잘 알고 있듯이 나와는 상관이 없는 일이니 그냥 안 들은 셈 치겠네."

"죽은 이윤섭이 뭐라고 하던가요?"

"말했잖은가? 만난 적이 없다고. 한데 이 밤에 어딜 가겠다고 일어서는 건가?"

"저 같은 운수납자가 언제 밤낮을 가려서 떠났던가요."

정애는 얼른 뒤돌아 자리를 떴다. 그래, 운수납자! 맞는 말이었다. 그는 바람이었다. 그는 늘 바람이었다. 저렇게 바람처럼 왔다가 또 소리 소문 없이 바람처럼 사라지곤 했었다.

정애는 바늘 틈새만큼 열어뒀던 양 장지문을 딱 소리 나게 다시 닫아걸었다. 어쩌나? 저대로 보내나? 저렇게 가면 언제 또다시 찾아올지도 모르는 일인데. 어쩐다? 그래도 그냥 그대로 보내고 마나. 어쩌나? 망설이던 끝에 끝내는 방문을 나서고 만다. 신발을 끌면서 대문을 밀치고 골목을 돌아섰는데 이미 칠흑 같은 어두움만 팔을 벌린다. 뒤를 따라 등짝에다 가야금을 엇비슷 멘 토평이 대문을 나서 어둠 속을 휘적휘적 걸어내려 간다.

이미 대문을 빠져나가 담장 끝자락에 몸을 숨기고 있던 정애 앞으로 뭔가가 홱 스쳐 지나치고 있었다. 재빠르게 팔을 뻗어 무언가를 꽉 움켜쥔 다음 있는 힘껏 그대로 끌어당겼다. 넋을 놓고 있던 토평이 어, 어 하며 순간적으로 기우뚱 무너지는 게 눈에 들어왔다. 동시에 한입 슥 베어 문 홍시의 단내 같은 게 훅 하니 풍겨왔다. 그리고 널따란 가슴패기가 정애의 얼굴을 가로막았다. 쿵 하고 그대로 머리를 처박고 만다. 경험이 있는 촉감이 얼굴에 와 닿았다. 한없이 드넓고 그래서 한없이 쾌적하기만 하던 그곳. 팔딱거리는 심장의 고동 또한 그대로였다. 그래, 이 소리였어. 놀라 눈을 동그랗게 뜬 토평, 바로 그였다.

"누, 누구요. 당신은."

"저예요, 알타. 진흥왕의 딸인 알타공주."

"뭐요? 정, 정말이요? 그대가 진정 알타공주란 말이요? 아니, 그대가 어떻게 여기……. 아니, 어떻게 이 자리에서 만날 수 있단 말이요? 설마 꿈은 아닐 테고."

"우륵, 당신을 위해서라면 무언들 못 하며 어딘들 못 가겠어요."

"언제, 언제 여길 왔던 거요."

"2년이 다 돼가요. 2년 동안 우륵 당신을 찾아 전국을 안 가본 데가 없어요. 그러다 이곳 남한 당국의 도움으로 수경 선생의 거처를 알게 됐던 겁니다."

"진정 이 토평을 잊을 수 없어 사선을 넘어온 것이오?"

"그래요. 이 세상에 딱 하나 우륵인 토평을 위해서 사선을 넘었습니다."

"바보로구려, 그대 알타공주는. 하찮은 나 같은 사람 때문에 목숨을 걸고 사선을 넘어오다니."

토평은 밭은 호흡처럼 속삭이며 정애의 턱을 추겨들었다.

그리고 바들바들 떨고 있는 정애의 입술 위에다 술 냄새를 풀풀 풍기는 자신의 입술을 포개었다. 토평의 입술은 샌드페이퍼였다. 까칠한 게 잘못 부딪히면 연약한 정애의 입술이 상해나갈 것만 같았다. 딱히 그래서만은 아니었지만 정애는 토평의 가슴패기를 힘주어 밀었다. 그러더니 어리둥절해하는 토평의 손목을 그러쥐고 담장을 끼고 난 샛길로 앞서 들어서는 것이었다.

"안, 안 돼요. 알타공주."

"안 되긴, 내가 누구 때문에 전국을 이 잡듯 뒤진 끝에 이 시골 마을까지 찾아들었는데. 언제 또 올지, 아니면 두 번 다시 안 올지 누가 알아요."

"그, 그렇지만 오늘은 안 돼요. 누가 우릴 지켜보고 있을지도 몰라요."

하지만 토평의 팔목을 야무지게 틀어쥔 정애는 이미 골목이 끝나고 뒷산 산자락이 시작되는 숲으로 앞서 들어서고 있었다.

"제발, 공주. 위험하단 말야."

"제발요, 우륵이시여. 당신을 찾아 사선을 넘어 이 운봉 땅에 들어선 이후 이 정애에게 내일은 없어요. 내일이면 무슨 사단이 어떻게 날지 모르는 판국 아니에요?"

4

유리창 밖 세상은 비가 내리고 있었다. 하지만 기실은 비라고 하기엔 뭔가 미안한 구석이 있는 이슬털이였다. 지난밤에 시작한 게 다음 날 아침까지 추적거리고 있었다. 마당 끝 허리가 휜 노송과 그 뒤로 병풍처럼 둘러선 시누대 군락 속의 댓잎 끝마다 물방울이 방울방울 맺혀 있었다. 섬돌 밑에서 시작된 잔디도 여느 때와 달리 제법 파릇파릇해져 있었다.

파란 잔디와 소나무와 어우러져 있는 키가 작은 시누대들의 서걱거리는 소리. 도시 한복판에서 쉽게 대하기 힘든 참으로 보기 좋은 풍광이었다. 창밖의 그런 풍광에 넋을 놓고 있던 김유익은 움찔하며 탁자 건너 백발의 노인을 흘긋 건너다 봤다.

그는 김유익과 종친 관계에 있는 우륵 김씨 진사공파 중 유일한 한림학사인 김희덕 회장이었다. 노인은 그때까지도 신문을 뒤적이고 있었다. 신문은 아직도 우륵의 부활을 가지고 피 터지게 싸우고 있었다. 이윤섭의 죽음은 이미 이슈 밖으로 밀려나고 없었다.

"자네, 어찌할 생각으로 우륵에 관해 그리 단정적으로 이야기하는 건가. 혹 나 모르는 무슨 증거라도 가지고 있는 것 아닌가."

"아닙니다. 세상에 알려진 것 이상은 없습니다. 하지만 앞으로 나타나리라 생각합니다."

"그렇게만 된다면 얼마나 좋은 일이겠는가. 지난번 세미나 뒤끝에 여론은 어찌하던가."

한 손에 쥐고 있던 커피 잔을 내려놓는 노인의 손끝이 파르르 떨리고 있었다.

"물론 욕을 해대는 자들도 있지만 하나의 문제 제기라고 생각하는 사람도 많이 있습니다."

"그래, 그렇게만 받아들인다면 성공적인 출발인데 말야."

그때 주방 쪽에서 달그락거리는 소리가 났다. 그리고 오래지 않아 찻잔을 담은 쟁반을 들고 김은영이 나타났다. 그녀는 김유익 교수와 결혼 말이 오가고 있는 김 회장의 딸이다.

"신새벽부터 쳐들어와 죄송합니다."

푹 묻혀 있던 소파에서 일어나며 차를 내오는 김 회장의 장녀인 김은영을 맞았다.

"무슨 말씀을요? 용무 없이 오셨겠어요?"

그러면서 다탁 위에 찻잔을 내려놓았다. 순간 어둑한 실내에 진한 커피 향이 하늘거리는 새벽안개처럼 퍼져 나갔다.

"커피 냄새가 아주 좋습니다."

탁자 건너 소파에 엉거주춤 앉아서 신문을 뒤적이고 있던 김 회장이 김유익을 핼끔했다.

"원두를 지금 갈아낸 건데."

그새 숙녀는 어둑한 주방 쪽으로 종종걸음을 치고 있었다. 곡선이 뚜렷이 드러나는 뒷모습을 보며 김유익은 커피 잔을 입으로 가져갔다. 김 회장은 그런 두 사람을 번갈아 쳐다보았다. 그런 그의 얼굴에 흐뭇해하는 미소가 소리 없이 스쳐 지나갔다.

"두 사람은 잘 돼가나? 엊그제는 다시 미국으로 나가겠다고 투정을 부리던데. 두 사람 관계가 요즘은 영 신통치가 않은 것 같아."

"아니 옳습니다. 요즘 제가 조금 바빠서 그랬지."

"하긴, 그래."

그러면서 깜빡 잊었었다는 듯 소파 옆 문갑에서 누런 봉투 하나를 꺼내 김유익 앞으로 밀쳐놨다. 유익은 이게 뭐냐는 듯 동그란 눈으로 김 회장을 건너다 봤다.

"근일에 서울에서 치른 골치 아픈 세미나에 변변한 스폰서가 나섰겠나. 한데 경비는 많이 들었지. 보태 쓰라고."

"아! 네. 고맙게 잘 쓰겠습니다."

"음. 그리고 김 교수 자네는 이윤섭이 타살됐다고 생각하나?"

"네? 아니 그럼? 단순한 사고사가 아니었을까요?"

"어떤 단순 사고사? 그 밤에 거긴 뭐 하러 가서 그 책장을 손에 그러쥐고 죽나?"

"……."

"이윤섭 그자는 뭔가를 말하고 싶었던 거야."

"그리고 그건 손에 틀어쥐고 죽은 책장에 나와 있고요?"

"뻔한 거 아닌가? 우륵의 묘가 일본 나라현 안의 어느 시골마을에 있다고 했던 자들 아닌가. 혹여 그 책자의 내용도 그리 왜곡 해석할까 무섭기도 하네."

"설마요?"

"그래. 그 설마가 사람을 잡을 수도 있어. 이번 사건이 그러잖을까 싶어. 김 교수 자네, 정신 단단히 차려야 하네."

"네. 그렇게 하겠습니다."

이윤섭이 뭔가를 말하려 했었다? 무얼 말하려 했던 것일까. 그가 늘 하던 말대로 가야사의 왜곡에 관한 것이었을까? 그날도 그랬었는데.

그날도 여느 날처럼 눈을 비비며 습관처럼 아침 신문을 펴들었다. 한데 여느 날과 달리 대번에 눈에 확 들어오는 것이 있었다. '일본에서 지리산 밑 함안군 마천면 강천리 고분발굴현장을 대대적 보도' 하는 서브타이틀이었다. 일본의 매스컴이 대성동 고분처럼 이슈가 되는 왕릉도 아닌 이름 없는 고분발굴을 대대적으로 보도한 적은 여태껏 한 번도 없었다. 한데 비록 지방 방송이긴 하지만 방송과 신문 모두가 아주 대대적으로 보도를 하고 있다고 했다. 한쪽에 발굴과정을 찍은 생생한 화보도 싣고 있었다. 화보는 무덤에서 나온 가야의 토기들과 목기 혹은 철정 같은 유물이 대부분이었다.

"그러면 그렇지."

한참 동안 넋을 잃고 신문을 들여다보던 김유익 교수는 어이없다는 듯 신문을 내동댕이치며 쓴웃음을 지었었다. 무엇 때문일까 했었지만 역시 의심했던 대로 호의를 가진 보도는 아니었다. 발굴 중인 고분을 배경으로 보도를 하는 기자는, 북에서 넘어온 가야금의 명인이 목숨을 담보할 요량으로 꾸리고 내려온 비책이 있는데 거기에 기록된 우륵의 무덤을 찾기 위해 그간 버려두다시피 했거나 혹은 모르고 방치했던 옛 대가야 반파 땅이었던 장수 함안 지역의 미등록 봉분들까지 한꺼번에 발굴 중이라 했다.

기사는 그간 한국 사학계에서는 가야의 악성 우륵의 생멸에 관해서는 알 수 없다는 입장을 견지하고 있었다는 말도 빠뜨리지 않고 있었다. 뒤끝이 영 개운치 않았다. 까닭 없이 씁쓸한 기분이

밀려들기도 했다. 일본의 많은 사람들이 한국인들의 우매성과 무지를 확인하며 얼마나 즐거워하겠는가? 김유익은 괜스레 낯이 후끈거려 왔었다.

바로 그날 밤 이윤섭이 텔레비전에 난 그 비책을 좀 보자며 김유익 교수 집으로 들이닥쳤다. 당장 책을 내놓으라고 보채는 이윤섭을 달래 동네 생맥줏집으로 데려 갔었다.

"그거 일본 애들이 말한 북에서부터 꾸리고 내려왔다는 비책이라는 거 말야. 수경이 자네에게 건넨 거 맞지. 토평 선생도 그리 말했거든."

"토평 그자가? 하여간……. 하지만 말야."

가는 길에 김유익 교수 자신도 아직 다 읽지는 못했지만 초장부터 왜곡이 심해 사료적 가치가 희박하지 않을까 의심하고 있다며 시종 그의 관심을 누그러트려 보려고 노력했었다.

"아니 애당초부터 비틀린 역사가 어디 있겠나?"

술집에 자리를 잡은 이윤섭은 동의를 구하듯 앞자리의 김유익을 건너다봤다. 김 교수의 눈에는 그런 이윤섭이 그저 곱상하기만 한 안경잡이 샌님일 뿐이었다. 그런 사람이 가야나 우륵에 관한 이야기만 나오면 그렇게 당찬 사람으로 돌변하는 것이었다. 그래서 그런지 같은 사학계 교수들끼리는 이윤섭을 '이가야'라 부르기도 했었다. 그런 그도 우륵의 변절에 관해서만은 그렇게 심약할 수가 없었다. 무엇보다도 안타까워했다. 차라리 포로로 잡혀 갔다던가 아니면 음악을 사랑한 신라의 조정에서 납치를 해 갔다면 얼마나 좋았을까 하며 그렇게 가슴 아파했다. 삼국사기에 대한 불신도 거기서부터 출발하지 않았을까 하는 의심이 갈 정도였다.

"아! 뭐라 이야기 좀 해 봐, 김 교수."

"뭘 말하라는 건가?"

김유익은 그저 소리 없이 사람 좋은 미소만 지을 뿐이었다.

"사기에서는, 삼국사기나 삼국유사 같은 말야. 거기서 그렇게 가야사를 소홀히 취급하고 있지 않나. 그게 비틀린 역사 아닌가."

김유익의 빈 잔을 채우며 이윤섭이 대꾸했다.

"자네도 알다시피 두 사기의 편찬자들 나름대로 이유가 있지 않던가?"

"바로 그 이유라는 게 훼절이나 왜곡의 이유 아니겠나?"

"내 말은 그게 아니라 사료가 불충분했을 수도 있지 않았겠느냐 하는 거네."

"전기가야의 역사를 전하는 최초의 기록인 중국의 『삼국지』 위서동이전이나 『일본서기』 같은 것도 있지 않던가."

윤섭은 그저 사람만 좋아 보이는 김유익의 두루뭉술한 대답이 마음에 걸린다는 투였다.

"물론 충분히 참고를 했겠지. 그리고 김부식도 그런 내막을 서두에 밝히고 있지 않던가? 김부식 그분도 나름으로는 그런 사대사상을 경계해 가능한 한 우리 땅에 남아있던 사료를 중심으로 사서를 구성했던 게 아니었을까 하네. 그러다 보니 자연 사료가 부족한 가야사는 소홀히 할 수밖에 없었던 게 아니었을까 해."

"단지 그래서 금관가야를 농경국가로 표기했던 것인가?"

"지진이 일어나고 그래서 김해평야가 융기한 뒤에는 농경국가가 맞지 뭘 그래."

그렇게 논쟁에 논쟁을 마다하지 않았으면서 뭐가 부족했던지 끝내는 김유익의 서재에서 문제의 책을 슬쩍해 갔던 것이다.

*

요즘 학계에서는 우리 역사 다시보기 같은 운동이 벌어지고 있다. 주로 나이 어린 소장파 학자들이 중심이 되어 벌이는 평지풍파였다. 한데 그게 전처럼 그들의 은사님들로 이루어진 학회 원로들의 만류로 흐지부지되거나 하지 않고 생각지 않게도 들불처럼 번져나가고 있었다.

엉뚱하게도 해방 후 일부 사대주의 학자들의 눈으로 바라다본 식민사관에서 벗어나자는 데까지 번져나가기도 했다. 그런가 하면 지금 당장 이윤섭의 주장대로 가야를 정사에 편입시켜 '사국사기' 화 할 것은 아니로되 역사를 바라다보는 안목은 조금 수정해야 하지 않느냐, 지금까지처럼 너무 편협해서는 안 되는 것 아니냐 하는 자성적인 목소리도 끼어들었다. 거기다가 이윤섭의 주장을 밑받침해 줄 수 있는 새로운 유물들이 출토되고 있고 그걸 바탕으로 연구를 새롭게 시작하는 소장파 학자들도 생겨났다.

하지만 학회의 원로들은 움직이기는커녕 미동도 하지 않을 눈치였다.

"작자인 김부식이 말마따나 『삼국사기』가 간장 종지 뚜껑으로나 쓰이기 위해 저술된 책이 아니잖소. 1000년 넘어 쓰여 온 유일무이한 정사서(定史書)를 가당치도 않게 우리 세대에 와서 뜯어고치겠다는 거요? 건 삼국사기가 왜곡됐다고 말하는 그들이 더 훼절하고 왜곡시키겠다는 말 아니겠소. 말도 안 되는 소리니 입에도 담지 마시오. 내 눈에 흙이 들어가기 전에는 삼국사기를 파기하고 '사국사기'를 채택하는 일은 없을 것이오. 그러니 꿈도 꾸지 마시오."

"선생님, 그거 아십니까? 일본 나라현 조그마한 부락에 우륵의 묘가 실존한다는 사실을."

원로의 추상같은 불호령 앞에서 당돌하기 짝이 없는 새파란 초짜가 겁도 없이 토를 달았다.

"당신, 우리나라 역사학자 맞아? 어찌 감히 우륵의 묘가 일본에 있다는 말을 입에 담지."

"학자로서 추론은 가능하지 않겠습니까?"

"추론이라니 어떤 추론 말이요?"

"아직까지 밝혀내지 못한 우륵의 생멸 가운데서 생은 몰라도 멸은……."

"닥치지 못할까? 그럼 우륵이 당신 혼자만 살기 위해 일본으로 도망이라도 쳤단 말이냐."

"세간에서는 이미 오래전부터 회자되고 있는 말입니다."

"네 이놈, 그러고도 네놈이 대한민국 학자라고 말할 수 있더냐. 세간의 시러베 잡놈들이 생각 없이 나불대는 언사를 감히 신성한 학회에 올려놓다니."

*

김 회장은 신문 한쪽을 끌어당겨 자신의 눈으로 확인한 다음 너도 보라는 투로 탁자 건너 김유익 앞으로 밀쳐놨다. 김유익은 생각에서 깨어나 신문을 집어 들었다. 거기에는 비교적 낯이 익은 한문 자구가 그대로 실려 있었다. 하지만 그 해석은 그야말로 중구난방이었다.

"수경이란 작자가 머릴 돌리는 게 눈에 보여. 그자를 조심해야 하네. 알아들었는가?"

"네? 아, 네."

"수경이란 작자를 조심해서 잘 살펴보라고."

김 회장은 현관을 나서는 김유익을 따라 나와 한 번 더 오금을 박았다. 김유익은 그렇게 하겠다는 투로 말없이 고개를 깊숙이 숙였다.

어디선가 들려오는 소리

1

버스에서 내리니 2년 전이나 별반 달라진 게 없는 낯익은 산천이 반기듯 이채연에게 달려들었다. 강도 내도, 산자락 아래 졸듯이 머리를 맞대고 있는 동네 초가들도.

감회에 젖어 여기저기를 기웃거리다 무심코 산봉우리 같은 봉분 위를 올려다봤다. 뜻밖에도 하얀 차일이 쳐져 있었다. 전혀 생각지 못했던 일이었다. 그걸 본 순간 가슴이 덜컹 내려앉았다. 더군다나 봉분 근처 빈 논밭마다에는 크고 작은 자동차들이 꽉 들어차 있었다. 놀랍게도 자동차들마다 이름이 짜하게 난 신문사 깃발들을 꽂고 있었다. 무슨 일인가. 지방 무명 고분에 이렇게 거하게 매스컴이 관심을 보일 리가 없는데 다른 무슨 일이 있나? 저간의 사정을 모르는 그로서는 궁금하기 짝이 없었다.

"어! 무덤을 파헤치고 있나 보네."

이채연은 자신도 모르게 터져 나온 말꼬리를 얼른 꿀꺽 집어 삼켰다.

사람들이 꼼지락거리는 걸로 봐 2년 전 교도소에 들어가기 바로 전날 석곽 근처까지 들어갔다 나왔던 그 봉분인 듯싶었다. 말이 봉분이고 무덤이지 기실은 밭 한가운데 봉실 솟아있는 야트막한 구릉이었다. 그 일대에 그런 구릉들이 집단을 이루고 있는데 그중 하나에 차일이 드리워 있었고 그 아래서 발굴팀인 듯한 사람들이 꼼지락거리고 있었다. 이채연은 그쪽으로 발길을 돌리며 벌렁거리는 가슴을 다독거리느라 애를 먹었다.

'내가 왜? 내가 지금 한밤중에 도굴을 하러 가는 것도 아니고 그냥 구경삼아 가는 동네 노인네일 뿐인데.'

애써 자신에게 타일러 보지만 쿵덕거리는 가슴은 쉽게 가라앉힐 수가 없었다. 하긴 저기 저 묘혈 때문에 2년 동안 '빵'을 살고 지금 막 나오는 길 아닌가. 가슴이 안 뛴다고 하면 쇠로 만든 로봇이거나 세상 물정을 모르는 팔푼이일 것이다.

한데 무슨 바람이 분 것일까? 하는 걸로 봐서 무덤의 뗏장을 들어낸 지가 그리 오래된 것 같진 않는데. 도굴을 사주했던 작자의 말처럼 무덤 안에 무언가 있다는 확신이라도 선 것일까?

'그 작자가 당국에다 제보라도 한 것일까? 가만, 소설가도 이런 사실을 알았던 것일까. 그런데 왜 죽이지? 것도 이곳이 아니라 마천골 백무동 계곡 끝자락에서.'

발굴 중인 봉분이 내려다보이는 그 옆 산봉우리로 향했다. 봉우리엔 이채연 자신 말고도 근처 동네 촌부인 듯한 노인 서넛도 건너편 무덤 속을 향해 목을 길게 빼 밀고 서있었다. 다행스레 건너 묘혈 안이 바로 코앞처럼 훤히 들여다보였다.

무너져 내린 돌무더기 사이로 다 썩은 송판 조각 같은 게 언뜻언뜻 드러나 보였다. 아마도 석곽에 둘러싸인 목곽 조각 같은 것일 게다. 저런 걸 구덩식 돌무덤[36]이라 한다 했었다. 작자가 일러줘 알게 된 가야의 무덤에 관한 지식이었다. 참, 그 작자 덕택에 별 공부를 다 했었지. 자신도 모른 새에 씁쓰레한 미소가 입가로 밀려들었다.

목곽 허리께의 뼛조각[37] 근처에서는 이런저런 토기 조각들이 나뒹굴고 있었다. 언뜻 눈에 들어온 걸로는 대가야식 굽다리접시[38]처럼 상체가 넓적하고 아래로 내려가면서 홀쭉하니 말라붙은 토기 조각 같은 게 있는가 하면, 옆으로 반 토막이 나버린 화염무늬접시[39] 받침 같은 것도 눈에 띄었고, 목이 긴 단지 같은 것

---

36)구덩식 돌무덤: 구덩식 돌무덤(竪穴式 石槨墓)은 기원전 2세기부터 기원후 5세기까지 순차적으로 만들어졌다. 이런 무덤에서 각종 토기와 다양한 철제무기, 갑옷과 마구(馬具), 철제농기구와 공구, 청동제 단검과 거울, 청동제 솥(銅鼎), 통형동기(筒形銅器), 유리, 수정, 마노, 호박 등으로 만든 각종 장신구 등이 출토되었다.

37)목곽 허리께의 뼛조각: 가야 시절 순장자들은 무덤의 주인 허리께에서 시작된 장방형의 부챗살처럼 매장되었다.

38)굽다리접시: 굽다리가 달린 그릇으로 삼국시대 특히 신라·가야에서 주로 만든 토기의 하나. 굽 그릇·고배(高杯)·두(豆)라고도 한다. 신석기 시대, 청동기 시대, 초기 철기 시대의 유적에서도 출토된 예가 있으나 주로 김해·경주 등지에서 삼국시대의 발전된 형태가 출토되고 있다.

도 간혹 박혀 있었다. 저렇게 목이 굵고 긴 토기에는 대왕(大王)이 라는 명문40)이 있을 수도 있다고 했었다.

무덤 임자를 중심으로 양 옆으로 눕거나 부챗살을 그리듯 호위하는 자세로 있기 마련인 순장자만 발견된다면 왕릉이 분명하다. 그런데 순장자가 없었다. 거기다가 그 비싸다던 철정(덩이쇠)을 수도 없이 깔고 드러누워 있으면 오갈 데 없는데. 하지만 무덤 너비도 3~4m 안팎인데다 길이 또한 잘해야 7~8m 내외였다. 규모로 보나 부장품으로 보나 왕릉은 아니란 얘기다. 지방 토호 세력가의 무덤인 듯싶었다. 눈을 부릅뜨고 사방을 둘러봐도 가야금 비슷한 흔적 같은 것도 찾아볼 수가 없었다.

하지만 분명 2년 전 이채연은 가야금의 안족과 명주실로 꼬아 만든 줄 일부를 찾아냈었다. 그래서 무덤을 나온 즉시 바로 작자에게 연락하지 않았던가. 한데 연락한 지 20여 분도 안 된 시각에 바로 경찰이 들이닥쳐 이채연의 손목에다 쇠고랑을 채워 갔었다. 도대체 그 시각에 이채연이 ○○리 무덤에 있는 줄을 경찰이 어찌 알았을까. 사실 당시만 해도 동네나 근동 사람들 대부분도 그 구릉이 무덤인 줄을 모르고 있었다. 그들의 눈에는 그저 들판

---

39)화염무늬접시: 5세기경 함안을 중심으로 널리 유행한 함안약식 토기의 한 종류. 이 토기의 투창은 가야 토기 중 가장 독특한 형태로 불꽃무늬와 비슷하여 불꽃무늬토기라고도 불린다.

40)대왕(大王)이라는 명문: 함안말산 고분군에서 함안 양식이 주류를 이루는 대가야식 긴 목단지가 출토되는데 단지의 목 부분에 대왕이란 한문 문자가 새겨져 있다. 다른 곳에서는 문자로 기록된 유물이 발견되지 않았던 점으로 봐서 특이하다 할 수 있다.

한가운데 봉실 솟은 야트막한 구릉일 뿐이었다.

한데 경찰은 그 어두컴컴한 시각에 그런 구릉을 파헤치고 있을 줄 알고 들이닥쳤던 것이다. '빵' 에서 2년여의 시간을 삭이는 동안 어렴풋하게나마 일의 앞뒤를 꿰어 맞출 수가 있었다. 작자는 도굴해 내온 유물을 사기 위해서라기보단 그곳에 그런 유물이 들어있다는 사실을 확인하는 게 더 중요하지 않았을까? 거기다가 이젠 볼일도 다 봤겠다, 도굴꾼과 손을 잡고 있을 게 무에 있겠는가? 차제에 도굴이라는 범죄와도 손을 끊고자 했을 것이다. 그렇다고 이채연이 작자에게 반격을 가할 수 있는 그럴 만한 증거를 남긴 것도 아니겠다.

그리하여 놈은 맘 편하게 이채연을 배반할 수 있었을 것이다. 비로소 죽일 놈은 작자 바로 그놈이란 결론에 도달하게 됐었다. 하지만 지금도 영 찜찜하기만 한 것은 이딴 식의 어딘가 한구석이 빈 것 같은 추론이 영 마음에 들지 않는다는 사실이다. '아무리 그렇더라도 그렇지, 도대체 왜?'

하여 지금은 이런 자신의 추측이 제발 빗나가길 바라고 있었다. 산을 내려와 작자를 만나러 가기 위해 버스를 기다리는 동안 이런저런 궁리 끝에 휴대전화를 꺼내들었다. 털어내려 해도 자꾸만 소설가 이윤섭의 죽음이 떠오르는 것이었다. 그럴 리는 없겠지마는 그냥 '방정맞은 생각을 털어낼 요량이다' 하면서 전화를 꺼내들었다.

2

성질 급한 신문들은 벌써부터 우륵의 묘가 발견되었다고 떠들어대고 있었다. 후기가야 연맹의 권역인 운봉이나 장수 어딘가에 있다는 것이다. 그것은 북에서 내려온 토평의 책이 담보하고 있다고 했다. 아니, 거기에 그렇게 쓰여 있다고 하는 것이었다.

신문에 따라 사안을 대하는 태도도 달라져 있었다. 우스개 삼아 단순한 가십거리로 취급하는 신문도 있지만 대다수는 진지하게 학문적으로 접근하는 태도를 보이고 있었다. 신문들은 저마다 마치 증거라도 나온 듯 단정하고 있었다. 어떠한 근거도 없는 마당에 너무 앞질러 나가지 않나 하고 경고성 비판을 가하는 신문도 있었다. 이 모두는 김유익의 입으로부터 시작되고 있었다.

"끌끌끌."

요한은 신문을 내던지며 혀를 끌끌 찼다. 김유익은 무엇을 믿고 그런 엄청난 발언들을 쏟아냈던 것일까. 조금 전에 시작한 전화는 여전히 숨 가쁘게 울어대고 있었다. 조금은 짜증스럽기까지 했다.

"아! 여보세요."

요한은 생전 처음 보는 전화번호에 누가 잘못 걸었거나 상대를 가리지 않고 무조건 전화해대는 광고이겠거니 하면서도 폴더를 열었다. 하지만 생각밖으로 대번에 '아! 김요한 기자님' 하는 것이었다. 한데도 상대가 누군지 쉽게 기억이 나지 않았다.

"네, 제가 김요한입니다만 누구신지요."

"아! 전 저……."

상대는 왠지 모르게 망설이고 있었다. 누구지?

"죄송합니다만……."

"모르시겠어요? 섭하시네. 날 만나기 위해 천 리 길을 오셨던 분이 벌써 잊으시다."

"천 리 길이요?"

순간 섬광 같은 게 머리를 스치고 지나쳤다. 청주! 청주교도소 창살 안쪽에서 들려온 목소리였다.

"아! 이채연 선생."

"네, 이채연입니다."

"한데 어쩐 일이십니까? 가만 지금 이 전화?"

"맞습니다. 청주교도소가 아니라 전에 와본 적이 있는 전북 장수군 ○○리 고분군 입구입니다. 지금 여긴 문제의 고분들을 발굴하느라 모두 파헤쳐 놓고 난리가 아닙니다. 어찌 알았는지 기자들도 몰려 있고요."

"아! 그래요?"

'그런데 거기서 무엇 때문에 이 시간에 나에게 전화를 한 것일까? 출감했다는 소식을 알리기 위해서? 그걸 왜 내게 알려야 하는데.'

조금은 짜증스러워진 요한은 앞에 펼쳐놓은 소설 복사본으로 자꾸 눈이 갔다. 그는 지금 전에 읽다 만 이윤섭의 소설을 마저 읽고 있던 중이었다.

"실은 이곳이 제가 2년 전에 도굴을 했다 체포됐던 곳입니다. 누군가가 정보를 줘서 시작했던 일이었지요. 그래서 들러 봤는데 이젠 아예 발굴을 하고 있군요. 저는 지금 그때 제게 정보를 주고 도굴을 사주했던 사람을 찾아가고 있는 중입니다."

"그러세요?"

그러고 나서 건성으로 인사말 몇 마디를 건넨 뒤 바로 전화를 끊었다. 문득 그를 면회할 때 '입도선매' 어쩌고 하던 말이 떠올랐다. 하지만 아직도 이자가 자신에게 전화한 이유를 선뜻 짐작할 수가 없었다. 휴대전화를 밀쳐놓으며 좀 전까지 읽다 만 대목을 다시 찾아 들었다.

"그래 좀 알아 봤느냐?"

이문은 우륵 앞에 당도해서도 호흡을 제대로 고르지 못하고 있었다. 보나마나 초막으로 오르는 길을 한걸음에 내달았을 것이다.

"네. 생각보다 많은 백성들이 신라땅으로 넘어가고 있다 합니다."

"호! 그래? 역시 탁순국[41]의 아리사등[42] 때문이라 하더냐?"

"그러하옵니다. 신라가 시종을 쫓아낸 문제를 따진다며 탁순국으로 오는 도중 인접 형제국들을 무력으로 점거해버리자 근처 남은 소국들이 지레 겁먹고 차례로 항복을 했답니다.

탁기탄국[43]마저 신라에 넘어가버렸단 소문이 돌자 '이제 가야는 틀렸다' 하며 앞다퉈 국경을 넘고 있다 합니다."

"그랬구나. 이문아!"

"네. 스승님."

"나 역시 신라땅으로 스며들어 갈까 하는데 네 생각은 어떠하냐?"

소맷자락으로 이마의 땀을 훔치던 이문이 갑자기 얼어붙어 버렸다.

"아니, 그 무슨 말씀이십니까?"

"물론 난을 피해갈 요량으로 국경을 넘겠다는 게 아니다."

"……?"

"소리를, 신라땅에다 가야의 이 우륵의 소리를 민들레꽃씨처럼 퍼트리겠다는 것이다."

"아니 그걸 해서 무얼 얻으시겠다고요. 대가야 역시……."

"신라와 백제 사이에 끼어 있는 우리 대가야 역시 내일을 기약할 수가 없지. 거기다가 가락인 구야국을 멸망으로 몰아

---

41)탁순국: 탁순국(卓淳國)은 지금의 경상남도 창원시 일대에 자리 잡고 있던 후기가야 13국 중의 한 나라였다.

42)아리사등: 가야와 신라의 결혼 동맹 당시 탁순국의 왕이었다. 그로 인해 두 나라의 결혼 동맹이 깨졌고 소가야국들이 신라에 복속되는 수모를 겪게 된다.

43)탁기탄국: 가야 연맹국 중 하나로 529~532년 사이에 제 스스로 신라에 투항한 나라.

넣은 고구려까지 호시탐탐하고 있으니."

"하온데……."

"그래서 소리를 퍼트리고자 하는 것이다. 일찍이 신라는 소리를 소중히 한다 들었다. 선사님의 말씀처럼 공구나 불타의 가르침 같은 외경심으로 대한다 하더구나."

"저도 그리 듣긴 했습니다만, 그게……."

"말하자면 소통을 하려는 것이다. 그리하여 가야인들이 맞이할 먼 앞날에 대해 의논해보고자 하는 것이다."

"가야가 아니라 가야인이요?"

"그래."

"외람되겠습니다만 한 말씀 드려도 되겠습니까?"

"그래, 해 보아라. 오늘은 마침 선사님도 출타 중이시고 우리 둘뿐인데 무슨 말을 한들 어떠하겠느냐?"

"지금처럼 옛 고를 새로 만들고 손에 익은 가얏고를 타며 산과 바람에다 의탁해 살아가면 안 되겠습니까? 산바람이 스승의 소리를 백성들에게 날라다 줄 테고 그 소리를 전해들은 사람들은 아름다움에 취해서 태평성대를 노래하며 살아가겠지요. 선사님 가르침도 이런 게 아니었던가요."

"왜 모르겠느냐? 하지만 시절이 그리 수상하지 않더냐."

"수상하다니요, 누가 그럽니까."

"언젠가부터 우리의 가얏고 소리가 그리 말하고 있는 걸 어찌하겠느냐."

"소리만 퍼트리고 바로 돌아오는 거지요? 정말 눌러 사는 건 아니지요?"

"아무렴. 저 멀리 중원의 삼황오제 시절, 해곡의 대나무로 만든 황종척의 소리를 만들어 퍼트릴 참이다. 그 소리가 천하 가득 차 물결을 이룰 때까지 퍼트려 볼 참이다."

"하온데 왜 꼭 신라에서만 해야 하나요? 가야땅에서는 어렵습니까? 꼭 신라땅으로 가셔야만 하나요?"

"그건 좋고 나쁘고 우리 땅 너희 땅의 문제가 아니다. 이문너도 알다시피 나는 누구보다도 가야 산천을 좋아하는 사람 아니냐. 고향 땅 성혈현도 좋지만 반파의 경계에 연한 두류산 쪽을 특히 좋아하지. 내가 죽어 묻힌다면 다사강을 에돌아 흐르고 반파의 너른 들판이 내려다보이는 두류산 밑자락 어디였으면 좋겠다고 한 적도 있었으니까. 그곳은 일찍부터 왕궁이 자리할 터처럼 늘 서기가 서려 있었으니까.

하지만 지금은 반파가 아니다. 지금은 신라다. 끝내는 신라가 이 삼한을 통합하고 말 것이다. 그때 가서는 이미 늦을지도 모른다. 그러기 전에 그들을 만나 담판을 하려는 것이다."

"하오나 소인의 생각으로는 지금 당장 떠나지 않았으면 합니다. 가야의 고령 사람 모두가 스승님의 신라 행을 어떻게든 막아야 한다고 생각할 것입니다. 이 사실이 새 나간다면 당장에 작당을 하려 들지도 모를 일입니다."

"나 역시 고령 사람들의 속내를 잘 알고 있다. 왜 모르겠느냐? 특히 내 송아지동무인 담숙을 따르는 아랫사람들 중 설표라 불리는 자는 대놓고 협박을 서슴지 않고 있다. 엊그제 그가 전해온 노래 한 구절을 보겠느냐. 어쩌면 정인의 애타는 심사를 노래한 것도 같지만 기실 그 안에서는 시퍼런 칼날이 독을 품고 있었다."

그러면서 이문 앞으로 붕어 매듭으로 접힌 닥나무 껍질 조각을 던져 놨다.

닥나무 껍질을 펼쳐 읽고 난 이문의 얼굴은 금세 딱딱하게 굳어졌다.

가시리 가시리잇고 나난
바리고 가시리잇고 나난
위 증즐가 大平盛代

날러는 엇디 살라 하고
바리고 가시리잇고 나난
위 증즐가 大平盛代

잡사와 두어리마나난
선하면 아니 올셰라
위 증즐가 大平盛代

셜온 님 보내옵노니 나난

가시난 닷 도셔 오쇼셔 나난

위 증즐가 大平盛代

요한은 다시 책을 덮었다. 이번에는 고려가요인가. 틀림없는 〈가시리〉의 원문이었다. 세상에! 신라로 넘어가겠다는 우륵의 행보를 걱정하며 가야 사람 친구가 보낸 서찰에다 고려가요 〈가시리〉를 인용하다니. 내용상 앞뒤야 얼추 들어맞는다고 쳐도 까닭 없는 시공의 초월은 어찌 설명할 수 있을 것인가. 이번에도 역시 역사 비틀기인가. 또 정몽주의 〈단심가〉를 들먹일 것인가. 작가 이윤섭은 도대체 무엇 때문에 이런 식의 역사왜곡을 일삼는 것일까? 그만큼 그의 말마따나 가야의 역사는 애당초 너무나 잘못되게 비틀려 있었던 것일까?

3

살인과 젊은 형사 하나가 숨을 할딱거리며 수사반 문짝을 걷어차듯 들어섰다.

"이번엔 익사체랍니다. 군 경계인 운봉 하천 하류에서 발견됐답니다."

보고를 끝낸 젊은 형사는 그때까지 숨을 몰아쉬고 있었다.

"뭐야! 누군데? 설마 이번 우리 사건과 관련이 있는 건 아니겠지."

"그게 묘합니다. 사체 소지품 중에 며칠 전 청주교도소를 나온 출소증이 있었답니다. 엊그제 반장님이 다녀오신 데가 청주교도소 아닙니까?"

"뭐야, 청주교도소?"

박 반장은 거의 비명을 지르다시피 되물었다.

"네. 사망자는 53세의 남자이고 주민등록상의 이름은 이채연이었습니다."

시신의 좌측 후두부에 난 어린애 주먹만 한 함몰자국 안에 하얀 머리뼈가 보였고 얼굴에는 여러 개의 찢기고 째진 상처 자국이 나 있었다. 강한 물살에 떠밀려오면서 여기저기에 부딪쳐 생긴 것들이 아닌가 싶었다.

"물에 빠진 지 며칠 된 시신인데요. 아피[44]가 나타나고 팔목 관절 같은 데서는 침연현상[45]도 보이는데요."

시신 앞에서 내내 무릎을 꺾고 있던 하얀 가운이 혼잣말처럼 읊조렸다.

---

44)아피: 기온보다 낮은 수온 때문에 입모근이 수축되어 형성된 소위 닭살을 말한다.

45)침연현상: 피부에 수분이 흡수되면서 흐물흐물해지는 것을 말하는데, 침연은 온수에서는 수 분 내에 일어나지만 냉수에서는 수 시간이 지난 이후에 일어나기도 하며, 온도에 따라 그 시간은 크게 변한다.

"뭐라고요?"

바로 옆에 서 있던 박 반장은 얼른 알아들을 수가 없었다.

"이 남자는 죽은 다음에 물에 던져진 것 같네요. 익사자들에게서 흔히 보이는 백색포말[46]괴가 안 보여요. 익사자들 비강이나 구강에 흔히 나타는 것들이거든요. 그리고 시반[47]도 선홍색으로 뚜렷하게 나타나고요."

가운은 시신의 옆구리께를 들추거나 팔뚝을 옷소매를 걷어내고 여기저기를 살피기도 했다.

"시반이야 죽은 다음에 누구한테나 다 나타나는 것 아니요?"

박 반장은 곁눈으로 째리듯 가운을 흘깃했다. 동문서답하듯 하는 가운의 말본새가 영 거슬렸었다. 좀 전 다시 한 번 이야기 해달라고 했건만 가운은 못 들은 척 박 반장의 말을 씹었었다.

"그렇지요. 하지만 시신이 물살에 떠내려갈 경우에는 시반도 미약해지거나 안 나타는 수가 있지요. 하지만 이 남자의 시반은 선홍색으로 뚜렷하잖아요. 죽은 다음에 물에 던져졌거나 버려져 있다 불어난 물에 휩쓸렸을 가능성이 많다는 얘기죠."

"그럼 사인도 익사가 아니라……."

"최종적인 건 부검을 해 봐야 알겠지만 좌측 후두부에 난 상처 때문인 것 같습니다."

---

46)백색포말: 익사 과정에서 폐 내 압력의 증가로 인한 폐세포 파열로 생기는 백색의 포말괴를 말한다. 주로 구강과 비강에 버섯모양으로 유출된다.

47)시반: 사체에 나타나는 빨간 반점.

검시의는 그러면서 내내 쪼그리고 앉아있던 시신 앞에서 무릎을 펴고 일어섰다.

"그럼 타살이란 얘긴데……."

박 반장은 자신도 모르는 새에 한숨을 길게 내쉬고 있었다.

시신을 수습한 박 반장 일행은 관할 파출소장의 배웅을 받으며 현장을 벗어났다. 앰뷸런스가 앞서 찻길을 열고 박 반장의 낡은 승용차는 그 뒤를 따랐다.

운전대를 잡은 김종표 형사는 아까부터 백미러를 기웃거리며 박 반장의 안색을 살피고 있었다. 진작부터 말을 잃은 박 반장의 얼굴은 딱딱하게 굳어 있었다.

"마! 김종표! 운전이나 똑바로 해라."

그의 시선을 눈치 챈 듯 박 반장이 백미러 안에서 김종표를 노려봤다.

그런 그의 입에는 담배가 거꾸로 물려 있었다. 어찌된 연유인지 필터가 입 밖으로 나와 있었다.

"담배 거꾸로 물려 있다고?"

"네. 알고 계셨어요?"

"그래, 담배 냄새를 좀 더 가까이서 맡으려고 그랬다, 왜."

"그럴 거 피워버리지 그러세요."

"아서라. 야차의 속삭임 같은 소리."

김 형사는 이내 열없는 웃음을 찍어 바르며 시선을 거둬들였다. 하지만 오래지 않아 다시 백미러 안을 기웃거리기 시작하더니 속에 담고 있던 말을 그예 입에 올리고 말았다.

"죽은 이채연, 이 남자도 지난번 백무동 계곡에서 죽은 소설가처럼 가야 혹은 가야금 어쩌고 하는 사람 아니에요? 그럼 뭔가요? 연쇄살인사건?"

"거기다가 후두부 강타 후에 물에 처넣은 방법이나, 아마 뒤에서 몰래 밀어 처넣었겠지. 그런 일련의 살해 방법 또한 낯익지 않나."

"아니, 그럼 이윤섭의 살해범이……."

"그래. 동일범일 수도 있단 얘길세."

"그렇군요."

"그래서 골치가 아픈 것 아니냐."

'범인 역시 두류(頭流)에 대해 부정적인 생각을 가진 놈일까. 아니다. 그렇다면 이윤섭과 생각이 맞아떨어지는 사람을 공격할 리가 있나. 반대 측의 사람일 것이다. 삼국사기파 중 누가 아닐까.'

지난 24일 김유익을 만나고 나서 번뜩 떠오른 『게이의 사랑』이란 책을 확인하기 위해 다시 이윤섭의 집을 찾았었다. 갑자기 들이닥친 박 반장을 보고 하얗게 질린 이윤섭의 딸 이혜숙은 박 반장으로부터 자초지종을 듣고 나서야 긴 숨을 토해내며 반장을 아버지의 서고로 안내했다.

서고는 다행히 누구의 손을 탄 흔적이 없이 전에 봤던 그대로였다. 반장은 방 안에 들어서기가 무섭게 왼쪽 벽면 서가의 가운데로 다가갔다. 그 앞에서 잠시 더듬거리더니 이내 얼굴이 활짝 펴지는 것이었다. 이내 한 권의 책을 뽑아 들고 뒤돌아서 혜숙의 눈앞에 흔들어댔다. 그러다 고개를 갸웃하더니 서가 왼쪽 끝으로 가 거기서부터 오른쪽으로 책을 세어나가기 시작했다. 방금 책을 빼낸 가운데께에서 세기를 멈추더니 다시 오른쪽 끝으로 가 똑같은 방법으로 책을 세어나가기 시작했다. 그러다 역시 좀 전 책을 빼낸 그 위치에서 멈추는 것이었다. 그리고 위에서 아래로 다시 세고.

그렇게 해서 세 개의 지점이 만나는 곳을 찾아냈다. 그곳은 다름 아닌 방금 서가에서 책을 빼낸 바로 아래 칸이었다.

한층 밝아진 박 반장은 책을 흔들며 이혜숙 앞으로 다가갔다.

"아버지가 초향 씨에게 보낸 휴대전화 문자를 기억하시지요."

"…… 네."

혜숙은 생각지 않은 질문에 어리둥절해 주춤 한 발짝 뒤로 물러섰다.

"38, 8, 40, 게, D, 사, 아버지는 바로 『게이의 사랑』이란 책을 말하려 했던 것입니다."

"네?"

"『게이의 사랑』. 아버지가 말하고 싶었던 것은 '게이'라는 단어였을 겁니다. 그건 바로 게이가 범인일 수도 있단 얘기가 되죠."

"그렇다면 무슨 이유로 바로 위 칸인 8이라고 했을까요? 숫자가 지정한 위치인 9라고 그랬더라면 간단했을 것을.”

그러더니 서슴없이 암호에서 가리키는 숫자의 접점인 바로 아래 칸에 박혀있는 책을 빼드는 것이었다. 책은 비록 오래된 것이었지만 외관상으로 아무런 흠집이 없었다. 그런 책을 한참 동안 뒤적이던 혜숙은 가운데를 펼쳐 드는 것이었다. 놀라운 일이었다. 정교하게도 중심부의 원 책장을 오려내고 대신 끼워 넣은 듯 같은 색깔의 한자로 된 다른 책의 일부가 들어차 있었다. 지난번 1차 수색을 했었지만 발견하지 못한 부분이었다.

‘양수겸장이었구나.’

박 반장은 혜숙의 손에서 책을 빼앗아 들었다.

첫 장에는 놀랍게도 이윤섭이 손에 틀어쥐고 죽은 한문 자구가 풀이된 것이 있었다.

頭流六山隈踏回矣忽然於西山膧月東山落日也
花間六蝶夢惝 始消憂一聲麗音
枕头边岑嵸矣秋風自西來爲尼岩樓生黴凉也
虛庭落月光爲尼幽澗迷松響歟
繞剝粉堂所下涯着一間屋永劫白雲相對爲移安李閑乎

頭流六山隈踏回矣忽然於西山膧月東山落日也:

깎아지른 듯한 두류산 즉, 지리산 산봉우리를 6개나 넘어서니 홀연히 서산에 달이 떠 있고 동쪽 산으로 해가 지는 동네가 나타났구나.

여기서 락일야(落日也)라고 해서 '해가 지는구나' 하고 축어적 해석을 하면 문장 전체의 뜻을 놓치게 된다. 늘 그렇듯이 한문은 글자 하나에다 하늘의 이치를 다 담으려 하는 욕심이 많은 문자이니 옮기는 사람이 그 뜻을 잘 찾아내 읽어야 한다. 자 그럼, 깎아지른 두류산 산봉우리를 연이어 여섯 개를 지나야 하는 산 혹은 그런 장소 그게 어디일까? 그 해답은 '서산 동월 동산 낙일'에 나온다. 서쪽 산으로 달이 뜨고 동쪽 산으로 해가 지는 곳. 그곳은 다름 아닌 흥해가는 신라와 망해가는 가야의 국경이 만나는 산봉우리이다. 그 근거는 다음 시구에 나온다.

> 花間六蝶夢忙 始消憂一聲麗音:
> 자세히 보니 꽃 사이의 여섯 마리 나비는 꿈꾸느라 바쁜데 어디선가 들려오는 맑고 청아한 한 소리에 나그네의 시름이 사라지네.

말하자면 극락 같은 새로운 세상에 당도하여 맛보게 되는 희열 같은 것이다. 한데 '여섯 마리의 나비'가 또한 의미심장하다. 누구나 다 알듯이 가야 역시 육가야였다. 지리산과 육가야. 연관이 없을 법 하지만 사실은 때려야 뗄 수 없는 관련이 깊은 말이다. 지리산자락 함안이나 남원 모두는 과거 대가야 반파 영토의 변두리 즉, 경계선 바로 안에 있던 지역이었으니까.

한데 문제는 '나그네의 사라지는 시름' 이다. 또한 그것을 사라지게 하는 '맑고 청아한 소리' 는 뭐고? 이 문장의 문맥으로만 보자면 청아한 소리는 갈등이나 역사가 끝난 자리에나 있을 법한 팡파르라야 맞겠는데 달리 생각하면 여섯 마리 나비가 꿈꾸고 일성 여음이 들려오는 곳. 그곳은 다름 아닌 서산 동월 동산 일락의 장소로 위 문장보다 조금 더 구체화된 장소를 가리키는 게 아닐까 한다. 운봉면 일대의 옛 가야의 땅이 아닐까 한다.

枕头边岺蓰矣秋風自西來爲尼岩樓生黴凉也:

베개 머리맡의 험준한 산봉우리께에서 가을바람이 서쪽으로부터 불어오니 바위 위에 지은 누각에 찬 기운만 도는구나.

이 문장이 반문법적인 데다 그렇다고 서기체(誓記體)[48] 기술도 아니고. 그래서 제일 해독이 어렵고 난해했었지만 아이러니하게도 그 점이 바로 이 문서의 신빙성을 더해주기도 한다.

바로 문장 가운데 끼어 있는 '위니(爲尼)' 하는 두 글자가 그렇다. 이건 신라시대 향가인 〈서동요〉나 〈제망매가〉 따위에서 쉽게 대할 수 있었던 이두표기였던 것이다. 말하자면 이게 바로 이 문

48)서기체: 문장을 짓거나 쓸 때 한자를 우리말의 순서대로 배열하던 한자 차용 표기법. 조사나 어미 따위의 표기는 없었으며, 뒤에 이두(吏讀)로 발전하였다. 명칭은 1940년에 발견된 '임신서기석' 에서 유래한다.

장이 이두표기가 성행했던 그 시기에 쓰였다는 증거가 될 수 있지 않을까 싶다. 한데 이게 후대에 가면서 장난 비슷하게 변질이 되는데 그게 맨 마지막 문장에 나온다.

'위니' 는 그대로 훈차를 하여 '하니' 가 된 것이다. 위(爲)는 '하다' 라는 의미의 '하다' 의 실질형태소인 '하' 의 음가를, '니' 는 그대로 음차하여 '하니' 로 읽으면 의미 전달이 가능하다. 이 말 역시 당시의 가야가 처한 정치상황을 이야기했다고 볼 수 있지 않을까 싶지만, 역시 조금 더 구체화된 장소를 가리키는 말이기도 하다. 베개를 베고 누운 바위와 바위 위에서 누각이 보이는 곳을 가리키는, 운봉면 베개를 베고 누운 것 같은 바위가 있는 곳.

虛庭落月光爲尼幽澗迷松響歟:

집 뒤란 빈 뜰에 달빛이 쏟아져 내리고 깊고 그윽한 깊은 산 골짜기에서 불어오는 솔바람이 소리가 좋구나.

여기서부터 갑자기 여성적인 정적인 문장으로 바뀐다. 앞 문장에서 예고했던 불행이(秋風自西來爲尼) 들이닥쳐 몰락한 과거를 떠올리면서 깊은 산골로 숨어든 낙백한 선비가 떠오른다. 아마 이 부분이 우륵의 낙백을 암시하는 부분이 아닐까 한다.

繞剝粉堂所下涯着一間屋永劫白雲相對爲移安李閑乎:

달빛을 두르듯 바른 당소 즉, 집 밑에다 한 간 집을 다시 지어놓고 영겁 동안 백운만 상대하고 살면 이 얼마나 한가하고 좋겠는가?

선비의 한가한 심정이 잘 나타나 있다. 이 문장의 제일 하이라이트는 바로 마지막 이 문장이 아닐까 한다. 앞에 쓴 '하애(下涯)'는 그냥 '아래'로 읽는다 치자. 하지만 맨 마지막에 쓰인 '위이안이(爲移安李)' 따위 명백한 후대 사람들의 장난이 아닐까 한다. '이 아니 좋은가'로 읽어야 하는데 바로 그 '이 아니'를 무리하게 음차(音借)하여 그리 쓴 것이란 얘기이다.

'堂所下涯着一間屋(당소하애착일간옥)'은 집 밑에 지은 또 한 채의 집, 그것은 바로 유택을 말하는 것이 아닐까 한다. 교묘하게 일정 위치에 있는 누군가의 묘지 위치를 점강법 형식으로 말하려 한 게 아닐까. 하지만 이런 식의 해석은 시구의 어떤 한 부분만 떼어내면 전혀 다른 내용이 되고 만다.

맨 첫 구 '두류'를 떼어내 보자. 그러면 시는 자연스런 정서를 뿜어내는 한 편의 명품 서정시가 된다. 그리고 또한 '두류'라는 자구는 전체 문장과는 전혀 어울리지 못하는, 데리고 시집 온 자식 같은 그런 처지이다. 누군가가 엉뚱한 목적으로 집어넣어 문장 전체를 하나의 지도로 만들고 만 것이 아닐까 싶다.

이윤섭의 이 해석을 통해서 박 반장은 비로소 이번 사건의 성격을 어슴푸레하게나마 이해할 수 있었다. 사건의 키포인트는 바로 맨 첫 구절인 '두류'에 있었던 것이다.

4

"오늘은 토평 선생이 나오셨습니다. 바로 연주가 시작될 겁니다."

말간 냉수 컵을 다탁 위에 내려놓고 돌아서던 바텐더가 웃으며 말했다.

"어머 그래요? 그럼 신청곡도 받아주겠네요."

"말씀해보시지요. 아무리 토평 선생이라지만 대 민지숙 기자님 청인데 거절하겠습니까?"

다탁 건너 요한은 그런 두 사람의 수작을 건너다보다 창밖으로 시선을 돌렸다. 진작부터 길가에 일찍이 만취한 취객 하나가 버드나무 가지 아래 널브러져 있다. 일본 관광객인 듯한 한 떼의 아줌마 부대가 눈살을 찌푸리며 그 옆을 지나친다. 하지만 요한의 눈엔 저런 취객까지도 일탈을 꿈꾸는 퍼포먼스 같은 일종의 문화로 보이는 것이었다. 인사동이란 특수 공간이 만들어낸 지극히 속물스런 선입견이려니 하는데 민지숙이 그를 불러 세웠다.

"죄송해요, 이렇게 불러내서. 하지만 오늘은 분명 선배가 나와야 할 용건이 있었어요."

하면서 자신의 회사에서 나온 이번 달 잡지를 꺼내 내밀었다.

책을 받아들고 표지를 훑어보던 요한이 자신도 모르게 목소리를 높였다.

"아니! 이윤섭이 죽기 전에 이번 달 원고를 미리 써놨었단 말이야?"

책 표지 한 귀퉁이에 죽은 이윤섭의 사진과 함께 그가 쓴 이번 달 연재소설을 소개하고 있었다. 요한은 잡지를 대충 손에 잡히는 대로 집어 저벅저벅 넘기기 시작했다. 책장은 하나같이 손이 베일 듯 선명하게 날이 서 있었다.

"네! 그분은 마치 이런 사고를 예상이라도 하듯 원고를 미리 써놨었어요."

"저런."

무작정 책장을 넘기고만 있던 요한이 갑자기 손을 멈추었다. 문제의 연재소설이 실린 부분인 듯싶었다. 요한은 꿀꺽하고 침을 한 번 삼킨 다음 두 손으로 책을 집어 들었다.

"이문아, 지금 예가 어디쯤 되느냐? 어디쯤 왔느냐? 드디어 예전의 가야땅 반파국으로 들어선 것이냐?"

우륵은 이문의 등에 엎드린 채 밭은 숨을 겨우겨우 몰아쉬면서 그나마 호흡을 이어나갔다.

몇 마디 안 되는 말마저도 몇 번이고 쉬어가며 숨을 골라야 겨우 끝을 볼 수 있을 정도로 힘들어했다. 거기다가 그르렁 그르렁 하는 가래 끓는 소리는 들숨 날숨을 가리지 않고 늘

따라붙어 애를 먹였다. 움푹 꺼진 눈두덩 초리에는 노리끼리 하고 끈적끈적한 진물이 맺혀 굳어 있고, 검고 주름투성이인 눈가 구레나룻을 따라 거무튀튀한 검버섯이 흩뿌려 놓은 듯 들러붙어 있다. 육신만큼이나 푹 곰삭은 얼굴이었다.

그는 이미 청운의 푸른 꿈을 안고 고향을 떠나던 시절의 우륵이 아니었다. 북망산을 앞에 둔 다된 널감이나 다름없는 그저 그렇고 그런 노구일 뿐이었다.

"네, 지금 고령군[49] 경계를 넘은 듯하옵니다."

"두류산 끝자락이 있는 운성[50]까지는……."

"반나절은 더 가야 할 듯싶사옵니다."

"그래? 네가 나 때문에 너무 고생이 많구나."

"아니옵니다. 스승님께서 쾌차만 하실 수 있다면 곤륜산[51]인들 못 가겠습니까?"

"저런, 빈말일지라도 고맙기 그지없구나. 네가, 이문이 네가 아니었더라면 지금쯤 구천을 떠도는 중음신 신세로 신라 하늘 어디를 헤매고 있었을 것을."

"스승님도……. 그게 어디 될 법이나 한 말씀이십니까? 한

---

49)고령군: 본시 고령의 가야국인데 신라가 이곳을 취하여 고등람군이라 하였고 신라 경덕왕이 고령군으로 개명했다 한다.

50)운성: 가야 당시의 운봉의 지명.

51)곤륜산: 중국의 전설에 나오는 멀리 서쪽에 있어 황허 강(黃河)의 발원점으로 믿어지는 성산(聖山).

데 스승님 한 말씀 여쭤 봐도 될지 모르겠습니다."

"내가 지금 네 등에 업혀 가는 신세 아니냐. 무얼 못 물어 보겠느냐. 어서 말해 보아라."

"왜 스승님의 고향인 성혈현[52]이 아니고 이쪽 고룡군 운성 땅 두류산 자락으로 내려오실 생각을 하셨습니까?"

"그건 말이다."

"선배님 지금 소설을 읽을 때가 아니에요."

민지숙이 요한이 푹 빠져 있던 잡지를 손으로 툭 건드렸다.

"이거 우륵이 하는 걸로 봐 작품 후반부에 해당되는 부분 같아. 보아하니 죽기 전에 써 놨던 거 같은데?"

"남도 땅으로 내려가기 전날 바로 이곳 오작교에서 전해준 원고였어요."

"그랬어? 한데 역시 사외(史外) 사실을 쓰고 있구나. 말년의 우륵 행적 같은데 우륵의 생멸에 대해서는 삼국사기도 아는 바가 없다던 거 아냐? 한데 여기선 죽기 바로 전에 다시 옛 가야땅으로 찾아드는 것 같은데."

"그래서 제게 협박메일을 보냈던 거예요?"

민지숙은 핸드백에서 꺼낸 하얀 A4지를 요한 앞으로 디밀었다.

---

52)성혈현: 의령군 동북부 5개 면에 걸쳐있던 지역으로 대가야의 직할영역이었으며 이사(爾赦)로도 불렸다. 가야 말에 우륵이 탄생했다는 곳이다.

"엥? 건 또 무슨 소리냐?"

"그거 한번 보세요."

민지숙이 내민 A4지에는 '역사적 사실에 반하는 엉터리 같은 내용의 소설은 더 이상 싣지 마라. 이것이 마지막 경고다. 이 경고를 무시하지 마라. 괜히 하는 말이 아니다. 이윤섭의 전철을 밟지 않길 바랄 뿐이다.' 라고 한 그 아래 '바른 역사 수호 위원회 김요한' 이라고 쓰여 있었다. 편지를 보낸 사람은 김요한이었고 발신 메일주소 또한 요한의 주소가 틀림없었다. 이를 본 요한의 얼굴은 금세 딱딱하게 굳어졌다.

"언제 온 거냐?"

"오늘 아침 메일을 열어보니까 들어와 있잖아요."

"그래 어떡했어?"

"어떡하다니요? 그래서 선배를 만나자고 했던 거 아니에요?"

"저런! 먼저 경찰에 신고를 했어야지. 어서 지금이라도 신고를 해."

"네?"

"누군지 몰라도 이쪽을 훤히 읽고 있는 사람 소행이야. 어쩜 이윤섭의 살해에 관여한 사람이거나 조직인지도 모르는 일이야."

"그게 무슨 소리예요?"

"너와 나의 관계를 어떻게 알고 내 메일주소로 너한테 협박메일을 보냈겠니. 이윤섭의 현장에 있었던 나를 체크해두고 있다가 신원 확인을 하고 나에 대한 경고도 겸해서 겸사겸사 이번 협박에 이용하는 것 아니겠냐."

"에이, 선배도 그거 너무 나가는 것 아니에요? 가만…… 어쩜 정말 그럴 수도 있겠네요. 생각해보니 이 비슷한 협박을 이윤섭 선생도 편지로 받았었어요."

"이윤섭이가? 아니 언제?"

"지지난 달이었던가 그랬어요."

"역시 지금 너처럼 그냥 무시하고 말았었겠구나."

"네."

"자연 어디서 온 건지도 확인하지 않았겠구나."

"아니, 그건 확인이 가능했지요."

"그래? 어디였는데?"

"아마 남원 우체국 소인이 찍혀 있었지요."

"남원?"

요한은 자신도 모르게 소리를 빽 지르고 말았다.

"어머! 깜짝이야. 왜 그래요? 선배."

"남원, 남원이라……. 협박편지를 받은 그 다음 달에 그 강천리에 내려갔던 거고. 그리고 거기서 살해를 당했다? 사건에 이런 사연이 끼어 있었구나. 전혀 몰랐었네."

"어머! 그러고 보니 그러네. 그럼 정말로 경고를 듣지 않아서?"

"물론 그게 다는 아니겠지만……. 아무튼 민지숙 너 진짜 조심해야겠다. 그리고 이거 농담 아닌데, 협박 건 말야. 잊지 말고 경찰에 신고를 해."

"네?"

지숙은 납득할 수 없다는 얼굴로 요한을 건네다 봤다.

"아! 물론 그렇게 되면 나도 조사를 받을 거야. 하지만 말야. 최소한 메일이 어디에서 보내졌는지 정도는 알 수 있을 거 아니냐. 이거 그냥 웃어넘길 일이 아니다. 명심해라."

지숙에게 경찰에 고발하라 이르고 난 뒤끝이었다. 사람들의 박수 소리에 눈을 들어보니 관객을 향해 인사를 마친 상투를 튼 하얀 두루마기 차림의 사내가 지금 막 가야금 앞에 앉고 있었다. 천장에서 사선으로 떨어지는 핀 조명이 집중적으로 잡아내고 있는 사내는 가야금에 고개를 처박고 있어 얼굴을 볼 수가 없었다.

연주를 시작한 가락은 다른 데에서도 많이 들어본 적이 있는, 이름만 대면 금방 알 수 있는 가야금 명인이 직접 작곡·연주를 했던 산조가락이었다.

"저자가 바로 그 토평인가 뭔가 하는 자인가?"

"네. 우륵의 열세 번째 곡을 찾아 사선을 넘어온 사람으로 더 유명하잖아요?"

"우륵의 열세 번째 곡? 건 또 무슨 소리야? 우륵은 어느 시절 우륵이고. 참 별사람이 다 있구만."

"정말 모르세요?"

"글쎄 무슨 소리야."

“우륵이 신라로 귀화한 뒤 몰락한 조국 가야의 미래를 위해 은밀하게 작곡해 퍼트렸다는 바로 황척음인 그 비음(秘音)이요.”

“그런 게 있었어? 역시 소설가가 꾸며낸 얘기겠지?”

“참 선배도. 그린저널을 살리겠다는 기사는 어떻게 됐어요? 다 썼어요?”

“데스크한테 까였어. 다시 써오래. 한데 뭘 어떻게 다시 써야 할지 앞이 캄캄해.”

“그럼 제가 오늘 톱기사가 될 대단한 소스를 하나 드릴 테니 잘 들으세요.”

“그래? 그게 뭔데?"

“사실 이윤섭 선생의 소설도 바로 저 토평이 말한 바로 악성 우륵의 제13곡에 얽힌 이야기를 듣고 나서 시작되었다 해도 과언이 아닐 거예요.”

“건 또 무슨 소리야? 좌우간 이번 사건은 뭐가 그렇게 복잡하게 꼬여드는가 모르겠어. 심지어는 교도소에 있는 도굴범에까지 선이 닿아 있으니.”

그러는 사이 토평의 연주가 끝난 듯 박수 소리가 터져 나왔다. 바로 노란 갑사 저고리에 다홍치마를 입은 쪽진 머리가 무대로 나와 토평으로부터 가야금을 넘겨받고 있었다.

“이윤섭 선생은 평소에도 늘 우륵의 변절을 아니, 배반을 가슴 아파했었지요. 왜 꼭 그래야만 했을까? 안 그랬더라면 좋았을 것을. 몰락한 가야의 땅에 남아 가야 사람들의 마음을 다스리며 같이 살았더라면 얼마나 아름다웠을까?

그런데 남은 백성들은 신라에 복속된 가야땅에서 고통으로 신음할 때 혼자서만 잘 살겠다고 가야금 하나만 챙겨들고 국경을 넘어 신라로 들어간다? 아무리 음악이라는 예술이 지니는 속성이 그렇다 쳐도 그건 아니었을 텐데. 왜 꼭 그래야만 했을까? 무슨 다른 이유는 없었을까. 아주 그럴 듯한 그런 이유. 그러다 북에서 넘어온 토평을 만났던 겁니다."

이야기 중에 취객들 사이를 헤치고 다가온 토평이란 자가 허락이고 자시고 없이 민지숙의 곁에 털썩 주저앉았다. 토평은 이미 술에 젖은 듯 봄바람 앞에 선 연분홍 치맛자락처럼 휘날리고 있었다. 민지숙은 그런 토평을 일깨우듯 바로 세워 앞자리의 요한에게 소개했다. 요한은 어색한 수인사 끝에 그냥 시시껄렁한 세상사 이런저런 얘기를 하며 슬그머니 이윤섭에 관한 이야기의 운을 뗐다. 그러다가 자연스럽게 이윤섭의 죽음에까지 화제가 이어졌다. 요한이 죽음 어쩌고 하며 운을 떼자 토평이란 자가 오버다 싶을 만큼 갑작스레 하던 말을 끊고 고개를 푹 떨어뜨리는 것이었다.

그러다가 한참 만에 고개를 쳐들더니 셰익스피어의 『햄릿』 대사 한 토막을 하듯 격한 톤으로 다시 말을 이어 나갔다.

"이윤섭 작가는 몰락해가는 조국 가야를 등지고 오로지 가야금 하나만을 지닌 채 신라로 넘어갔던 우륵의 배반을 몹시 가슴아파했었습니다. 그래서 의도적으로 우륵을 정치적인 인물로 그리려 한다 했었소. 바그너처럼 말이요."

"바그너요? 그건 그럴 수도 있겠습니다. 하지만 단지 그런 이유들 때문에 엄연한 역사를 왜곡하려 했던 걸까요? 일테면 고려 가요인 〈가시리〉까지도 가야의 노래인양 사용하고 있던데. 동시대의 작품인 〈제망매가〉의 사용은 그렇다 쳐도 〈가시리〉는 아무래도 좀 지나친 것 같아서 말입니다."

"그럴 수도 있는 일이 아닐까요?"

"네?"

그 밥에 그 나물인가? 요한은 잠시 어리벙벙해 했다.

"신라에 있었던 향가 같은 노래가 가야에는 왜 없었겠소? 심지어는 문자로 기록된 사서 한 권 없었다는 건 말도 안 되는 소리 아니겠소? 분서갱유(焚書坑儒)에서 갱유는 아니더라도 분서하지 않은 다음에 이렇게 깨끗하게 종잇조각 하나 없을 수는 없는 일 아니겠소. 지금 나타난 사료로만 이야기하자면 가야에는 아예 처음부터 문자가 없지 않았나 하는 생각이 들지 않겠어요? 하지만 출토된 유물들에서 가야에서 사용됐던 한문이나 이두의 흔적이 드러나고 있지 않습니까? 저의 스승이신 수경 선생께서 김유익 교수에게 건넨 책도 사실은 대가야 시대의 왕릉에서 나온 목간[53]

53)목간: 문자를 기록하기 위해 일정한 모양으로 깎아 만든 나무 또는 대나무 조각을 말한다. 종이가 발명되기 이전에 널리 사용되었으며 '목독(木牘)' 또는 '목첩(木牒)' 이라 불리기도 했고 대나무로 만든 죽간(竹簡)과 함께 사용되었다. 특히 목간과 죽간을 총칭하여 '간독(簡牘)' 이라고 한다.

을 필사한 것이었소. 이문을 아시지요. 우륵의 단 하나뿐인 제자였던 바로 그 이문이 쓴 책이지요."

그는 탁자 위에 놓인 노란 맥주잔을 들어 한 모금 들이킨 다음 계속해서 말을 이어 나갔다. 비책(秘冊)인 『이문일지』는 인민 궁전에 전시되어 있을망정 이문의 집안 대대로 전해 내려오던 가보나 다름없는 책이었다.

그것을 38선을 넘어올 때 어쩌면 남쪽 당국이 토평과 수경의 목숨을 담보해줄 중요한 보물이 될지 모른다며 훔쳐서 꾸리고 내려왔었다. 한데 남쪽으로 넘어와 짠 하고 책을 내놨는데 글쎄 누가 들여다보는 척도 안 하는 것이었다. 이유는 간단했다. 우륵의 제자 이문이야 천하가 다 아는 남쪽 사람인데 언제 어떻게 북으로 가 거기서 그런 유물이 출토될 수 있겠냐는 것이었다. 남쪽의 사학자란 사람들은 1500년이란 시간의 물리적 운동에 대해서는 전혀 모르고 있는 듯 보였다.

그래도 그대로 처박아두느니 가야사를 연구하는 김유익 교수에게 그냥 재미 삼아서라도 읽어 보라며 억지로 떠맡기다시피 건넸었다. 몰라서 그랬지, 수경이 들고 온 책에는 이쪽 남에서는 전혀 모르고 있던 가야의 비밀스런 속내가 꽤 기록되어 있었다. 이를테면 이윤섭이 작품 속에서 고려가요를 다시 해석하듯 하는 그런 엉뚱한 사실(史實)들이었다. 아니, 굳이 그런 걸 들먹이지 않더라도 조금만 생각해보면 수긍이 갈 수 있는 것들이었다. 고려가요라 해서 모두 다 고려 때 창작된 노래라 할 수 없는 일 아닐까?

물론 그런 노래도 있겠지만 그게 다는 아닐 것 아닌가. 개중에는 안장왕과 주라는 처녀의 연가처럼 이미 훨씬 전부터 민간에 불렸던 노래를 고려 때 채집해 정리한 것도 있을 것 아닌가? 〈가시리〉 역시 얼마든지 그럴 수 있지 않겠냐는 것이었다.

"그럼 삼국사기 같은 사서를 믿지 못했단 말인가요."

"솔직히 그럴만한 경우도 종종 있어 왔지 않았습니까? 그게 문제라는 거죠. 일례로 북벌파인 묘청이 승리하고 유교도인 김부식이 패했다면 삼국사기가 오늘날과 같은 내용을 담고 있겠습니까? 어림없지요. 혹자는 춘추필법을 거론하던데 제가 보기로는 웃기는 소리 같아서요. 물론 개념 자체야 훌륭하지요. 하지만 그런 좋은 것들을 운용하는 사람들이 틀려먹었단 얘기지요. 삼국사기만 해도 그렇지 않습니까? 그건 아주 노골적으로 신라사기로 쓴 것 아니오. 분량으로 보나 뭐로 보나 백제나 고구려 같은 경우는 신라사기에 따른 부록이나 마찬가지 아닙디까? 물론 가야사야 말할 것도 없지만."

"그렇습니까. 아직 읽어보질 못해서……. 듣기로는 이윤섭 작가가 선생한테 악성의 제13곡이란 야야기를 듣고 이번 소설을 결심하게 됐다던데, 그 이야기 좀 들려주시겠습니까?"

"기자 선생이라고 하셨지. 이런 거 얘기해도 별 탈 없을까 몰라."

그는 민지숙을 돌아다보며 정말 걱정된다는 얼굴을 했다.

"선생님, 저희 선배님 좀 도와주세요. 이번에 그럴듯한 기사를 건져내지 못하면 회사에서 잘리게 된다잖아요."

"저런! 그런 놈의 회사가 세상 어디 있어 그래."

"있습니다만 그런 놈의 회사가."

요한이 빙그레 웃으면서 대꾸했다.

무대에서는 그때까지 노란 갑사 저고리 혼자서 가야금을 타고 있었다. 소리는 무척 빠르게 징 땅 징 땅 하며 이어지고 있었다. 어느 순간엔가 띠오-옹 하며 여운을 길게 매단 울림소리를 내며 잦아들더니 이내 다른 음으로 이어졌다.

"조금 전 소리 끝에 여운을 매단 채 길게 끌던 소리 있지요?"

"네? 어떤 소리를 말씀하시는지."

요한의 물음에 토평이 토끼처럼 빨개진 눈으로 빤히 건너다봤다.

"왜 거 메아리 같은 소리 말입니다."

"아! 그 소리요?"

"듣기가 어때요?"

"아주 환상적이네요. 뭐랄까, 괜히 애절한 것 같기도 하고."

"그래요. 가락이 실리지 않은 소리 자체만으로도 애절하게 들리지요. 가야금에서는 그런 걸 농현이라 부르지요. 말 그대로 보면 현 즉, 가야금 줄을 농락한다, 뭐 그런 뜻이 될까 그러지요."

"아! 네, 달리 말하자면 수준 높은 기교다 그 얘기네요."

"그리 말씀하시니 듣기가 훨씬 수월하군요."

숨이 넘어갈 때까지 끊길 듯 끊길 듯하면서도 정작은 끊이지 않고 애간장을 태우며 길게 뽑아대는 계면조의 서편제 가락이나 가야금의 농현. 앞산에 부딪쳤다 되돌아오며 나는 육성의 울림 소리. 그런 소리들은 앞뒤 고만고만한 산들에 둘러싸인 산골동네가 대부분이었던 한국 사람들의 고향마을과 딱 맞아떨어지는, 숨만 크게 내쉬어도 메아리 되어 돌아오던 그런 좁은 산골 고향 동네에서 늘 대하고 살던 소리이기도 하다.

아무튼 그런 메아리가 음악 안으로 들어와 특수한 기교음으로 바뀐 것이다 이거지. 하지만 따지고 보면 농현은 음악적 기교이기 이전에 본질적으로는 소리의 왜곡에 불과하다 할 수 있을 것이다.

"누군 피아노처럼 다음 음으로 넘어가기 전에 딱 끊이지 않고 브리지처럼 연결해주는 역할을 하는 훌륭한 기교음이라 하며 칭찬을 하던데."

"농현은 특수한 환경이 만들어낸 생태음 같은 것입니다."

"아주 새롭고 신선한 발상 같습니다."

"아니요. 그건 이미 1500년 전에 발견되었고 쓰였던 소립니다. 아마도 우륵 할아버지께서 가장 즐겨 쓰시던 테크닉이 아니었을까 싶습니다. 신라의 제자 만덕이 그리 말하지 않았습니까. 소리가 아정하지 못하고 음란 즉, 너무 슬프다고. 지금 들어봐서도 알겠지만 농현은 알게 모르게 그런 분위기를 풍기지 않습디까. 당시 우륵은 신라 사람들의 이런 식의 일방적인 비판을 두려워했던 것 같습니다. 그런 환경 속에 살면서 가야처럼 샌드위치 신세인 약소국가의 장래는 다른 무엇보다도 소리라는 문화에 의탁해야 후대를 기약할 수 있지 않을까 하는 생각을 했던 것 같습니다. 오늘날 우륵이나 가야금이 가야의 아이콘으로 남아있듯이 말입니다. 음악의 역사성을 꿰뚫어 봤던 거지요. 그것의 일환이 우륵의 제13곡이 아니었나 싶고요."

"네, 작가 이윤섭에게도 그런 말씀을 해주셨던가요?"

"네? 아, 네. 뭐 꼭 이거다 하고 말한 건 아닙니다만 이런저런 얘기 끝에 묻어났을 수도 있었겠지요. 사실 그전에 이미 소설을 쓰기로 작정을 했을 겁니다. 한데 때마침 그때 절 만나 그런 이야길 들었던 거지요. 이를테면 이미 결심이 섰던 걸 일찍 문자화하게 부추겼던 것뿐이지요. 그리고 이건 보너스 같은 여담입니다만 이윤섭 선생은 문서가 아닌 소리로 음계를 전했던 『악학궤범』의 가야금 구음법[54]에도 무척 흥미를 느꼈었지요. 외국 악보에 비해 너무나 촌스럽고 무식해 보이는 악보가 그렇게 맘에 들더라고 했으니까요."

---

54)구음법: 관악기나 현악기의 음조를 악보화하기 위한 수단으로 각 악기 특유의 음향을 본떠 현악기에는 '덩둥등당동징청홍둥', 관악기에는 '러루라르로리' 등의 육성(肉聲)으로 옮겨 실제 소리에 가까운 소리로 나타낸 부호이다.

머리카락 보인다

1

칠흑 같은 어두움 속에서 작은 손전등 하나 달랑 들고 책이 빼꼭히 들어찬 서가 이곳저곳을 뒤지고 있다. 하는 품새로 보아 초대받지 않은 손님이 분명한데 마치 자기 집 서가를 뒤지듯 아무 거리낌 없이 숙달된 손동작으로 서가를 훑는다. 그러다 책상 서랍을 소리 나게 확 열어 재낀 뒤 역시 자기 서랍인양 익숙한 손놀림으로 뒤적인다. 하지만 거기 역시 별로 신통찮다는 듯 이내 다시 소리 나게 닫아버린다. 그러고는 허리에 양손을 올린 채 잠시 방 안을 둘러보다가 책장 모서리 한구석에 놓인 금고를 발견하고는 저벅저벅 그 앞으로 다가간다.

금고 앞에 쪼그리고 앉아 다이얼에 막 손을 얹는 순간이었다. '파팍' 하는 소리 끝에 갑자기 방 안이 대명천지로 뒤집어지는 것이었다. 놀라 벌떡 일어선 밤손님은 본능적으로 출입문을 향해 돌아섰다. 하지만 말 그대로 돌아섰을 뿐이다. 문 앞까지 한 발짝도 떼어보지 못하고는 두 팔을 번쩍 치켜들고 만다.

출입문 앞에는 손에 몽둥이를 든 늙은 경비 옆에 정복 차림의 경찰이 손에 총을 들고 기다리고 있었던 것이다. 그런 두 사람 뒤에서 얼굴이 새파랗게 질린 작가 이윤섭의 딸 이혜숙이 와들와들 떨고 있었다. 체포되어 온 밤손님은 생각 밖으로 20대 중반의 처자였다.

26세의 정귀임이라는 자로 이윤섭이 살아생전에는 가야금 개인교습 선생이었던 퇴물기생 초향이의 집에 머무는 여성이었다.

"아무리 세상이 막됐기로 이젠 선생의 가족이 작당을 해 제자의 집을 텁니까?"

안 그래도 험악스레 뵈는 수사관이 테이블 밑 의자를 끌어내 덜커덩 소리 나게 걸터앉았다.

귀임은 그런 형사를 곁눈질로 돌아다 봤다.

"그래 무얼 훔쳤습니까? 무어 그리 대단한 게 있어서 살해당한 분의 서재에 숨어들었소?"

"훔친 거 없어요. 그리고 그럴 이유도 없고. 약속대로 기일 안에 돌려만 줬다면 이런 일은 없었을 텐데 그러질 않아서 내 손으로 찾아가려고 했던 것뿐이지요."

"그게 무슨 말이지요? 뭘 빌려주고 뭘 돌려받고. 알아듣기 쉽게 이야기를 좀 해보세요."

그러면서 아직까지 취조실에 남아있던 수사과 젊은 당직을 돌아다봤다. 젊은 당직은 그제야 책상 위에 너절하게 널린 서류들을 한데 쓸어 모아 쥐었다.

"본인 말로는 필사본 고서적 한 권을 의모인 초향을 통해 이윤섭에게 빌려줬었답니다."

"그래 그걸 찾아가기 위해 도둑고양이처럼 숨어들었다? 자정이 넘은 시각에? 유가족에게라도 돌려달라고 하면 될 거 아니요. 거 말도 안 되는 변명인 줄 잘 알지요? 공연히 쓸데없는 짓 하지 말고 그냥 솔직히 털어놔요. 뭘 훔치러 갔던 거요?"

"훔치다니요? 제가 왜요? 우리 문중 책인데."

"당신네 문중 책이요? 무슨 책인데?"

"그건 알아서 뭐 하게요."

"무슨 책인지 모른단 얘기네. 문중 책인데 내용을 모른다?"

"말하지 않을 테니 어서 조서나 꾸며 넘겨주세요."

"어디? 검찰로? 검찰로 넘어가면 금방 빠져나올 자신이 있다 이거요?

"그런 얘기 안 했어요."

"당신은 뭘 몰라도 한참 모르고 있어. 단순히 절도로만 조서가 꾸며질 것 같아? 아니야. 당신은 이윤섭의 살인사건에도 깊숙이 연루된 거야. 말하자면 살해 용의자 중 한 명이 된 셈이지. 알아?"

"아니 내가 왜? 말도 안 돼."

"살인사건의 증거를 인멸할 목적으로 피살자의 집에 숨어들어 중요한 증거나 사건의 단서가 되는 것을 훔쳐 없애려 하지 않았소."

"아니요, 아니야. 그리고 내가 훔치려 아니, 찾던 책은 사건과는 전혀 상관이 없는 물건이었어요. 작가가 소설을 쓰는 데 꼭 필요한 그런 책이라 했소."

"그걸 빌려줬단 말이요?"

"네. 그 양반 형편에 책값이 너무 비쌌거든요."

"이것 봐요. 글 쓰는 사람이 글을 쓰는 데 필요한 책이면 용천백이[55] 콧구멍에 박힌 마늘씨를 뽑아다 팔아서라도 사는 법이요. 한데 빌리다니 말이 된다고 생각하시오? 그거 하나만 보더라도 당신은 책을 빌려주기는커녕 책 얘길 꺼낸 적도 없소. 내 말이 틀렸소? 모르긴 해도 누군가의 꼬드김에 넘어가 돈에 매수되어 도둑질을 대신해 줬던가 했겠지. 당신은 누구보다도 그 집 내막을 잘 알고 있으니 시킨 사람 입장에서 보면 아주 안성맞춤인 셈이었겠지.

그래, 당신을 시킨 거야. 무얼 훔쳐 와라. 그러면 얼마를 주마. 혹시 붙잡히더라도 시킨 사람이 누구라고 말하지 마라. 그러면 빨리 꺼내주고 얼마를 더 얹어 주겠다. 뭐 그런 식의 부탁을 받았

---

55)용천백이: 나병에 걸린 사람을 일컫던 충청 말이다.

겠지. 그러면 책 내용을 모른다 해도 말이 되지. 아니, 모를 수밖에 없지."

"말도 안 돼요!"

귀임은 필요 이상으로 팔짝 뛰며 아니라고 손을 흔들어댔다.

"그렇게 펄쩍 뛰는 걸 보니 더 이상하네. 그냥 한번 해 본 소리였는데 말이야. 당신 진짜로 청부 도둑질을 했던 거 아냐?"

"아니에요."

고개를 옆으로 튼 채 수사관의 시선을 피하고 있던 여자는 더는 말을 잇지 못하고 있었다.

"그래도 서책이 즐비한 방 안에서 뭘 훔치라고 했으니 당신은 내가 아는 누구보단 백 번 나은 처지구만 그래. 당신에게 도둑질을 명령했던 작자가 다른 사람한테는 무덤 속을 들어갔다 나오라고 했었소. 말하자면 도굴을 사주했던 거지. 하지만 어찌된 일인지 일을 마친 도굴범은 현장에서 붙들려 2년이 넘는 시간 동안 감옥살이를 하게 되었소. 형기를 다 살고 나와 일을 시켰던 사람을 찾아가 따졌던 모양인데 이번엔 어떻게 한 줄 알아요? 이번엔 그자가 범인 즉, 도굴범의 입을 막기 위해 죽여버린 거요. 자신의 음모가 탄로 날까 봐 말이오. 이윤섭에 이은 두 번째 희생자인 셈이었지. 어때요? 돌아가는 스토리가 앞서 일어난 사건과 어딘지 모르게 비슷해 보인다는 생각이 들지요? 생각 잘 하라고."

*

“정귀임이 뭔가를 발견하고 체포된 건 아닐까?”

김유익은 아침 신문을 뒤적이며 혼잣말처럼 낮은 소리로 웅얼거렸다.

“책 말씀이십니까?”

탁자 건너편에 앉아있던 조교가 자리에서 일어서며 예의 그 앙증맞은 목소리로 물었다.

“책이든 뭐든 말이야.”

“만약 그러면 신문에 발표가 안 됐을까요?”

“경찰이 들이닥치자 못 찾은 척했을 수 있는 것 아냐. 자기만 알아볼 수 있게 해놓고 다시 찾아오려고 말이야.”

“아, 네. 그럴 수 있겠군요.”

김유익의 조교는 혼자서 고개를 끄덕이면서도 교수실 벽면에 붙은 시계를 흘깃했다. 좀 전 바늘 두 개가 하나로 포개져 있는 걸 봤는데 어느새 다시 분리되어 있었다.

“그녀가 찾았던 것 역시 『이문일지』가 아니었을까요.”

“글쎄 말이야. 그럴 수도 있겠지만 도굴범으로부터 비밀리에 받아놓은 다른 물건일 수도 있지 않을까. 이를테면 안족이나 오동나무 공명판 잔해 같은 것 말야.”

“아, 네. 한데 이윤섭 교수님은 그걸 왜 공개하지 않고 숨기려 했을까요.”

"내 말이 그 말이야. 만약 청주교도소에서 나온 이채연이 살아 있다면 알아볼 수도 있었을 텐데. 것도 참 아쉬워."

"이채연이요?"

"암! 그 사람은 누가 왜 죽였는지 몰라. 무슨 내막을 가지고 있기에 죽인 건지 도무지."

"……."

벽시계를 다시 한 번 힐긋한 조교가 그에 입을 열었다.

"교수님, 그건 그거고 점심시간이 다 돼 가는데요."

"어, 벌써 그렇게 됐나? 참, 내가 말하지 않았던가. 오늘 점심은 약속이 돼 있어서 말이야."

"네? 누구하고요?"

"미국에서 오신 숙녀분하고."

"아! 네. 약혼 말씀이 있던 종친 회장 따님이요?"

"음! 참, 그리고 너 여권 신청했어?"

"네. 내일이나 모레 찾으러 갈 생각입니다."

"그래. 자네도 알지. 미국 R대학 객원연구원은 아무나 가는 데가 아니라는 거."

생색을 내듯 말하는 김유익과 달리 조교는 그다지 달갑잖은 얼굴이었다.

때마침 가볍게 문을 두드리는 노크 소리가 들려왔다. 동시에 김유익 교수의 얼굴이 환하게 펴지고 있었다. 조교가 서둘러 출입문을 열자 먼저 붉은 장미 꽃다발이 문틈으로 비쭉 얼굴을 내밀었다.

2

무엇 때문에 이채연 그자는 출감하는 즉시 장수 땅으로 내려갔으며 거기서 또 무엇 때문에 김요한 이자에게 전화를 했던 것일까? 어렵게 회수한 이채연의 휴대전화에는 김요한의 휴대전화 번호가 수도 없이 찍혀 있었다. 이른 새벽의 생각잖은 방문을 달가워하지 않을 건 뻔한 일이지만 예의를 찾아 더는 미루고 어쩌고 할 기분이 아니었다. 도저히 그럴 수가 없었다. 바로 김요한의 집으로 들이닥쳤다. 당연히 못마땅해 할 거라 생각했는데 의외로 무척 반가운 목소리로 박 반장을 맞았다.

"경찰인가요? 안 그래도 연락을 취할까 어쩔까 하고 있던 참이었는데. 참, 소속이 어디시지요?"

너무나도 태평한 모습에 박 반장은 잠시 어리둥절했다.

"이채연! 당신이 저 청주교도소에서 만났던 사람. 그 사람이 죽기 전에 전화를 했던데 무슨 전화였지요?"

의도적으로 다짜고짜 본론으로 뛰어 들어갔다.

"별거 아니었습니다. 하긴 나도 그 점이 지금도 이해가 안 갑니다. 뭣 때문에 나한테 전화를 했을까? 아무튼 대뜸 전화를 해서는 엊그제 청주교도소에서 출감을 했단 이야기를 했어요. 그리고 지금은 장수 어디 고분 발굴 현장에 있는데 조금 있다 2년 전 자신에게 일을 시켰던 사람을 찾아갈 꺼라 했을 겁니다. 그리고 그 뒤에도 수시로 전화를 해 별로 듣고 싶지 않은 얘기들을 늘어놓았지요."

"그래요? 아니 그 이야길 뭣 때문에 그쪽에다 했을까요?"

"안 그래도 저도 궁금해 누구한테라도 묻고 싶었는데 보니까 강물에 빠져 죽었더군요."

"아니, 죽인 다음에 강물에 던져졌던 거요. 그러다 섬진강으로 합수되는 지점에서 발견됐던 거지요."

"그래요?"

그리고 무슨 이유에서인지 박 반장은 입을 다물고 있었다. 오래지 않아 요한이 먼저 입을 열었다.

"가만, 반장님 혹시 날 심문하는 거 아니요?"

"왜 아녀요? 맞지요."

"네? 허허헛. 내 참!"

요한은 어이가 없다는 듯 너털웃음을 웃었다.

"웃을 일이 아닌 것 같소, 김요한 씨. 한데 도대체 댁은 누구시오? 어떻게 이 사건에 뛰어든 것이오?"

"아니, 그럼 내가 누군지도 모르고 찾아오셨단 말입니까?"

요한은 다시 한 번 너털웃음을 웃은 다음 사건에 발을 담그게 된 동기와 과정을 상세히 설명했다.

"아! 그랬군요. 아무튼 사건이 끝날 때까지 협조를 좀 해야겠소."

"당연히 그래야지요."

"그리 생각해주신다니 정말로 고맙군요. 그리고 이건 내 생각인데 죽은 이채연이 말이오."

"네, 이채연 씨가요?"

"그 작자는 자신의 신변에 무슨 일이 생길지도 모른단 불안한 생각에 자신의 행방을 김 기자에게 미리 알렸던 것 같소."

"네?"

"생각해 봐요. 그자가 했던 말은 김 기자 입장에서 보자면 안 해도 그만인 그런 시시껄렁한 내용들 아니었소? 한데도 별로 친하지도 않은 당신한테 굳이 전화까지 걸어 얘기했소. 왜 그랬을까? 기자여서 그랬던 것 아니겠소? 나름으로는 짭새보단 기자가 더 믿음이 갔던 거지요. 참 답답한 사람이지요. 짭새는 조건 없이 사실을 찾아내야 하는 사람이지만 기자는 찾아낸 사실을 팔아 먹고사는 사람인데 작자가 그걸 몰랐던 거지요."

"묘한 말씀이시군요."

"2년 전 이채연 그자에게 일을 시켰던 자가 누구인지만 알면 이 사건은……. 가만 혹 경찰에 협조할 기분이 확 가셔버린 건 아니지요?"

"천만에, 그럴 리가요. 되레 부탁드릴 것도 있고 해서 일부러라도 찾아갈까 했던 참이었는데."

*

“바른 역사 수호 위원회? 이런 단체도 있대요?”

그 다음 날 요한이 박 반장 앞으로 팩스로 문서 한 장을 보낸 뒤 전화를 걸어왔었다. 팩스는 민지숙에게 날아든 협박메일의 복사본이었다. 문서 끝에는 민지숙의 신변을 잘 지켜달라는 부탁까지 추신으로 달았었다.

“보나마나 확인할 수 없는 유령단체일 겁니다.”

“이름은 그럴 듯한데 그것이 참. 이것을 김 기자가 민지숙 씨인가 하는 아가씨한테 보냈다는 것이오?”

“서류상으로만 보자면 그렇지요.”

“서류상으로만? 거참 말 어렵게 하시네. 쉽게 갑시다, 쉽게.”

“보시다시피 그 편지는 1주일 전인 24일 오후 4시에 남원 한 PC방에서 보내온 것입니다. 한데 전 그 시간에 서울의 제 집에 있었거든요. 물론 증인도 있습니다.”

“뭐요? 남원 PC방? 아니 그럼 남원서 김 기자 이름을 도용해서 협박메일을 보냈다? 확실해요, 그 말?”

“그럼요. 저 나름대로 경찰을 통해 확인한 사실입니다.”

“남원이라……. 누굴까? 이 정황으로만 보자면 이자가 바로 범인일 수도 있는 일인데 말이오.”

“그뿐이 아니었습니다.”

“또 뭡니까?”

"죽은 이윤섭도 사고 며칠 전에 이런 식의 협박편지를 받았었답니다. 한데 발신지가 어딘 줄 아십니까?"

"어딘데요? 아니, 또 남원이었단 말이오?"

"네. 편지 겉봉에 남원 우체국 소인이 확연하게 찍혀 있었다고 했습니다."

"뭐요? 그럼 범인이 여태껏 남원에 있었단 말이오?"

'누굴까? 수경인가 하는 그자? 한데 뭣 때문에 그자가. 그런 데다 봉사란 말이지. 하지만 그런 건 이정애가 손을 잡고 데리고 다니면 해결될 것 아닌가. 그리고 김유익. 가만, 죽은 이윤섭이 자신의 집에 들렀을 때도 수경 이자는 그 사실을 감추려 했었지. 그 집에서 나오는 걸 본 증인이 있었음에도 말이야. 뭔가 석연치 않아.'

그 길로 한달음에 문제의 PC방으로 달려가 확인한 결과 모든 것이 요한의 말과 딱 들어맞았던 것이다. 협박메일을 보냈다는 밤에 분명코 수경과 정애가 그 PC방에 들렀다고 했었다.

"두 사람은 근 100여 페이지에 이르는 문서와 가야금 악보들을 출력해 가지고 갔었습니다. 전에도 가끔씩 출력하기 위해 들르곤 하시는 분들이에요. 그분들이 사시는 운봉면 강청리에는 아직 컴퓨터 선이 안 깔렸다고 하더라고요."

가게 주인은 수경과 정애를 잘 아는 듯 이야기했다. 하지만 어찌됐건 한글 출력을 하기 위해 왔었으며 시간대도 조금은 달랐지만 그날 그 시간대에 PC방에 들른 건 확실했다. 몇 시간 정도의 오차야 컴퓨터에 능한 사람이면 얼마든지 조작할 수도 있는 일이 아니겠는가 싶었다. 문제는 메일을 보낸 날 비슷한 시간대에 혐의를 받고 있는 사람이 그 PC방에 들렀다는 사실이었다.

"반장님! 혹시 다른 놈들이 수경과 정애라는 여자를 지켜보고 있다 같은 시간대에 메일을 보냈던 게 아니었을까요? 그들한테 덮어씌울 목적으로 말이에요."

"글쎄 말이다. 나도 그 생각을 했는데, 솔직히 그것이 아니었으면 좋겠다. 그렇게 되면 또 복잡하게 얽히고설키지 않겠냐. 이제는 징그럽다, 정말로."

그런데 왜 이 대목에서 또 놈이 생각난단 말인가. 놈을 처음 만나고 난 뒤로부터 수사의 고비마다에서 문득문득 떠올랐었다. 게이라서? 게이의 사랑, 콧소릴 내며 앙증맞은 몸짓으로 살인을 저지르고 다닌다? 웃음만 나올 뿐 도무지 상상이 안 되는 그림이다. 거기다가 사건에 관련돼 있다는 아무런 증거도 없다. 한데도 놈의 얼굴이 머릿속을 떠나지 않는다. 오늘도 진작부터 그놈을 머릿속에 떠올리고 있었다. 간드러진 목소리에다 자태 또한 낭창낭창해 뒤에서 보면 여인이 틀림없었다. 혹 이윤섭의 문자가 가리키는 게 게이의 사랑이 아니었을까?

3

수경은 물론 이정애 역시 집에 없었다. 마천골 수경의 민박집

안은 말 그대로 적막강산이었다. 하지만 쓸고 닦은 티가 확 나는 집 뒤란의 깔끔한 정음헌이나 걷는 사람의 발자국이 찍힐 만큼 깨끗한 앞뒤 마당에는 아직까지 세세한 싸리 빗자루 결이 선명하게 남아 있었다.

“아침에 나간 모양인데요.”

정주간 살강 쪽을 기웃거리다 나온 김종표 형사가 마당 한가운데에 서 이것저것을 살피고 있는 박 반장을 향해 혼잣말처럼 읊조렸다.

“뭐라? 좀 크게 말해봐라. 귀신 씻나락 까먹는 소리도 아니고.”

“정주간 살림에 아직 온기가 남아있는 것 같아서요.”

“그렇군. 저기 저 대나무밭 앞에 있는 정자에도 가야금이 그대로 있구만.”

“이정애라는 여자가 심청이가 아버지 데리고 나가듯 수경인가 순경인가 하는 양반 데리고 어디 나간 모양인데요.”

“그래. 한데 어디로 갔냐 이것이다. 후딱 만나야 하겠는데. 이 노릇을 어째야 좋냐? 다른 일이 없었으면 좋것는데.”

“일은 무슨 일이 있다고 그러세요?”

“김 형사, 이한영 사건이라고 들어본 적 없어?”

“이한영 사건요? 가만, 저기 저 분당 자기 집 아파트 복도에서 북한 공작원에게 피격당해 죽은 김정일의 처조카인 그 이한영이 말씀인가요?”

“그래. 그 이한영 말야. 그 사건 때문에도 남원분실에서 암암리에 이 집을 지켰다고 하던데."

"아니 수경인가 하는 분이 그럼 이북에서 온 사람인가요?"

"왜 아냐. 한데 문제는 수경인가 하는 그 양반이 아니라 정앤가 하는 그 여자라는 거야. 그 여자가 바로 이한영이 같은 사람이라는 거야."

"오! 그래요?"

4

"당직! 당직 없어요?"

우측 여자 3호방 쪽에서 갑자기 숨이 넘어가는 소리가 튀어나왔다. 출입문 옆 유치장보다 한 칸 높게 만든 당직 자리에 앉아 넋을 놓은 채 텔레비전을 보고 있던 당직이 화들짝 놀라 자리에서 벌떡 일어섰다. 3호 감방 쇠창살을 움켜쥐고 있던 손 하나가 자리에서 일어난 당직을 향해 방정맞게 파닥거렸다.

"아! 빨리 와요! 이 사람 지금 바닥에 엎어져 피를 토하고 있어."

"예? 피를 토해요?"

전경은 3호방을 향하면서 어느새 허리춤의 무전기를 꺼내들었다. 119 구급차가 들이닥쳤을 때 3호 감방 유치인은 이미 숨이 끊긴 뒤였다. 그녀는 내일이면 검찰로 송치될 참이었다.

"가만, 이 여자 바로 그 여자 아냐? 무슨 시골 경찰을 불러 달라 했던."

바가지 죽상을 한 야간 상황실장 완장을 찬 대머리가 머리를 맞대고 있던 수사관들 사이로 비쭉 끼어들었다.

"맞습니다. 자칭 가야금의 대가 박순님의 딸이라던."

"뭐야? 독극물인가?"

"기포가 섞인 토혈이나 얼굴 근육 수축 정도로 보건데 지금 당장은 그게 제일 유력할 것 같습니다."

"한데 뭐야. 같이 있던 사람이 저 지경이 될 때까지 뭐 했데?"

"갑작스레 일어난 일이었답니다."

"저녁식사는 어땠나?"

"네. 사식으로 설렁탕 한 그릇 시켜 뚝딱 잘 비워 놓고는 얼마 안 돼 저랬다는 겁니다."

"그럼 범인은 외부에서 들어온 설렁탕인가?"

치정이나 원한 같은 것보다는 뭔가 입막음을 목적으로 저지른 살인인 듯싶었다. 것도 이미 오래전부터 치밀하게 계획된. 경찰이 문제의 설렁탕 집을 찾았을 때는 유치장으로 배달을 왔던 배달원은 이미 자취를 감춘 뒤였다. 들어온 지 일주일도 안 되는 신참으로 고참들도 꺼려하는 유치장 배달을 자청하고 나서 정귀임에게 설렁탕 배달을 한 뒤 연기처럼 사라져버렸다는 것이다.

"그 식당에서 사식을 넣어 먹는다는 소소한 것들까지, 심지어는 여자의 식성 같은 것까지 꿰고 있던 자가 분명해. 그렇지 않고

서야 그 많은 음식점 중 그 설렁탕 집을 택해 취직을 했겠어?"

*

"이런 빌어먹을, 이런 개자식들이 어디 있어 그래. 세 사람씩이나 죽여 내다니. 도대체 어떤 새끼들일까? 정말로 상판이나 한 번 봤으면 좋겠네. 정귀임 같은 불쌍한 처자까지 꼭 죽여야 했을까? 그래야 할 게 뭐가 있다고."

하얀 스테인리스 철판 바닥에 누워있는 정귀임의 나신을 내려다보고 있던 박 반장은 혼잣말처럼 웅얼거렸다.

"어제 반장님을 불러달라고 했다면서요. 그러고 나서 바로 저 지경을 당한 거군요."

"글쎄 내게 뭔가를 이야기하려 했던 것 같은데……. 그걸 눈치채고 살해를 한 것 같구만. 정말 안타깝네. 이곳 서에서 바로 내게 연락만 해 줬어도 지금쯤은 범인을 잡았을 텐데 말야. 최소한 사건 해결의 단서는 잡았을 텐데."

"그렇다면 범인은 생각 밖으로 가까이 있단 얘기 아닙니까?"

"무척이나 사악한 놈이야. 하지만 놈이 아무리 간교하게 잔머리를 써도 이젠 어쩔 수 없이 놈의 정체나 범행의 윤곽이 조금씩 드러나고 있어."

"그래요?"

"죽은 사람들을 봐. 하나같이 뭔가를 알아내려다 일을 당한 거 아냐. 아니면 이미 알아냈던가. 뭔가 세상에 드러내서는 안 될 일을 자꾸 드러내려 하니까 죽였던 거 아니겠어? 그 문제의 '뭔가'라는 건 가야라는 고대국가나 가야금이라는 악기와 관련을 맺고 있을 테고 말야."

"그렇군요."

시체실을 빠져나온 두 사람은 곧바로 터미널로 향했다. 남원에 도착하는 즉시 수경 노인과 김유익의 알리바이를 캐볼 생각이었다.

두 사람은 이윤섭이 살해되는 시각에 같이 있었다. 정황상으로 볼 때 누구보다도 범인에 가깝게 근접해 있는 사람들이었다. 하지만 이렇다 할 증거도 없는 데다 범인과의 인간관계를 고려해 용의선상에서 제2선으로 후퇴시켜놓다시피 하고 있었다. 하지만 정귀임의 살해만은 경우가 좀 다르지 않나 싶었다.

모처럼 김 형사가 눈치를 안 해도 당신이 알아서 스스로 안전벨트를 둘러멘 박 반장은 의자 옆 가방에서 여성 잡지 한 권을 꺼내들고는 의자 등받이를 반듯하게 뒤로 눕히는 것이었다. 김 형사가 그런 박 반장을 곁눈으로 흘긋한다.

"웬일입니까? 반장님이 여성잡지를 가지고 다니시며 도무지 어울리지 않습니다."

"그렇지? 한데 여기에 이번 사건의 단서가 숨어있는 것 같다 이 말이지."

"네?"

"여기 이 잡지에 죽은 이윤섭이 연재했던 소설이 실려 있는데 이번 사건이 언젠가부터 소설 속의 이야기를 따라가고 있는 듯한 느낌이 들어서 말야. 혹 모른다 하는 생각으로 보는 거야. 그리고 사건 핵심 피해자의 소설을 읽어두는 건 수사하는 사람으로서 당연한 것 아닌가. 김종표 너 가방 끈 길다고 다른 사람들을 너무 띄엄띄엄 보는 것 아냐?"

"아! 아닙니다. 그럴 리가요. 그리고 거기에 그 사람의 소설이 연재되는 줄은 꿈에도 몰랐었습니다."

그런 김 형사를 째리듯 곁눈으로 흘긋거리던 박 반장은 상체를 던지듯 기대고 앉아 책을 펴들었다.

하늘은 어둡지 않은데 바람이 사납다. 끝자락에 냉기와 진득한 물기까지 묻어난다.

혜암은 소리를 지르며 초막 뒤 숲 속으로 사라져 가는 바람의 뒤태를 걱정스런 눈으로 바라다봤다. 머잖아 비를 불러들일 바람결이었다. 문득 걱정이 앞섰다.

'이번에 시작되면 보름은 족히 계속될 것 같은데 당장에 지붕을 손봐야 하는 것 아닌가 몰라.'

고개를 젖혀 지붕 위를 올려다봤다. 이미 푹 삭은 잿빛 갈대 지붕은 바람에 여기저기가 들떠 있었다. 근래 들어서는 이문이 이 아이마저 꼴을 볼 수가 없다. 보나 마나 고를 둘러메고 사로국으로 간 우륵을 따라나섰을 것이다. 하긴 바늘 가는 데

실이 안 갈 수가 없는 일이니…….

그나저나 대가야의 가실왕이 우륵을 보내라던 날자가 내일 모레인데 그때까지도 우륵이 모습을 드러내지 않으면 이 노릇을 어찌한다. 혜암 선사는 우륵으로 인한 이런저런 걱정을 한시도 놓을 수가 없었다. 전에처럼 신라나 백제의 도움 없이도 제 혼자 힘으로 제나라에 사신을 보내고 가락국의 멸망 이후 의탁할 데 없이 떠도는 남은 형제국들을 한 덩어리로 뭉치게 한 하지왕[56]은 반파인 이 나라를 대가야라 선포[57]했었다. 그 다음부터 갑자기 눈에 띄게 드세진 조정의 위세 또한 걱정거리였다.

반파는 그 위세를 몰아 수로왕의 건국신화까지 넘보고 나섰다. '가야산 신 정견모주가 천신 이비가지[58]에게 감응되어 대가야왕 뇌질주일[59]과 금관국왕 뇌질청예 두 사람을 낳았다. 뇌질주일은 이진아시왕의 별칭이고 뇌질청예는 수로왕의 별칭이다.'

---

56)하지왕: 가야의 하지왕(荷知王)은 33살에 즉위하여 61살에 세상을 떠났으며 제나라에 가서 479년에 보국장군본국왕(輔國將軍本國王)이란 관직을 받아올 만큼 자주적인 외교활동을 벌였던 임금이다.

57)대가야 선포: 400년 고구려의 남침전쟁 이후 전기가야의 맹주인 김해 금관가야 세력이 무너진 틈을 타 후기가야 맹주자리를 염두에 둔 반파국 하지왕이 남아있는 가야소국들을 모아놓고 스스로를 선포한 새로운 국명이다.

58)이비가지: 가야 산신 정견모주가 감응되어 대가야 왕 뇌질주일과 금관국왕 뇌질청예 두 사람을 낳았다는 천신의 이름이다.

59)뇌질주일: 전설 속의 가야국 시조대왕이다.

시조인 수로왕을, 전체 가야의 시조에서 고령 대가야 시조의 동생으로 위상을 격하시키고 마는 어이없는 횡포까지 저지르고 있었다. 그렇게 위세 등등한 대가야의 조정에서 벌써 며칠째 우륵을 찾는 파발을 보내고 있었다. 말로는 중국의 비파를 보고 새로 만든 악기로 연주할 곡을 만들기 위해서라 했지만 것도 말 그대로 다 믿을 수 없는 일이었다.

지난밤 늦게 혜암의 초막을 찾은 우륵과 이문은 이른 아침 혜암 선사와 함께 모처럼만에 자리를 같이했다.

"그래, 내 뜻대로 신라땅에 네 노래가 퍼져 나가는 것 같더냐?"

"아직 그렇게 흡족할 단계는 아니오나 우선은 가까운 국원 누항을 거닐 때면 아이들이 흥얼거리는 소리를 제법 들을 수 있었습니다."

"그래, 아이들이야말로 신선 아니겠느냐? 머잖아 네 뜻대로 신라 국왕의 귀에도 흘러들게 되겠구나."

"그리만 된다면 그만큼 시간을 벌겠습니다만."

"선사님! 전 도무지 스승의 말을 알아들을 수가 없습니다. 무슨 시간을 어떻게 번다는 것인지."

질문 끝에 뾰로통하니 튀어나온 이문의 주둥이를 보고 선사는 소리 없이 웃었다.

"글쎄다. 건 나도 잘 모르겠구나. 하니 궁금하더라도 꾹 참고 그냥 한번 지켜보자꾸나."

선사는 이문의 등을 한번 토닥인 다음 본론을 끄집어냈다.

"아침을 마친 즉시 너희는 조정으로 왕을 찾아가거라. 아마 오늘까지 가실왕을 만나봐야 할 것이야."

"무슨 일이온지."

가실왕을 만나라는 당부에 우륵은 긴장한 얼굴로 혜암을 주시했다.

"가실왕이 소리에 대해 다른 뜻이 있는 것 같더구나. 제발 순순하게 좋은 데 쓰기 위해 널 불렀으면 좋겠다만 그렇지 않더라도 왕의 면전에서는 뜻을 거스르지 말도록 해라."

"소리를 어찌 쓰겠다는 것인지."

"소리라는 것이 세상을 다스리는 정사의 근간이 된다는 걸 아는 것 같아 크게 걱정은 안 된다만 혹여 하는 마음이 있어서 말이다."

우륵은 고개를 끄덕이며 자리에서 일어났다. 뒤따라 바로 이문도 일어서며 질빵에 담긴 고를 허리에 사선으로 둘러메는데 이를 우륵이 빳듯이 가져갔다.

"나 혼자 다녀올 테니까 이문이 너는 그동안에 초막의 지붕이나 손을 보거라."

하면서 혜암 앞으로 다가가 공손히 허리를 숙이는 순간이었다. 피-이우 하는 바람을 가르는 소리가 귓가를 스친다 생각했는데 곧바로 타탁 하는 둔탁한 소리를 내며 초막의 기둥 한가운데에 꽂히는 것이었다.

화살대 끝에 꿩 털이 열십자 형태로 박힌 유경식(有莖式) 화살은 원거리 공격용 무기로 살상력과 관통력의 증대를 목표로 하는 화살이었다. 한데 정작은 사람을 피해 기둥을 과녁 삼아 쏜 듯했다. 무엇보다도 화살대 한가운데에 붕어 매듭을 한 닥나무 껍질이 단단히 묶여 있었다. 살상보다는 파발을 목적으로 하는 화살이었다.

혜암이나 이문은 놀라 눈을 동그랗게 뜨고 있으나 우륵은 마치 기다리기라도 했다는 듯 의미심장한 얼굴로 화살이 날아왔을 법한 숲 속을 돌아다보다 기둥에서 화살촉을 뽑아 닥나무 껍질을 펼쳐들었다. 내내 멈칫거리던 두 사람도 우륵의 양어깨 너머로 다가왔다. 그러다 이내 엥- 소릴 지르며 눈을 크게 뜨는 것이었다. 닥나무 껍질에는 도무지 알 수 없는 자구들이 쓰여 있었다.

가시리 가시리잇고 나난
바리고 가시리잇고 나난
위 증즐가 大平盛代

날러는 엇디 살라 하고
바리고 가시리잇고 나난
위 증즐가 大平盛代

잡사와 두어리마나난
선하면 아니 올셰라
위 증즐가 大平盛代

셜온 님 보내옵노니 나난
가시난 닷 도셔 오쇼셔 나난
위 증즐가 大平盛代

그것은 전에 언제 송아지동무인 담숙을 따르던 설표라 하던 젊은이가 우륵에게 적어 보냈던 자구이기도 했다.

"우륵아, 너는 이제는 이미 성열현의 우륵이 아니라는 얘기를 하는 것 같구나. 좀 더 신중해야 하겠구나."

혜암의 목소리에는 걱정이 한가득 담겨 있었다.

표를 내고 바로 승강장을 빠져나왔다. 허기를 느끼며 바삐 터미널 출입문을 미는데 박 반장이 미처 빠져나가기도 전에 한 떼의 사람들이 우르르 몰려들었다. 그 바람에 뒤로 두어 걸음 물러서는데 다가오는 인파 속에서 조금은 흐릿한 미소를 머금은 누군가가 박 반장을 향해 다가와 어깨 툭 치며 지나치고 있었다. 하지만 그때까지도 박 반장은 그를 얼른 기억해 낼 수가 없었다. '누구지?' 하고 있는데 옆에 선 김 형사가 귀에다 대고 낮은 소리로 속삭였다.

"저 작자가 여기 남원에 왜 왔을까요?"

"어? 어떤 작자?"

"김유익 교수의 조교, 콧소리 내는 애."

"콧소리? 게이 말이야?"

그랬다. 그는 이윤섭의 서고에 있던 『게이의 사랑』을 떠올리게 하는 바로 그 게이였다. 한데 그자가 왜 사건의 중심 무대가 되고 있는 이 남원에? 저 작자가 왜?

반장은 돌아서 매표소 앞에서 알짱거리고 있던 그의 어깨를 툭 쳤다. 그러자 마치 기다리기라도 했다는 듯 바로 돌아서며 "왜 오늘은 담배를 안 물고 계세요?" 하는 것이었다.

"아! 조교 선생. 담배? 담배라고 했던가?"

"네."

그는 지난번과는 달리 얼굴에 구름이 끼어 있었다.

"뭐, 그냥."

"참 멋졌었는데. 니노 벤추라라는 불란서 배우가 있었어요. 비록 영화 속에서였지만 그가 바로 사건을 쫓으며 형사님처럼 생담배를 물고 다녔거든요."

"그래요. 허, 것 참. 근데 어디 다녀오는 길이오?"

"네. 남원에 사는 친구 집에 다녀가는 길입니다."

"친구 집 ? 아, 친구 집. 한데……."

"네. 김 교수님이 보내주셔서 머잖아 미국 R대학에 연구원으로 가거든요. 그래서 떠나기 전 얼굴이나 볼까 하고."

"오! 그래요."

순간 박 반장은 가슴이 덜컹 내려앉았다. 사건의 고비마다 문득문득 떠오르던 그였다.

하지만 논리적인 연결에서 막혀 애를 먹고 있었다. 이윤섭이 절체절명의 시간에 암호처럼 써 보냈던 '게이의 사랑', 게이, 그리고 게이의 실존으로 이자를 보게 됐던 것이다. 어쩐다? 지금 이 자리에서 체포해? 아니면 출국금지라도 요청하나? 하지만 무슨 근거로.

"언제 떠나시는데?"

"어쩜 내일이라도 떠날지 몰라요. 하지만 그건 어려울 거예요."

순간 탑승대로 가는 문이 열리고 사람들이 하나둘 차에 오르고 있었다.

그들을 본 게이는 고개를 꾸벅 숙였다.

"제가 형사님 담배에 불을 붙이려 했던 빨간 라이터 기억하세요?"

"아! 물론 기억하지요. 한데 왜?"

"그냥요. 안녕히 계세요."

얼결에 같이 고개를 숙이고 버스승강장을 향해 돌아섰다.

5

"민 선생님."

지숙을 부르는 전화 속 목소리가 가늘게 떨리고 있었다.

누가 걸었든지 간에 그냥 몇 마디 대꾸만 해 주고 바로 끊을 생각이었던 지숙은 생각을 바꿔 읽고 있던 원고를 접어 저만큼 밀쳐놓았다.

"네. 제가 민 기잡니다만 누구? 아니! 혹시 이혜숙 씨?"

"네. 저 이혜숙이에요."

"어머, 죄송해요. 얼른 못 알아봐서."

전화를 걸어온 사람은 생각 밖에도 이윤섭 선생의 외동딸인 이혜숙이었다. 달포 전 아버지의 삼오제 때 보고는 처음 하는 통화였다.

곧 쓰러질 것처럼 휘청이면서도 장례 삼오제를 모두 강단 있게 견뎌 냈었는데.

"미안해요. 하는 것 없이 게으름을 피우느라 연락 한 번 못하고……."

"아닙니다. 장례 기간 내내 자리를 지켜줘서 얼마나 고마웠는지 몰라요."

"그리 말씀해주시니 정말 고맙네요. 한데 어쩐 일이에요? 무슨 일 있어요?"

"다른 게 아니고요. 며칠 전 아버님 서재에 도둑이 들었는데 알고 계신지요?"

"네, 참 그랬었지요. 한데 별일 없었어요?"

"도난품은 무사히 회수했습니다만……. 그 도둑 때문에 가슴이 조금 아팠습니다."

"네?"

"범인이 다른 사람이 아닌 아버지의 가야금 선생의 의붓딸이었거든요."

"네? 아니 그런 사람이 어찌……."

"초향 선생님이 돌보는 아버지 때문에 그런 것 같아 더 마음이 아픕니다."

"아! 네."

대꾸를 하면서도 다른 한편으로는 뭔가 조금 찜찜한 기분을 털어낼 수 없었다. 뭐지? 설마 도둑 때문에 가슴 아팠다는 얘길 하기 위해서 전화한 건 아닐 텐데. 그런 지숙의 속내를 짐작이라도 했다는 듯 혜숙이 바로 본론을 끄집어냈다.

"그리고 아버지가 초향 선생님께 보낸 문자는 사실은 저 읽으라고 보낸 문자였을 겁니다. 단지 범인들의 관심을 엉뚱한 사람에게 쏠리게 하려고 초향 선생님에게 보냈던 것 같습니다. 아무튼 암호대로 물건을 찾고 보니 그 안에 아버지의 원고가 들어있지 뭐예요."

"네? 원고요?"

"네. 보니까 지금 연재하고 있는 소설의 마지막 부분에 해당되는 원고 같았습니다."

"그래요? 그런 게 있었어요?"

순간 지숙은 가슴이 쿵 하고 내려앉았다. 이윤섭 선생! 연재의 마지막 부분까지 써 놨었던가. 뭔가를 예감했던 사람처럼.

"그거 보고 싶군요."

"그래서 전화를 드렸습니다. 그리고 전혀 알아볼 수 없는 한문 투성이 고서적도 몇 권 섞여 있었습니다. 보니까 잡지사에 필요한 것 같기도 해서."

"잘하셨어요. 원고가 만약 이번 연재소설의 마지막 부분이라면 저희에게 절대 필요한 것이고요. 그리고 한문투성이 책이라는 것도 같이 좀 봤으면 좋겠는데요."

이윤섭 선생이 전에 언제 인사동 오작교에서 말하던 바로 그 책이 아닐까 해서 궁금증이 더했다. 그때 선생은 그 책의 내용이 세상에 공개되면 가야의 역사는 뒤집어질 거라 했었다. 바로 그 책이 아닐까 싶었다. 그렇다면 그건 이 선생 소설의 텍스트가 분명할 텐데.

"알겠습니다. 민 기자님 좋으신 시간에 언제 들고 나가겠습니다."

"잠깐, 고맙긴 한데요. 그게 그렇게 함부로 움직일 일이 아닌 것 같습니다. 생각해보세요. 지금 아버지의 원고나 정체를 알 수 없는 문제의 책 때문에 사람들이 줄줄이 죽어가고 있지 않아요?"

"어머! 참 그러네요."

"저희 회사 쪽에서 모시러 가든가 할 테니 그때까지 보안을 유지하시고."

그리고 전화를 끊었다. 하지만 가슴은 계속 콩닥거리고 있었다. 물론 새로운 원고가 발견되고, 그래서 망자의 유작을 실을 수만 있다면 회사로서는 더 좋은 일은 없겠지마는 민지숙 개인으로 볼 때는 그렇게 쌍수를 들고 환영할만한 일도 못 되는 듯싶었다. 지금도 협박을 받고 있는 마당인데 거기다가 위험이 더해질 수도 있는 일이 아닐까 싶었다.

이런 지숙의 고민을 듣고 있던 요한은 덜렁 "그 책에 대해서는 토평인가 하는 사람이 잘 안다며. 그럼 토평을 찾아가면 무슨 방법이 나오지 않을까?" 하는 것이었다.

"한데 토평 선생은 또 병이 도진 듯 소리 없이 종적을 감췄고요."

"저런! 그럼 그 다시 찾은 원고를 연재하지 말아야 할 것 같다. 안 그래? 문자협박 그거 공연한 것도 아닌 거 같고."

"저도 그 생각이에요."

"가만, 민지숙! 너 그 원고 가지고 있니?"

"아니요, 아직은. 한데 왜요?"

"아니, 나도 잠깐 볼 수 없을까 해서. 뭔가 짚이는 게 있어서 그래."

"연재가 나가기 전엔 곤란한데요. 잘 아시면서."

"하긴 뭐. 알았다. 좌우간 몸조심 해. 괜한 만용 부리지 말고."

요한과의 전화를 끊고 지숙은 마지막 남아있던 원고를 다시 펴 들었다.

그녀는 지금 이윤섭의 미개제 소설 원고를 읽고 있던 중이었다. 물론 빨리 마저 읽어버려야 한다는 생각도 있었지만 언젠가 인사동 오작교 찻집에서 토평이 한 말을 잊을 수가 없었다. 이윤섭이 정말 토평의 말에 빠져 소설을 시작하게 됐던 것일까?

그들의 숨소리

1

동숭동의 한 소극장에서 초향의 가야금 연주회가 있는 날이다.

연주자가 쪽진 머리에 한복 꽃단장을 한 할머니인 반시대적인 인물이다 보니 극장에 든 손님 대다수는 이런 문화행사에 직·간접으로 관련이 있는 사람과 진짜 마니아 몇 명뿐이었다. 그 속에서도 박 반장은 그런 이들과는 조금은 구분이 되는 사라져가는 우리의 문화유산에 대한 애착 때문에 참석한 약간은 감상적인 그런 부류였다.

자연 대다수의 객석은 텅 빈 채였고 그래서 소극장 안은 썰렁하기 그지없었다. 하지만 그런 것에 개의치 않는다는 듯 시간이 되자 연주자 초향과 하얀 두루마기 차림의 고수가 같이 등장해 자리를 잡았다. 흰색 갑사 저고리에 노란 공단치마로 한껏 치장을 한 초향은 무대 중앙에 놓여 있던 가야금 용두를 당겨 자신의 오른쪽 허벅지 위에 올려놓았다. 그리고 이내 띠이옹 하고 줄 하나를 당겨본 다음 객석을 향해 90도로 허리를 꺾고 연주를 하기 시작했다. 순간 극장 안 세상은 시커먼 어두움 속에 파묻히고 무대 위 초향의 머리맡에서 핀 조명 하나만 초향을 향해 눈이 부신 빛을 쏟아내고 있었다.

처음엔 느긋하던 현의 행보가 어느 순간부터 나비의 날갯짓처럼 파닥이나 싶더니 흐느끼듯 절규하듯 쏟아내고 있었다. 객석의 한편에서 숨듯 웅크리고 있던 반장은 묘한 감회에 휩싸였다. 애조 띤 가락과 그것을 연주하는 초향. 그리고 그녀는 어찌 됐거나 딸인 정귀임을 잃은 처지였다. 그럼에도 불구하고 연주회를 거절하지 못하고 몇 안 되는 손님들을 위해 가야금을 연주하고 있다. 무얼까?

정귀임이 그런 불행을 당하고 나서 얼마 되지 않아 초향이 전화를 걸어 왔었다.

"알 수가 없어요. 언제 범인들로부터 그런 못된 유혹을 당했던 건지."

"네. 그러네요."

반장은 자신이 듣기에도 위안도 긍정도 아닌 아주 애매한 대꾸를 했다.

"한데 애가 일을 당하기 몇 시간 전에 반장님을 불러달라고 했다잖아요."

"글쎄요. 무슨 일이었을까요?"

"모르겠어요?"

아니었다. 짐작을 할 수 있는 일이었다.

"반장님이 지 애비한테 한 일을 떠올리고 있었을 거요. 정말 고마웠어요, 형사 양반."

"고맙기는요."

지난번 수사 차 초향이네 집을 찾아갔다 돌아오는 길에 주머니를 탈탈 털어낸 돈을 몽땅 다 초향의 머리서방이라는 자가 누워있던 요 밑에다 쑤셔 넣고 왔었다. 우선은 초향과 면담 시간 동안 가야금 소리를 들어야 한다는 사연이 마음에 걸렸고, 두 번째는 병들고 오갈 데 없는 머리서방이라는 자를 받아들여 병수발을 하고 있던 초향이의 마음 씀씀이가 어쩐지 가슴에 짠하게 다가왔었다. 단지 그뿐이었다.

"그 많은 돈을 다 털어주고 집엔 어떻게 가셨던가 몰라?"

"많기는요."

"많지요, 많은 돈이지요. 22만8천 원이 적은 돈이요 어디. 하늘이 시킨 짓이었소."

"네? 하늘이 시키다니요?"

"그 돈이 아니었더라면 우리 집 화상 그때 초상 치를 뻔했거든."

"아니, 왜?"

"화상이 돈 냄새를 맡고 일부러 그랬는지 어쨌는지 글쎄 그날 바로 혈압이 200을 넘어서 119를 불러 탔지 뭐요."

"아! 한데 단지 그것 때문에 저를 찾았을까요?"

"아니고서야 무엇 때문에 그 마당에 경찰이 지천으로 깔려 있는 경찰서에서 유독 반장님을 찾았겠소."

맞는 말이었다. 어찌 됐건 자신과 함께 있는 남정네의 자식이 불행을 당한 마당인데 차려 놓은 밥상이라고 걷어내지 못하고 독주회를 맞이하고 있는 초향이 딱하고 처량해 보이기도 하고……. 이런 마당에 꼭 연주회를 해야 했을까도 싶고. 박 반장은 어느 순간 살그머니 자리에서 일어섰다. 그대로 보고 있기가 조금 그랬다.

밖으로 나온 반장은 극장 앞 모퉁이 가게에서 장미 한 다발을 샀다. 그리고 손수 전하려고 들고 나오다 뒤돌아서 꽃가게 처녀에게 부탁을 했다. 지금 이 뒤 극장에서 연주하고 있는 가야금 연주자 초향에게 이 꽃을 전해 달라고. 어쩐지 서로 마주하기가 그럴 것 같아서였다. 무엇보다도 정귀임이 사건의 자초지종을 고백하기로 마음먹은 다음 박 반장 자신을 찾았다는 사실이 마음에 걸렸다.

무엇 때문이었을까. 보나마나 뻔한 이야기 아니겠는가. 정귀임이 기왕 쏟아낼 이야기라면 은혜도 갚을 겸 경찰인 박 반장에게 독점적으로 이야기하겠단 뜻 아니었겠는가. 반장은 꽃가게 처녀에게 배달비로 꽃값 외에 얼마의 돈을 더 얹어주고 가게를 빠져나왔다. 꽃가게 문을 밀치고 밖으로 나서는 순간 거리의 소음이 불한당처럼 달려들었다.

2

지하철 역사 한구석 벤치에서 이윤섭의 연재 원고를 읽고 있던 민지숙은 주춤 눈을 멈췄다. 조그마한 여성용 신발이 고개를 숙이고 있는 지숙의 시야로 살그머니 들어오더니 앞으로 다가와 바로 코앞에서 멈춰 서는 것이다. 얼른 원고를 덮고 고개를 들어 올려다봤다. 마르고 키 큰 여자가 창백한 얼굴로 서있었다. 여자는 마지못해 얼굴에 웃음을 바르고 있었다. 지숙은 바로 일어서며 여자의 손을 그러쥐었다. 이혜숙이었다. 이윤섭 선생의 유일한 혈육. 민지숙은 그녀와 점심시간을 이용해 수서 전철역사에서 만나기로 했었다.

이혜숙은 지숙의 손안에 잡혀 있는 손을 슬며시 빼내더니 돌아서 댓 걸음 앞에 있는 물품 보관함으로 향했다. 따라가나 어쩌나 머뭇거리던 지숙도 이내 그녀의 뒤를 따라 물품 보관함 앞에 섰다. 주머니에서 열쇠를 꺼낸 혜숙이 뒤돌아 지숙을 향해 웃어 보이더니 말했다.

"이 책을 노린 다른 도둑이 또 들어오면 어쩌나 걱정하다 여기 지하철역 물품 보관함이면 괜찮겠다 싶어서요."

"그러네요. 전혀 상상 밖의 장소네요. 대단해요."

그야말로 상상력이 풍부한 허허실실의 장소였다. 혜숙은 보관함에서 꺼낸 원고 뭉치와 고서적을 자신의 뒤에 서있던 민지숙에게 아무런 망설임 없이 덥석 안겼다. 연신 사방을 희번덕이던 민지숙은 여전히 사주 경계를 늦추지 않은 채 조심스레 원고와 서적을 건네받았다.

3

지숙은 다음 책장을 넘기다 말고 숨을 훅 들이 삼켰다. 그리고 얼른 책장을 덮고 주변을 둘러봤다. 다행스레 지숙 가까이에 행인은 별로 없었다. 눈을 동그랗게 뜨고 자신을 지켜보고 있는 옆자리의 혜숙 외에는 눈에 들어오지 않았다. 저만큼 떨어져 있는 지하철 개찰구 쪽만 약간 북적거릴 뿐이었다. 하지만 그들은 하나같이 지하철 물품 보관함 앞에 앉아있는 지숙 따윈 알 바 없다는 투였다. 마침 열차가 역사에 도착한 듯 지하에서 솟아나온 한 떼의 사람들이 개찰구를 향해 우르르 몰려오고 나오고 있었다. 지숙은 그들을 향해 등을 돌린 채 멀거니 천장만 바라보다가 물결이 다 빠져나간 걸 확인한 다음에야 비로소 다시 책을 펴들었다.

책은 오래된 한지에 직접 먹을 갈아 한 자 한 자 베껴 쓴 이른바 필사본이었다. 하나같이 한문으로 이루어진 책자로 다행스럽게도 지숙 같은 초보자도 알아보기 쉬운 예서(隸書)와 해서(楷書)가 대부분이었으나 뒷장으로 갈수록 초서(草書)나 행서(行書)도 가끔씩 툭툭 튀어나오곤 했다.

그중 지숙이 놀라 숨을 죽인 건 책의 가운데쯤 있는 본 적이 있는 자구 때문이었다. 그것은 이윤섭이 옛 가야의 땅을 찾아 내려가기 전에 인사동 찻집에서 보여줬던 바로 그 문제의 자구(字句)였다. 그렇다면 바로 이 서책이 어쩌면 현존하는 '가야사 700년을 뒤집어엎을 수도 있는 대단히 충격적인 내용을 지닌' 문제의 그 책이란 얘기가 되는데.

점심시간은 아직도 20여 분이나 더 남아있었다. 남보다 먼저 사무실로 들어갈 생각은 없었다. 그렇다고 같은 과 후배들과 어울려 쓸데없는 '이바구'를 맞추고 있을 기분도 아니었다.

청승맞게 혼자서 휴게실에 앉아 시간을 때우기는 더더욱 싫었다. 생각 끝에 자판기 커피 한 잔을 뽑아들고 휴게실 유리창 앞 난간에 걸터앉았다. 빤히 내려다보이는 골목길 같은 1차선 도로는 언제나처럼 넥타이부대들로 넘쳐났다. 복어 전문점, 해물탕 전문점, 삼겹살집, 돈가스집, 백반집, 고등어구이 전문점. 집집마다 들고 나는 사람들로 북적거리고 있었다.

편집부 누군가가 그랬었다. 자기는 회사 앞 식당에서 점심 한 끼 먹으려고 출근을 한다고. 물론 함축적인 언사였겠지만 그 또한 크게 틀린 말은 아니지 않을까 싶었다. 음식과 배변이야말로 끔찍이도 리얼한 인간사 아니겠는가? 날마다 반복하지 않을 수 없는 지겹고 혐오스런 그런 일상들.

이혜숙이 지하철 역사에서 건네준 고서적에는 놀랍게도 이윤섭 선생이 소설로 썼던 이야기들이 낱낱이 한문으로 기록되어 있었다. 그리고 사실인지 아닌지는 확인할 방법이 없지만 그 책을 쓴 사람은 다름 아닌 우륵의 제자였던 이문이라는 사람이라 적고 있었다. 더 놀라운 건 우륵의 유택지를 찾는 과정이었다. 천지개벽을 해도 변하지 않을 위치를 찾다 어딘지 모를 여기까지 찾아왔노라 쓰고 있었고 바로 그런 내용을 기록한 부분을 이윤섭이 손에 쥔 채 죽었던 것이다.

만약 그가 백무동 계곡에서 그런 불행한 사고를 당하지 않았더라면 어쩌면 우륵의 묘혈을 찾아냈을지도 모를 일이었다. 마지막 여행을 떠나기 전 인사동 오작교에서 만났을 때 그는 그런 강한 자신감을 내보였었다.

한데 범인들은 무엇 때문에 우륵의 죽음이 백일하에 드러나는 것을 막으려 하는 것일까? 뭐가 두려워 그러는 걸까? 그들은 정말로 그게 가능하리라고 생각하고 있을까? 만약 우륵의 유택이, 시신이 정말 존재한다면 언젠가는 드러나고 말 텐데, 정말로 그걸 모르고 손바닥으로 하늘을 가리려 하는 걸까? 지숙은 바로 그 부분이 가장 궁금하면서도 두렵기도 했다. 어찌하나? 경찰에 신고를 해야 하나?

4

“그게 낫지 않겠어? 우선은 경찰에 신고를 하고 보호를 받는 쪽이…….”

편집부장이 갑자기 하던 말을 멈칫 멈췄다.

“…….”

민지숙은 부장의 그런 속내를 이미 미루어 짐작하고 있었다. 범인은 자신이 작정을 하면 경찰서 유치장 안에 들어있는 사람도 살해하는 놈들이지 않은가? 그런데 경찰에 신고하고 그들의 보호를 받는다고 맘을 놓을 수 있을까?

“도대체 어떤 놈들일까?”

부장은 상체를 의자등받이를 향해 던지듯 기대며 탄식처럼 내뱉었다.

“왜 이윤섭의 소설 연재를 못하게 하려는 걸까?”

하며 뒤로 한껏 젖힌 등받이 머리께에다 손을 모아 팔베개를 하고는 창밖 하늘을 올려다보는 것이었다. 마치 데스크 너머에 차렷 자세로 서 있는 지숙의 존재 따윈 이미 잊었다는 투였다. 아니면 귀찮게 굴지 말고 알아서 그냥 눈치껏 사라져 달라는 묵언의 언어이던가. 무슨 일이 있든 간에 이윤섭의 유작 연재가 중단되어서는 안 된다는 숭고한 의지를 어찌 꺾을 수 있겠는가 하는 제스처도 같아 보이고.

지숙은 웃음이 나왔다. 아주 씁쓸한 웃음이. 부장의 머릿속엔 이미 지숙의 안위 따윈 들어있지 않은 듯했다. 오직 지금 한창 세인의 관심을 받고 있는, 그래서 전에 없는 잡지의 판매 실적을 올리고 있는 이윤섭의 소설을 중단 없이 계속 연재해야 한다는 생각밖에 없어 보였다. 하지만 지숙도 회사의 이런 태도에도 그렇게 섭섭하다거나 야박하다거나 하는 생각 따윈 일지 않았다. 이미 오래전에 그런 경지는 넘어섰던 것이다. 이럴 경우를 대비해 이미 나름대로 상황대처 방법을 준비해뒀던 것이다.

"부장님."

지숙은 낮게 깔은 저음으로 부장을 불렀다. 부장 역시 지숙의 목소리가 예사롭지 않았던지 대번에 등받이를 발딱 일으켜 세우며 지숙을 건네다 봤다.

"왜?"

"그럼 저에게 휴가를 좀 주시겠습니까?"

"휴가? 무슨, 설마 여름휴가를 당겨달란 얘긴 아닐 테고."

"필리핀이나 괌, 일본 세 곳 중 어디로 좀 보내주셨으면 해서요."

"어! 난데없이 해외휴가를 보내달라니, 무슨 소리야? 알아듣기 쉽게 이야기해봐. 가만? 해외휴가를 간다. 그사이 연재소설의 마지막 분이 실린 잡지는 시중에 깔리고 말야. 화가 난 범인이 길길이 뛰어도 민 기자는 한국에 없다 이거지."

"……."

"그래, 그거 말 된다. 대신 집안사람한테도 이런 사실을 말해서는 안 되겠지."

"부장님한테만 말씀드려야 되겠지요."

"오케이. 좋았어. 당장 준비해."

부장실을 나선 지숙의 심정은 비장하기까지 했다.

이렇게까지 해서 이윤섭의 소설을 연재해야 하는 것인가? 이게 그렇게 목숨을 걸 만큼 가치가 있는 일일까? 이른바 기자정신 때문인가? 솔직히 말해봐라. 상업성을 뛰어넘을 만큼 숭고한 일이어서 지금 목숨을 걸고 있는가? 도대체가……. 지숙은 끝내 소리 없이 밀려드는 씁쓸한 미소를 어쩌지 못한 채 얼른 떠오르지 않는 요한의 전화번호를 찾아 휴대전화 번호보관함을 뒤지기 시작했다.

5

수평선을 등에다 두른 작은 동력선 한 척이 통통거리는 소리에 맞춰 달음박질하듯 내항 방파제를 향해 다가오고 있었다.

"아는 배요."

사내는 흐릿한 유리창 밖을 내다보다 혼잣소리처럼 웅얼거렸다.

"재작년 여름에 바다에 나갔다가 폭풍에 다리 한쪽을 잃은 사람의 배지요."

사내의 말에 토평은 고개를 돌려 등 뒤에 있는 바다를 내려다봤다. 유리문에 아무렇게나 휘갈겨 쓴 '낙월도 주막'의 '막' 자 부분에 걸려있는 통통선 한 척이 내항을 향해 달려들고 있었다. 한데 그 모양새가 눈앞에 있는 마지막 결승점을 향해 달려오는 마라토너처럼 지치고 숨 가빠 보였다. 창밖에서 시선을 거둬들인 사내는 앞에 놓여있는 하얀 사기대접을 집어 들었다. 여전했다. 눈가의 축 늘어진 나잇살이나 제멋대로 자라 여전히 채신머리없어 뵈는 턱수염, 지저분한 입초리, 잔주름이 수도 없이 그어진 거무죽죽한 살가죽 안에 능글능글 웃고 있는 시뻘건 눈동자.

"낙월도까지 찾아올 땐 언제고……. 왜? 막상 닥치고 보니 내키지 않는다, 이것이오? 그럼 말든가."

사내는 들고 있던 사기잔을 입으로 가져갔다. 찰랑거리는 막걸리를 쭉 들이켜고는 딱 소리 나게 잔을 내려놓은 다음 그대로 자리를 박차고 일어서겠다는 투였다. 토평은 그런 사내를 멀거니 바라다봤다.

'저 몰골한테 엉덩이를 까고 비역질을 당해야 한단 말인가. 그렇게 해서라도 남은 가락을 마저 들어봐야 한단 말인가. 아! 아! 이 다 실없는 짓이련마는……. 하지만 사내가 지난번 서울역 마당에서 연주했던 가락의 뒷부분은 꼭 들어보고 싶은 것 또한 어김없는 사실이니 이를 어이하면 좋을꼬.'

"꼭 그 짓을 해야만 들려줄 수 있단 말이요? 달리는 안 되겠소? 선생은 예인 아니오?"

"예인은 자기 기예를 그냥 펴줘야 한다고 누가 그럽디까? 난 아니오."

주탁 위에 딱 소리 나게 잔을 내려놓은 사내는 양 손바닥으로 무르팍을 짚으며 자리에서 일어섰다.

“기차 타고 배 타고 이 먼 섬 구석까지 괜한 걸음을 하셨구려. 아무튼 끝까지 무탈하게 잘 돌아 가시구려.”

토평은 주탁 너머의 사내를 멀거니 올려다봤다.

능글능글 웃고 있다 했는데 어느새 자리에서 빠져나와 소리나게 유리문을 열어 재낀다. 그제야 화들짝 놀라며 토평도 따라서 자리에서 일어섰다.

하얀 한복바지의 허리끈을 질끈 동여맨 사내는 방 아랫목에 양반다리를 하고 앉아 읍(揖)하고 서있는 늙은 중신처럼 옆에 소리 없이 서 있는 가야금을 당겨 용두를 무릎 위에다 살그머니 내려놓았다. 그러고는 방 윗목 보꾹 창 아래 어둑한 구석에 자리한 토평을 한 번 흘긋한 다음 현 하나를 가볍게 뜯었다 놨다. 소리는 이내 찌–이잉 하는 여음을 남기며 사그라졌다. 이윽고 사내는 오른손의 엄지가 식지의 첫마디에 닿도록 자연스레 구부린 다음 소지는 좌단 현침 경계선에 살짝 내려놓았다. 왼손은 진작부터 식지와 장지가 안족에서 손가락 한 마디 정도 떨어진 곳에 탄현하려는 줄 위에 가볍게 얹혀 있었다.

몇 호흡 간을 그런 자세로 죽은 듯 굳어 있더니 춘향이가 광한루 그네 터에서 그네를 구르듯 상체를 굽혔다 펴 올리며 체머리를 흔들 듯 머리를 한 번 털어내더니 거칠게 줄을 잡아 뜯기 시작한다. 소리는 미친년이 널을 뛰듯 나대는가 싶더니 어느새 고깔을 쓴 여승이 승무를 추듯 너울너울 허공을 날아다니기 시작한다. 때론 작달비처럼 퍼붓듯 쏟아지다 명주처럼 화창하고 보드라운 명주바람이 되어 얼굴을 간질이기도 하고, 산조인가 하면 풍류 같고 풍류인가 하면 금세 계면조가 되어 허공을 나른다. 절창이었다. 금세기 별로 들어본 적이 없는 가락에 귀신들린 손놀림이었다. 몇 번을 땅바닥을 치며 울어 재끼고 싶은 마음이 울컥울컥 솟아올랐다.

하지만 아니었다. 결코 황음은 아니었다. 1500년 긴 세월 동안 수맥처럼 깊은 데서 흘러내려오던 우륵의 비음은 아니었다. 토평은 소리 나지 않게 자리에서 일어났다. 그리고 구름 위를 걷듯 사뿐사뿐 걸어 방문을 밖으로 밀었다. 문 앞 토방에 서자 세상에 한가득 담긴 파란 바닷물이 눈에 한가득 들어왔다.

토평은 선창에서 군산으로 나가는 연락선을 탔다. 관광 시즌이 아니라며 페리호가 취항을 거절해 육지로 나가는 배편이 마땅치 않았다. 배에 오르는 순간부터 속이 울렁거려 의자 대신 베게와 모포를 내주는 선실을 버리고 선미에 자리를 잡았다. 하지만 선미라고 해서 선실과 중뿔나게 별다른 건 없었다. 비릿하고 짭조름한 해풍이 속을 뒤집어 놓긴 마찬가지였다. 토평은 그런 속을 달래려는 듯 난간에 등을 기대인 채 바닥에 살그머니 앉아서는 눈을 내리 감았다.

어떻게든 두 시간여만 견디면 흔들리지 않는 육지에 두 발을 내려놓을 수가 있으니까. 한데 문득 웃음이 터져 나왔다. 언젠가

듣기로 장시간 배를 타야 하는 원양어선 선원들이나 대형 상선을 타는 뱃사람들은 육지에 오래 있으면 흔들리는 배가 그리워 땅 멀미를 한다든가 그랬었다. 땅 멀미. 파도에 흔들리는 배가 그리워 흔들리지 않는 땅 위에서 하는 이상스러운 그리움 같은 멀미. 생각해보니 토평에게도 그런 말도 안 되는 멀미를 앓던 시절이 있었다. 수경은 바람이었고 토평은 돛단배였던 그 시절.

"토평, 남쪽에는 황음이 있다 했다. 그건 너도 알듯이 우륵의 하나뿐인 제자 이문이 한 말 아니더냐?"

"스승이시여. 그래, 그 허망한 글자 몇 줄을 믿고 도탄에 빠져 있는 조국과 인민을 버리고 남으로 가자는 얘기입니까?"

"네가 아니어도 조국은 몰락한다. 그것은 인간의 역사이자 인간의 손이 못 미치는 자연의 한 순환이기도 한 것이다."

"발길이 떨어지리라 생각하십니까?"

"우리가 아니면 우륵의 역사는 미개한 남쪽의 역사 속에서 영원히 잠들어 있게 될 텐데."

"예(藝)는 곧 근(根)이라 하시지 않았습니까?"

"그렇지. 또한 시공을 구별하거나 미추(美醜)를 가리어도 안 될 일이라 하지 않았더냐?"

"그리하여 시공을 구별하지 말고 몰락할 조국을 버리고 남으로 가자는 얘깁니까?"

"토평아! 보아라. 가야금은 밥이자 잠이고 숨결이 아니겠느냐. 구음으로 전승되어 오는 13번째의 노래처럼 말이다. 전승적인 메시지가 가야, 신라, 고려, 조선을 거쳐 지금까지 계속되고 있지 않느냐. 너 하나의 안일을 위해 그리 하자는 것이 아니지 않느냐. 너의 가야금은 너의 것인 동시에 민족의 것이고."

"스승이시여. 차라리 조국 북조선이 몰락한 조선왕조의 마지막처럼 조만간 스스로 붕괴되어 주변 강대국들에게 찢어발기고 말 운명이라 말씀하소서."

"그 역시 그렇게 틀린 말은 아니지 않느냐. 가자, 응! 간단하게 가야금 하나만 담아가지고 내려가, 너는 그날부터 우륵의 황음을 찾고."

순간 배가 꿈틀했다. 하더니 대번에 기우뚱하는 것이다. 배는 두 섬 사이로 난 자그마한 물길을 지나고 있었다. 물길은 대해로 빠져나가던 썰물이 두 섬 사이 해협에 갇혀 만들어진 울돌목을 이루고 있었다. 배는 사나운 삭풍 앞에 일엽편주가 되어 대책 없이 흔들거리며 힘겹게 물길을 가로지르고 있었다.

그런 속에서도 생각 밖으로 잘 견딘다 했는데 복장 한가운데께서 주먹 같은 게 치받치고 올라와 목울대를 타고 넘어서는 데는 방법이 없었다. 얼른 뒤돌아 난간을 틀어쥐고 바닷물에 머리를 처박을 태세로 허리를 꺾었다. 그리고 뱃속에 들어있는 것을 다 들어내다 못해 미주알 입구까지 간 똥물까지 몽땅 쏟아낼 때까지 우웩거려야만 했다.

그렇게 뱃멀미에 시달리며 초죽음이 된 몸으로 겨우 항구에 다다라 땅을 밟았다 싶었을 때 지극히 차갑고 무표정한 정장 차림의 사내들이 기다렸다는 듯 토평을 향해 천천히 다가왔다. 그들을 본 토평은 그 자리에 그대로 주저앉고 말듯 무릎에서 기운이 쏙 빠져나갔다. 다가온 그들은 토평의 어깨를 양쪽에서 끼며 낮은 소리로 속삭였다.

"당분간 회사 안가에서 머물러야 할 것 같습니다."

"뭐요? 데프콘 쓰리라도 발령된 거요?"

"그럴만한 정보가 있어 안전한 곳으로 모시자는 겁니다."

"아니 그럼, 운봉 강천리에 있는 이정애와 수경 선생은?"

"두 분 역시 오늘 내일 사이로 회사 안가로 모시고 올라올 겁니다."

유령

1

“이문아, 넌 여기 남아 선사님의 초막이나 좀 손봐드려라.”

우륵은 새로 만든 고를 걸머지고 나서는 이문을 웃는 얼굴로 건너다 봤다. 하지만 이문은 생각잖은 말이라는 듯 눈을 동그랗게 떴다.

“아니, 고령 궁궐까지 가는 길을 혼자서 하시겠다는 겁니까?”

“그렇다. 그리고 ‘고’ 또한 가지고 갈 일이 아닌 것 같아 그냥 두고 갈까 한다.”

우륵은 지난번 부름을 받고 궁중에 들어갔을 때 다른 악사들이 하는 말이 아직도 귀에 남아 있었다. 가실왕께서 지난번 남제를 다녀온 사신들이 가져온 비파라는 소리틀을 무척 애지중지한다 했었다. 하지만 그것은 우륵이 새로 만들어 가지고 있는 고와 별반 다를 게 없는 같은 슬금(瑟琴)류의 악기였다. 하지만 들리는 풍문에 지금 왕께서는 오동나무 공명판 위에다 명주실을 걸어 만든 쟁(箏)이라는 중국 악기에 푹 빠져 있다고 했었다.

소리는 물론, 여인의 허리선 같은 고운 자태까지 가지고 있는 이 악기는 위쪽이 둥근 것은 하늘을 본뜬 것이고, 아래가 평평한 것은 땅을 본뜬 것이며, 줄 기둥이 열두 개인 것은 1년 열두 달을 본뜬 것이고, 6척의 열두 줄로써 4계절을 의미하는 것이라 해 심오한 의미를 지닌 생김새까지 경탄해 마지않았다고 했다.

그러던 중 어느 날 갑자기 쟁을 능가하는 가야만의 새로운 소리틀을 만들라 명하였다 했었다. 그런 뒤끝에 우륵을 불렀던 것이다. 무얼 어떻게 하라고 할지도 모르는 판에 떡하니 이번 새로 만든 고를 들고 갔다가는 무슨 일을 어찌 당할지 알 수 없는 노릇이었다. 잘못했다 왕의 눈 밖에 날 것은 불 보듯 뻔한 노릇이었다.

"그렇다. 맨몸으로 혼자 가는 게 나을 듯싶다."

초막에서 내려온 혜암 선사가 나서 달래듯 이문의 등을 토닥였다.

입을 뿌루퉁 내밀고 서 있던 이문은 할 수 없다는 듯 고를 담았던 질빵을 내려놓으며 한 걸음 물러섰다.

우륵은 왕이 하사하는 악기를 두 손으로 조심스레 건네받았다. 그것은 12가닥 명주실로 된 소리틀로서 일전에 한주 땅에서 건너온 악기라며 봤던 물건과 별반 다를 바가 없는 그런 것이었다. 단지 현의 숫자가 한주에서 온 것보다 2줄이 더 많은 12줄이라는 사실 말고는.

"네 눈에는 그 악기가 어떠하냐?"

"미천한 저의 눈엔 그저 놀라울 따름이옵니다. 아직까지 입이 다물어지지 않사옵니다. 이런 대단한 물건을 어디서 어찌 구하셨는지요?"

하지만 우륵은 진작에 쟁을 보고 만든 것이란 사실을 알고 있었다.

"저런, 저런. 그것은 어디서 구한 것이 아니라 이번에 새로 만들라 명하여 우리 궁중 악공들이 손수 만들어낸 것이다."

"아! 그러하옵니까? 다시 한 번 더 놀라울 따름이옵니다."

"그래? 놀라울 따름이야? 어허허허."

호탕하기 그지없는 웃음으로 만족한 속내를 거침없이 드러낸 가실왕은 한참 만에 웃음을 거두고 우륵을 똑바로 쳐다보았다.

"그래, 우륵. 너는 내가 너를 왜 불렀으리라 짐작을 하고 왔느냐?"

"아니 옳습니다. 미천한 저 같은 것이 어찌 대왕의 속마음을 짐작이나 할 수 있겠습니까?"

"그래?"

"네."

"너는 여태껏 악인으로 살지 않았더냐. 그래 나의 속내를 조금은 미루어 짐작할 줄 알았다만, 좋다. 저 새로운 소리틀에 맞는 새로운 가락이 있었으면 좋겠는데 내가 알기론 그럴 만한 게 별로 없는 것 같더구나. 그래서 너를 불렀느니라."

우륵이 황급히 허리를 더 깊숙이 꺾었다.

"왕이시여. 소인의 불찰을 용서하지 마시옵소서."

"아니다. 이번만은 용서를 해야겠구나. 그래야 내 부탁을 들어줄 수 있을 것 아니냐."

그러면서 왕은 우륵에게 이 현금에 알맞을 가락을 만들어 바칠 것을 명하였다.

"왕의 하교야 이를 데 없는 광영이겠사옵니다만 과연 이 미천한 속인이 이를 감당할 수 있을지 심히 걱정이 앞서 옵니다. 삼가 어찌 곡을 만들지를 하교하여 주시옵소서."

"우선 우리 대가야는 다른 가야 형제국들의 종주국으로서 마땅히 반파 즉, 대가야를 중심으로 한데 뭉쳐야 한다는 사실을 가락에 주지하듯 실어야 할 것이다."

"……."

"그리고 우리 형제국 모두가 나라마다 그 방언(方言)이 각각 다르지 않느냐. 그 방언을 하나로 통일할 방도를 찾아야 하는데 이번 가락에 이런 내막을 실어 말을 통합할 방도를 찾아줬으면 한다."

우륵은 그제야 속으로 고개를 끄덕였다. 가락을 새로 짓게 하는 데에는 이러한 목적이 있었구나. 가야의 여러 소국들을 가실왕 자신이 군주로 있는 대가야를 중심으로 통합하고자 하는 의도가 배어 있었어. 방언이 다르다는 말은 그것을 하나로 통합하기 위해서는 국가도 체제도 하나로 통합되어야 한다는 말과 다를 바가 없는 것 아닌가. 이걸 하나로 통합해 하나의 왕국으로 만들어 나가고자 하는 그런 의지가 바탕에 진하게 깔려있는 것 아닌가. 이것은 이웃 나라인 신라나 백제처럼 강력한 왕도정치를 펼치고 싶단 속내를 드러내 보인 것 아닌가.

이제야 옳은 길로 들어선 것 아닐까? 진작에 시도되었어야 할 정치실험 아니겠는가. 그리고 현금 이런 걸 대가야 반파국이 주도하고 있지 않은가. 그러니 다음 단계도 대가야 중심으로 통합해 나가자 하는 건 극히 자연스러운 일 아닌가? 그런 의도 하에서 우선 백성의 마음을 사로잡는 소리부터 정리하자는 것일 게다.

이런 일이야말로 평소 우륵이 지향해 마지않던 방향 아니었던가? 마한이 백제로 통합이 되어 하나의 국가를 이루었고 진한 역시 사로국 계림을 거쳐 신라라는 새로운 나라로 정착되었으나 유독 변한인 가야 12개국만 늘 각기 따로 놀면서 하나하나 주변 강대국들의 먹잇감으로 사라져 가고 있지 않은

가. 하루라도 빨리 하나의 왕조 국가로 통합이 되어야 강대국들의 틈새에서 이마저라도 살아남을 수 있을 것 아닌가. 우륵은 목이 바짝바짝 타들어 가는 기분이었다.

"하오면 대략 몇 곡 정도나?"

"그래, 우리 형제국이 12나라 아니겠느냐. 그러니 12곡이 좋지 않을까 생각하는데. 게다가 새로운 악기의 줄도 12줄에 남제에서 들여온 일력으로 보건데 1년도 12달이라 아니하더냐. 그리하니 12곡이 타당하지 않겠느냐."

"네, 소인 생각에도 아주 합당하신 분부로 사려되옵니다."

"그래. 그리 생각해주니 고맙구나. 그리고 내 12곡 곡명을 진작부터 생각해두었던바 이를 그대에게 내리는 것이니 이에 합당한 곡을 만들어 주길 바라는 바이다.

열두 곡의 곡명 중 첫째는 하가라도(下加羅都), 둘째는 상가라도(上加羅都), 셋째는 보기(寶伎), 넷째는 달이(達已), 다섯째는 사물(思勿), 여섯째는 물혜(勿慧), 일곱째는 하기물(下奇物), 여덟째는 사자기(獅子伎), 아홉째는 거열(居烈), 열 번째는 사팔혜(沙八兮), 열한 번째는 이사(爾赦), 열두 번째는 상기물(上奇物)이니라."

우륵의 유택을 가지고 경쟁을 하듯 예측을 쏟아내던 매스컴들은 끝내는 수경의 집 위에 있는 발굴 중인 고대무덤 하나를 우륵의 유택이라고 실물을 지정하면서 우기고 나왔다. 그리고 그 근거로 내세운 것이 토평이 북에서 들고 내려온『이문일지』였다. 특히 그중에서도 이윤섭이 손에 틀어쥐고 죽은 한문의 자구 해석이었다. 불가사의한 것은 어떻게 이문일지를 구했나 하는 점이었다. 당국이나 학계, 심지어 범인까지도 행방을 모르는 이문일지를 어디서 구해서 알게 됐는지. 그 일지의 행방을 좇아 무려 세 사람이 죽었는데.

당국은 이건 분명코 누군가가 매스컴을 상대로 언론 플레이를 하고 있는 거라고 짐작했다. 그렇지 않고서야 그게 어찌 가능한가. 매스컴의 이런 태도에 '우륵의 생멸은 미스터리이다' 라는 입장을 견지하고 있던 학회는 가만히 앉아서 당할 수만은 없다는 듯, 문제의 무덤을 한시바삐 발굴 완료해 그들의 그런 우김질이 얼마나 터무니없는 짓인가를 밝히겠다고 팔을 걷어붙였다.

"저런, 내일 모레면 중앙 묘혈의 상단 목곽을 걷어낼 수 있겠구먼 그래. 머잖아 이 고분의 주인이 모습을 드러낼 수 있겠어. 그동안 고생이 많았겠습니다."

발굴 현장이 내려다보이는 바위 둔덕 위에 선 중앙에서 파견된 문화재 관리국 '나리' 의 얼굴엔 어느새 화색이 돌고 있었다. 무척이나 감회가 깊다는 얼굴이었다.

"가만, 저기 바로 옆자리 목관 끝자락에 삐쭉 고개를 들고 있는 거, 저거 혹 장경호(長頸壺)60) 아닌가요?"

"맞습니다. 희미하게나마 경부에 난 침선 같은 것도 보이는데요."

"저런 저런, 가만 그러고 보니 남원 월산리[61]에서도 저런 스타일의 장경호가 출토된 적이 있었지요, 아마."

"그렇습니다. 대성동 고분에서 출토된 장경호보다 정교한 맛이 덜했지만 분명 장경호였고 받침대까지 같이 나왔었지요."

"알 수 없구만. 남원이야 대가야의 권역이었으니 그렇다 쳐도 이곳 마천면 지리산자락에 저런 고분이 있었다니. 그리고 저런 귀한 유물이 묻혀 있었다니……."

"그래서 저희끼리 우스개 삼아 한 이야기입니다만, 혹 일시에 사라져 버렸던 금관가야의 유민들이 일본이 아니라 이곳 지리산 자락으로 숨어들었던 게 아닌가 한 적이 있었습니다."

"금관가야의 유민, 가만 가만, 거 웃고 넘길 일만은 아닌 것 같은데. 우선은 저 장경호만 봐도 그렇지 않은가요."

"그렇지요, 허허허. 이제 그만 안으로 드시지요."

하면서 콧수염이 먼저 고분 앞에서 돌아섰다. 앞서는 콧수염을 따라 뒤돌아서던 나리는 한 발 아래 기묘한 형상의 바위 위에 서서 카메라 셔터를 눌러대고 있는 멀끔한 차림의 사내를 돌아다 봤다.

---

60)장경호: 목이 길고 두터운 가야 특유의 토기. 몸통은 여인의 풍만한 엉덩이 같고 목의 곡선은 졸린 허리선 같으며 뚜껑의 손잡이는 여인의 유두를 연상시키는 지역 특색이 강한 김해식 토기의 전형이다.

61)월산리: 대가야의 영향권에 있었던 남원의 한 지방으로 금관가야인 김해식 장경호가 출토되어 관심의 초점이 된 적이 있다.

"현장을 발굴 개시하면서 바로 매스컴에 공개를 했던가요?"

앞선 콧수염을 향해 혼잣말처럼 웅얼거리듯 말했다.

"네, 토기들이 보이기 시작하면서부터 바로 알렸습니다."

"가야금 잔해 같은 건 나온 적이 없지요?"

"네."

"그런데 뭘 믿고 이 묘혈이 우륵의 유택이라고 우기는 걸까."

"글쎄 말입니다. 아마도 북에서 내려온 토평이라는 가야금 연주자가 가지고 온 책 때문이 아닐까 합니다."

그러냐는 듯 혼자서 고개를 끄덕이던 '나리'는 생각 없이 다시 한 번 힐끔 뒤돌아봤다. 그러다 주춤 멈춰서며 혼자서 키득거렸다. 그런 나리를 콧수염이 뭐냐는 듯 돌아다 봤다.

"아니, 저 사진 찍는 사내가 서있는 바위가 하도 이상하게 생겨서 말입니다. 꼭 비녀를 꽂은 아낙이 베개를 베고 누워있는 모습 같지 않은가요."

"네. 맞습니다. 그래서 저희도 그 바위를 '한 많은 과부 바위'라 부릅니다."

"한 많은 과부 바위? 허허허, 거 말 되겠는데. 한데 이번 이 발굴 말입니다. 누군가의 제보에 의해 발견되었고 발굴되기 시작했다고 하던데 그 말이 사실인가요?"

"네, 한 3년 전인가. 대학 과 주임교수 앞으로 이곳 위치를 지정해 왕릉인 것 같다는 익명의 제보가 있었지요. 그땐 그냥 흘려들었었습니다. 누가 보더라도 그럴 만한 곳이 아니었거든요."

"그런데?"

"그리고 얼마 되지 않아 때아닌 도굴범들이 동네 뒷산에서 설치는 것 같다는 신고가 관할 파출소에 접수되었다 하잖습니까? 그래서 현장을 찾아봤었죠. 와서 동네 어른들한테 들어보니 아주 오래된 옛날인 임진왜란 때나 일제강점기 시절에도 늘 도굴꾼들이 들끓었다는 겁니다. 그래서 본격적으로……."

앞서거니 뒤서거니 한 두 사람은 고분 발굴 현장에서 조금 떨어진 곳에 위치한 컨테이너 사무실 안으로 들어섰다. 그곳은 발굴 책임자인 콧수염이 임시 사무소 겸 숙소로 사용하고 있는 곳이었다.

"그런데 보아하니 부장품들이 비교적 그대로 성하게 남아있는 것 같던데."

관리국 직원은 그가 권하는 소파에 털썩 소리 나게 주저앉았다.

"저희도 그 점이 불가사의하다는 겁니다. 분명 사람의 손을 탄 흔적이 있는데도 부장품들이 별로 손상을 입지 않았으니 말입니다."

"것 참, 것도 다 김 교수의 복이지요, 뭐. 아 김유익 교수 같은 사람은 뒤로 자빠져도 코가 깨지는 게 아니라 얼굴이 온통 다 짓이겨지는 꼴이 아니던가요."

"……?"

"소식 못 들었나 보죠?"

"무슨?"

"저런, 아주 감감무소식이군요. 그 양반 서재에 불난 거, 아니지 불을 지른 거지."

"아! 네. 난 또. 아니, 그거 뉴스에 나온 대로 방화가 아니었습니까?"

"아니긴. 방화 맞지요. 사건이 나기 얼마 전에 이상한 놈이 찾아와서 목간의 필사본을 보자며 찾아와 집적거리는 걸 그냥 모르는 척했다더라고요. 아직 학회 검증과정도 안 끝난 거라 곤란하다면서 말이오. 그러고 나서 이틀도 안 돼 불이 난 거 아니오? 기왕 못 먹을 감 찔러나 보자는 식이었던 것 같아."

"저런, 그 이상한 사람의 정체는 못 밝혔겠군요."

"네."

"의도가 무엇이었을까요."

"글쎄, 그 작자가 보자던 책이 아니었을까 하는데 모르지요."

"참……."

그리고 막 소파에 몸을 던져 앉으려는 순간이었다. 천둥소리 나게 문이 열리며 대머리 조교가 거의 사색이 된 얼굴로 사무실 안으로 들어서는 것이었다.

"이 사람이 예의도 없이 이 무슨 짓이야."

콧수염은 그런 조교를 돌아다보며 눈을 흘겼다. 하지만 조교는 그때까지도 정신을 못 차리고 거의 와들와들 떨고 있었다. 그제야 사태가 심상치 않음을 감지한 콧수염이 조교에게 다가갔다.

"뭐야? 무슨 일이야, 응? 이야기를 해봐. 발굴 현장에서 무슨 사고라도 난 거야, 뭐야."

그러자 그제야 겨우 정신을 차린 듯 조교는 한 손에 꼭 쥐고 있던 뭔가를 들어 곳수염의 눈앞으로 들이밀었다. 그것은 빨간색 플라스틱 라이터였다.

하지만 시중에서 흔히 볼 수 있는 기성품과는 달리 모양새도 다를 뿐 아니라 뭔가 돌출형의 문양도 박혀 있었다.

"뭐야? 이거 라이터 아냐? 한데 이게 어쨌다는 거야."

"……."

조교는 대답 대신 고개를 푹 떨구었다. 그제야 뭔가 감이 잡혔던지 곳수염의 얼굴도 파랗게 질리고 있었다.

"…… 너, 이게……."

"그렇습니다. 발굴 중이던 유골의 무릎 근처에 있던 장경호 아래 묻혀 있었습니다."

"뭐야!"

내내 말없이 지켜보고 있던 관리국 직원도 자리에서 발딱 일어섰다. 동시에 사무실 문이 열리며 먼저 하얀 라이트가 들이닥쳤고 뒤따라 줄줄이 현장을 지키고 있던 기자들이 들이닥쳤다.

*

어스름한 새벽녘, 시커먼 어둠이 서서히 꼬리를 내리며 들메끈을 고쳐 멜 시각이었다. 마천골에서 지리산 세석평전으로 오르다 오른쪽으로 꺾어들면 급하게 밀치고 내려오던 산기슭이 주춤 멈춰선 곳과 만나게 된다. 바로 그 발치에 자리하고 있는 고분 발굴현장이다.

시각이 시각인지라 아직은 살아 움직이는 건 물론 바람에 흔들리는 나뭇잎 하나 없이 적막한 현장에 바로 조금 전부터 미세한 움직임들이 포착되고 있었다. 그것들은 발굴 중인 고분을 향해 시궁창을 기는 지렁이처럼 아주 조심스럽게 꼼지락거리며 다가가고 있었다. 순간 '꿀꺽' 하고 생침 삼키는 소리가 났다. 박 반장의 목울대를 타고 넘는 소리가 마치 마른하늘에서 떨어지는 벼락소리처럼 크게 들렸다. 지켜보고 있던 김종표 형사가 궁금해 못 견디겠다는 듯 고개를 쳐들자 박 반장이 대번에 그의 머리를 찍어 눌렀다.

두 사람은 그렇게 티격태격하면서도 저들의 준동을 기다리며 벌써 이틀 밤을 새우고 있었다. 이번 일은 알 수 없는 사람으로부터의 제보 때문이었다. 바로 3일 전의 밤이었다. 그때 박 반장은 묘한 기분에 휩싸여 텔레비전 뉴스를 보고 있었다. 생뚱맞게도 고대무덤에서 현대 문명의 총아인 플라스틱 라이터가 나왔다는 뉴스였다. 물론 발굴 현장의 인부들이 잘못해 실수로 떨어뜨린 것으로 생각할 수도 있겠지만 유감스럽게도 누구고 자기가 물건의 임자라고 나서는 사람이 없었다. 게다가 라이터가 놓여있던 장소가 그냥 땅바닥에 툭 떨어져 있는 것이 아니라 부장품인 질그릇 밑에 들어있었다는 사실이었다.

누군가 고의적으로 감춰놨다는 이야기가 되는 것이다. 그럼 누가? 왜? 무슨 이유로? 세상은 별의별 이야기들을 만들어내며 들끓었다. '무덤이 가짜다', '누군가가 발굴 팀을 엿 먹이려 한 짓이다', '아니다, 일본에서처럼 없는 선사시대를 만들 작정으로 무덤을 만들다 발각되었듯이 없는 우륵의 무덤을 정교하게 만들던 누군가가 흘리고 간 물건이 아니겠는가.'

그들처럼 박 반장의 마음속도 들끓었다. 하지만 세상과는 다른 이유에서였다.

왜? 무엇 때문에? 그 라이터를 그곳에 숨겼던 것일까? 그것은 본 적이 있는 라이터였다. 그것도 새카만 과거적 얘기가 아니라 바로 한 2주 전쯤 되는 시간이었다. 그런저런 생각으로 맘속이 들끓고 있을 때 전화가 걸려 왔었다.

"반장님 안녕하십니까?"

"예. 한데 누구시죠?"

"네. 전 일전에 청주교도소 이채연 씨 일로 만났던 김요한 기자입니다."

"김요한, 아. 그 김 기자님. 한데 무슨 일입니까?"

"혹 범인이 나타날지 몰라 알려드리려고 하는데……."

"범인? 아니, 어떤 범인 말이요?"

"……."

"아니, 이윤섭 사건의 범인 말이오?"

"네."

"저, 정말이오?"

"네. 제 판단으론 그들이 모습을 나타낼 가능성이 농후합니다. 해서……"

"자, 잠깐만이요."

박 반장은 체면 불구하고 자리에서 일어났다. 그리고 전화를 귀에다 밀착시킨 채 자리를 빠져나왔다. 인적이 뜸한 복도 한구석에 머리를 처박듯 한 박 반장은 주변을 힐끔거리며 다시 소리를 지르기 시작했다.

"도대체 무슨 말이오? 그들이 나타날 가능성이 농후하다니!"

"아마 틀림없을 겁니다."

"무얼 믿고 그런 장담을 하는 거요? 김 기자 말만 믿고 잠복했다가 허탕을 치게 되면……."

"그렇게 되면 범인도 이때까지 살인까지 저지르며 완수하려 했던 일이 허사가 되고 마는 거지요. 그럴 일을 하겠어요?"

"도대체 무얼 믿고 그렇게 큰소리를 치는 거요. 그걸 좀 알면 안 되겠소?"

"어려울 거 없습니다. 지금은 시중 책방에도 깔렸겠군요. 여성잡지 ○○요. 그걸 사보세요. 거기에 죽은 이윤섭의 마지막 회분 소설이 실려있을 겁니다."

"머요? 소설?"

반장의 고함이 거슬렸던지 요한은 이렇다 할 인사 한마디 없이 전화를 달가닥 끊고 말았다.

"저거 저 새끼 저거 또라이 아냐? 가만, 하나가 아니네. 하나, 둘, 셋, 넷, 그리고 저건 뭐야? 저거 가방 아냐? 아니, 저 큰 걸. 저 새끼들 뭐 하려는 수작이지?"

박 반장이 씹어 뱉듯이 나직나직 읊조렸다. 그러면서 김종표에게 너도 봐두라는 듯 NVG(Night Vision Goggle: 광증폭식 야시경)를 넘겼다.

"도대체 뭐하려는 수작일까요? 저걸 왜 가지고 오죠? 발굴 중인 고분에서 유물을 훔쳐 담을 심산일까요?"

"그러기엔 가방이 너무 작지 않아? 그리고 유물들이 파손되기도 쉽고. 한데 저런 걸 들고 와서 도둑질…… 가만, 가만, 저 새끼들 무덤 속에 있는 송장 뼈다귀를 훔치러 온 것들 아냐. 안 그러고서야."

"그러네요. 아니, 풀풀 먼지로 날릴 것 같은 뼈다귀 같은 걸 어디다 쓸려고. 그나저나 어쩌죠? 우리 둘이라도 덮쳐야 되는 것 아녜요?"

"그러다 잘못하면 무덤 안의 유물이 다 박살날 수가 있어. 잠깐만 줘봐."

박 반장은 광증폭기를 다시 빼앗아 들었다. 광증폭기 안의 형체들은 어느새 파헤쳐진 무덤 앞까지 다가가 있었다.

'아무래도 지금 저들을 덮치지 않으면 안 될 것 같은데 어쩐다. 그냥 무작정 총을 들이밀며 튀어나가? 그러다 사방팔방으로 분산되어 튀거나 무덤 안의 유물을 손상시키게 된다면 어쩐다?

진작 지원을 신청하는 건데. 잘못이었어. 범인이 단순히 한 놈일 줄만 알고 안일하게 둘이서만 매복을 했으니…….'

하는데 무덤 외곽 산자락 밑 숲 속에서 몇 개의 새로운 움직임이 포착되었다. 그것은 비단 산기슭뿐만이 아니었다. 등산로 쪽에서도 몇몇이 소리죽여 다가오고 있었다. 그들은 하나같이 어깨총 자세를 취하고 있었다.

"아, 아니 저건."

박 반장은 얼른 김종표 형사의 입을 틀어막았다.

"지켜봐. 보아하니 우리 쪽 수사팀인 것 같지 않냐."

상황은 전광석화처럼 빠르고 간결하게 종결되었다.

사방에서 소리 없이 조여들던 어깨총을 한 사람들이 순식간에 무덤가 패거리들을 덮쳤고 그들은 변변한 저항 한 번 하지 못한 채 흙먼지 풀풀 날리는 땅바닥에 얼굴을 처박아야 했다. 도망치고 뛸 틈도 없었을 뿐더러 그럴 만한 여력 또한 전무해 보였다. 탐조등 같은 자동차 라이트들이 현장을 핀 조명처럼 비추는 속에 범인들은 굴비 두름 엮이듯 줄줄이 한 줄로 묶인 채 준비된 차에 오르기 시작했다.

박 반장은 신분증을 한 손에 높이 치켜든 채 김종표와 함께 현장으로 내려섰다. 그러자 오래전부터 박 반장을 기다리고 있었다는 듯 앳된 정글복 차림이 웃으면서 다가와 고개를 숙였다.

"함안서 박 반장님이시지요. 어서 오십시오. 기다리고 있었습니다.”

“우리를요?”

“네. 저흰 전북 분실소속 작전요원들입니다. 사실은 상부 협조 공문도 있고 해서 함안서와 합동작전을 하나 어쩌나 고민하다 그 사이에 혹 또 정보가 새면 어쩌나 싶어 저희들만의 단독 작전을 폈던 것입니다.”

“아니, 그럼 사건 처음부터 알고 있었다. 그 얘기요?”

“저흰 잘 모르겠습니다. 그제 아침에 작전명령을 받고 준비를 했을 뿐입니다.”

“그럼 저들이 누구인지도 잘 모르겠군요?”

“상부 이야기로는 일본 나라현 우륵 마을에 사는 일본인으로, 자칭 우륵의 후손이라 일컫는 사람들이라 한다더군요.”

“아니, 그런데 왜?”

“그들의 마을에 1600년이 되어가는 우륵의 묘와 사당이 있는데 한국에서 어느 날 갑자기 우륵의 묘가 나타났다느니 어쩌니 하며 떠들어 대니 당황해 그런 이야기들을 잠재우기 위해 바다를 건너와 저지른 일이 아닐까 한다더군요.”

“그럼 이윤섭의 죽음에서부터 이채연, 초향이의 의붓딸 죽음에 이르기까지…….”

“네. 역사학자 김유익의 집에 불을 지른 거나.”

“그 모두를 저들이!”

“네. 그렇게 추측하고 있습니다.”

"그러다 나중에는 진짜 우륵의 시신일지 모른다 싶어 무덤 속의 시신까지 훔쳐가기 위해 오늘 새벽에 들이닥친 거구만."

"상부에서도 그렇게 짐작하고 있습니다."

"아니, 그럼 이 고분이 진짜로 우륵의 묘였던가요?"

"유골의 DNA 검사 결과도 그렇지만 무덤에서 나온 부장품 같은 걸 보더라도 우륵의 묘는 아닌 게 확실하답니다. 우륵의 시신은 그 무덤 어디에도 없었습니다."

"어디에도 없었다? 그런데 우륵의 묘니 어쩌니 하고 그 난리들을 피웠군요."

"……."

"그걸 못 믿고 참 빌어먹는다."

"……."

*

그날 저녁 신문방송은 모처럼만에 추석 대목을 만난 시골 5일장 장터처럼 들떠 있었다. 하나같이 대문짝만 한 제목을 뽑아대는가 하면 지면이나 시간까지도 확대 연장을 거듭하며 기사를 싣고 방송을 내보냈다. 매체들은 하나같이 발굴 중인 고분의 시신을 훔치러 왔던 일본인의 엽기적인 행위에 초점을 맞추고 있었다.

그것을 본 세상 사람들은 하나같이 분노를 토해냈다. 그리고 어이없는 그들의 무지를 성토했다. 몰상식하기 짝이 없는 그들의 역사 왜곡 행위를 보고 누구나 혀를 끌끌 찼다. 세상에! 픽션인 소설을 보고 무덤을 도굴할 생각을 하다니……. 우륵의 생멸이야 알 수 없다는 게 초등학생만 되도 알 수 있는 사실을 차치하고, 허무맹랑한 이야기를 쫓아 사람을 줄줄이 죽이다 못해 불을 지르고 무덤까지 파헤쳐 시신까지 훔치려 들었다니…….

하지만 신문이나 방송이 나간 지 두 시간도 채 안 돼 일본으로부터 바로 반격 기사가 날아들었다. 작금 한국의 보도는 터무니없는 중상모략이라는 것이었다. 정체를 알 수 없는 사람들을 범인으로 몰아 일본인인 것처럼 선전하고 있는 행위를 즉각 중단하라는 것이었다. 일본이야말로 아닌 밤중에 홍두깨 격인 날벼락을 맞은 꼴이라며 길길이 뛰었다. 그러면서 텔레비전에다 나라현에 있는 우륵 마을 전경과 곁들여 우륵의 무덤과 신사까지 같이 내보내는 것이었다. 보다시피 우륵의 유적이 이렇게 완벽하게 보존되어 있는데 누가 무엇 때문에 한국까지 건너가 그런 어이없는 짓을 할 게 무에 있겠냐는 것이었다.

"저들 저, 저러면서 은근슬쩍 우륵이 묻힌 고분이 일본 나라현에 엄연히 존재한다는 사실을 세상 만천하 공표하고 있군요."

발굴팀의 임시 사무소에서 텔레비전을 보고 있던 김유익이 어이없다는 듯 혀를 끌끌 찼다.

"가만, 저렇게 되면 우륵의 시신이 정말로 일본에 있는 걸로 인식되는 것 아닌가 몰라."

"그러네요. 처음부터 일본에 있었던 걸 생멸을 알 수 없다며 우리가 괜한 몽니를 부린 사람이 돼 버리고 마는군요. 것 참."

"그리고 전 세계에다 우린 천하에 무도한 후손이라고 광고하는 꼴이 되고 말이야. 그러니 이 노릇을 어찌하나."

*

이채연이 말한 대로 전라북도 장수군에 위치한 가야시대의 고분들은 밭 산자락 어디에서 뚝 떼어다놓은 듯 밭 한가운데 여기저기 봉실봉실 솟아있었다. 하나같이 버선코 같은 완만한 곡선을 그리며 솟아오르다 편편한 밭 한가운데로 비스듬히 떨어져 내리고 있었다.

그중 발굴 중인 봉분은 한가운데 박힌 것으로 규모도 제일 커 보였다. 요한은 고분군 주위를 돌며 여기저기 사진을 찍기 시작했다. 그러다 고분 봉우리 저 너머 보이는 산봉우리도 찍고 들판 옆구리께를 흐르고 있는 개울도 찍고 파란 하늘도 찍었다. 그러면서 그날 밤 이채연이 전화를 해 일러주던 지형들을 머리에 다시 떠올렸다.

그날 밤- 교도소를 나와 옛날 자신이 잡혀 들어갔던 고분군 근처에 와 있다고 전화를 했던 그날 밤, 그리하여 씻지 못할 가책과 안타까움으로 남아있는- 이채연은 마치 살해당할 자신의 앞일을 예견이나 한 것처럼 다시 전화를 걸어와 여전히 쓸데없는 이런저런 이야기들을 늘어놨었다. 처음엔 짜증이 나 전화를 끊을까도 생각했었지만 뭔가 조금 이상하다 싶어 인내심을 가지고 그의 이야기를 들어줬었다.

"이윤섭 선생께서 저를 처음 면회 왔던 날 보여줬던 문건이 있었지요. 한문투성이이던 문건이요."

"네? 아, 네. 그거요. 그런데요?"

"그땐 그게 뭔 줄 몰랐었지요. 혹시 이 기자님은 그게 뭔 줄 알고 계십니까?"

"글쎄요. 뭐 들리는 거로 보나 문자상으로 봐도 어디에 있을 명당자리를 얘기하는 것 같던데 그게 그렇게 뭐 신빙성이 있거나 가치가 있겠어요?"

"왜 그렇게 생각하시는 거죠?"

전화 속의 그의 목소리가 갑자기 카랑카랑해지는 듯싶었다.

"생각해 보세요. 명당자리라면 조선조 초엽 얘기일 텐데. 명당 어쩌고 하는 풍수사상은 조선조 초 무학대사로부터 나온 거 아닙니까? 한데 그 문건은 가야시대를 얘기했던 거고."

"그렇다고 하더군요. 한데 그렇지만은 않다는 거였습니다. 그 증거가 그 문건 안에 남아있다며, 그 문건 안에는 그분이 생전에 그렇게 찾아 헤매던 우륵의 묘지가 명시되어 있었을 겁니다. 그날 누군가에 의해 혹은 또 다른 어떤 무엇에 의해 그 문건의 문자가 지시하는 장소를 알아내지 않았나 싶어요. 그래서 그 비밀을 지키고자 했던 혹은 우륵의 묘지가 세상에 까발려지면 큰일이 나는 어떤 세력이 그를 죽였고 죽은 이윤섭 씨는 죽는 순간까지 자신이 밝혀냈던 비밀을 세상에 알리려 했던 게 아니었을까 합니다."

그때 이채연의 목소리는 분명 가늘게 떨리고 있었다.

"그래요?"

"네."

"저는 이윤섭씨가 그 문건을 손에 틀어쥔 채 죽어있었다는 이야기를 듣고는 전율을 느꼈습니다. 꼭 저 보라고 그렇게 문건을 틀어쥐고 죽은 것 같아서요. 그래서 출감 후 맨 먼저 이곳으로 달려 왔던 것입니다."

'도굴범이?'

그때 요한은 문득 그런 생각이 들었었다. 웃기는 일 아닐까? 도둑놈이 무슨 의리의 사나이라도 되는 것처럼. 아니면 자신만이 진실을 밝힐 수 있다는 어떤 사명감 같은 걸 가지고 있는 건 아닐까. 그러자 참 같잖아 보인다는 생각까지 들기도 했다.

하지만 다른 한편으론 '그런 너는?' 하는 자학적인 질문이 밀려들었다. 단지 직장에서 잘리지나 말았으면 하는 속되기 그지없는 생각으로 사건에 매달린 너는- 그때 요한은 진심으로 자신이 부끄러웠다. 요한의 그런 속내를 읽기라도 한 것처럼 이채연은 그 말을 끝으로 대답 따윈 들어볼 필요도 없다는 듯 전화를 뚝 끊었다. 그리고 오래지 않아 그의 사망 소식을 접했던 것이다.

도굴범 이채연의 죽음이 그렇게 마음에 걸린 이유는 못돼먹은 선입견으로 한 인간의 절실한 진정성을 똑바로 보려 하지 않았다는 사실 때문이었다. 심장 떨리는 위험을 느끼면서 앞으로의 행보에 어떤 위험이 있을지 모르는 상황, 죽은 이윤섭처럼 자신도 혹시 어딘가에서 누군가에게 살해당할지도 모른다는 생각을 하면서 혹시 있을 그때를 대비해 기자라는 직업을 가진 자신에게 전화를 했을 것이다. 그러면서 죽어갔을 것이다.

그땐 그런 내막을 짐작도 못하고 혹 자신에게 무슨 피해가 오지 않을까 하는 생각에 그저 심드렁하게 받아 넘겼었다. 모르긴 해도 그가 살해당하는 순간까지 요한을 원망하지 않았을까 하는 생각을 털어낼 수가 없었다.

요한은 장수읍으로 나가기 위해 길가 정거장에서 버스를 기다리고 있었다. 장수로 나가 다시 남원으로 가는 버스를 바꿔 타고 남원에서 다시 운봉으로 들어갈 참이었다. 거기서 처음부터 다시 한번 시작해볼 참이었다. 만약 이윤섭이 풀이해준 한문 문건이 정말로 우륵의 무덤을 알리는 것이었다면 그 위치는 이윤섭이 떨어져 죽었던 백무동 계곡 끝자락 그 근처 어딘가가 아니었을까. 모든 정황이 그래 보였다.

이윤섭이 무엇 때문에 백무동 계곡 그곳까지 갔으며 또 누군가는 왜 그런 이윤섭을 꼭 죽여야 했겠는가? 또 죽은 자는 끝까지 그 종이쪽을 틀어쥐고 있어야 할 게 무에 있겠는가? 이채연의 말처럼 세상을 향해 말하려 한 게 아니었다면 말이다.

그렇다면 그가 죽어가면서까지 세상에다 대고 하고 싶었던 말은 과연 무엇이었겠는가? 그건 당연히 그가 생전에 그렇게 알아내려 했던 우륵이 묻힌 장소가 아니었을까?

근 30여 분이 지나가는데도 버스는 오지 않고 있었다.

내내 앉아있던 나무의자에서 엉덩이를 들고 잠시 잠깐 찻길을 한 번 비쭉 내다본 요한은 다시 자리에 앉아 가방에서 A4지 한 귀퉁이를 스테이플러로 찍은 문건 하나를 꺼내들었다. 그것은 이번 이윤섭 사건을 통해 다시 보게 된 우리 고대사에 대해 좌담을 한 좌담프로의 대화 내용을 카피한 것이었다. 아마도 이윤섭이 소설을 통해 전면적으로 부정하다시피 하고 있는 우리의 삼국사기에 관한 언급을 하고 있는 듯했다.

그때 멀리서 그렇게 기다려 마지않던 버스의 둔중한 엔진소리가 천천히 다가오고 있었다. 요한은 문건을 접어 넣으며 천천히 자리에서 일어섰다.

2

"선배! 어디세요?"

휴대전화 통화 스위치를 누르자마자 거두절미하고 툭 튀어나온 말이었다. 목소리에서 마른 모래바람이 불어오는 듯했다. 그런 민지숙의 얼굴이 눈앞에 그려졌다. 전화기는 귀에다 밀착시킨 채 시선은 망연히 파란 하늘을 쫓거나, 뭐 그러고 있을 것이다. 뭘까?

요한은 휴대전화를 귀에다 밀착시킨 채 장수 버스터미널 대합실에서 빠져나왔다. 대합실 안 텔레비전 소리 때문에 다른 소리는 거의 들리지 않았다,

"여! 민지숙. 대 민 기자께서 소인한테 전화를 다 주시고, 어쩐 일이냐."

요한은 부러 아무것도 모른다는 듯 잔뜩 들뜬 목소리로 떠들어댔다.

"어디냐니깐?"

"응? 여기 말야? 여기는 이윤섭이 죽었던 백무동 계곡으로 가는 길목이야. 남원 장수 운봉을 거쳐 여기까지 온 거야."

"아니 거긴 왜? 설마 어사 출두하러 간 건 아닐 테고."

"푸훗, 기사를 넘기기 전에 다시 한 번 와 보고 싶단 생각이 들어서 말야."

"좋은 생각이세요. 참 잘하셨네요."

"그 칭찬, 그거 진짜냐?"

"그럼요. 뭣보다도 기자는 발로 뛰어야 하잖아요."

"글쎄, 한데 그런 칭찬해줄려고 전화한 건 아닐 테고, 뭐냐."

"아, 네. 참 저 회사에서 특별휴가를 줘서 내일 아침 괌으로 떠나요."

"아니 웬 뜬금없는 괌?"

"그렇게 됐어요. 그리고 전에 연재 마지막회 분 원고가 없냐고 하셨잖아요."

"그랬었지. 그런데 민 기자께서 연재도 안 한 원고를 내줄 수 없다며 쌀쌀을 떨어 포기했었지. 한데 왜? 그 원고 보내주게?"

"네. 선배 메일함으로 오늘 아침에 보냈어요."

"엥, 정말로?"

"네."

"아니 어떻게……. 가만 지금쯤이면 이윤섭의 유고가 이미 조판을 끝내고 인쇄소로 넘어갔을 테고 말일이면 책이 시중 책방에 깔리기 시작한다. 너 그 원고를 그에 실은 거구나. 그리고 책이 나오기 전에 협박범들을 피해 괌으로 도망치는 거고."

"아예 미아리에다 돗자리를 하나 깔지 그래요."

"괜찮겠어? 이번 사건을 저지르고 다니는 놈들은 여느 잡범들과는 달라 보이던데."

"저도 그렇게 생각해요. 그래서 발표하기로 했고. 그리고 살기 위해 도망치는 거예요. 그러니 제가 돌아오기 전에 범인을 꼭 좀 잡아주세요."

"회사에서 강요하데?"

"전혀 안 했다고는 할 수 없겠지요. 하지만 이윤섭 선생을 생각하면 당연히 이래야 할 것 같고, 아무튼 그랬어요."

"괜찮겠어?"

"네."

"전화는 되는 거지?"

"……."

"너 나한테까지, 부사수 주제에 이 사수한테까지 쌩 깔려고 하는 거냐? 안 돼. 다른 사람은 몰라도 사수인 나는 알고 있어야지."

"금방 문자로 찍어 보낼게요. 밖으로 노출 안 되게 해주세요."

"알았어."

전화를 끊은 요한은 곧바로 터미널 앞 PC방으로 향했다. PC방은 의외로 한가했다. 근 30여 대가 넘는 기계가 좁은 가게 안을 한가득 채우고 있었지만 사람은 고작해야 3~4명 정도였다.

메일함에는 민지숙이 보낸 소설 말고도 몇 개의 메일 더 들어와 있었다. 그중에는 그린저널 편집부 데스크 메일도 끼어 있었다. 의외였다. 하지만 요한은 지숙이 보낸 메일을 맨 먼저 열었다.

*

이른바 '한 많은 과부 바위' 위에서 사진을 찍어대던 멀끔한 사내는 바위에서 내려서 발굴 현장 오른쪽에 있는 고추밭이랑 사이로 난 논틀밭틀길로 들어섰다. 고추밭길이 끝나는 지점에 이르자 파란 불길이 뚝뚝 떨어지는 시선으로 사방을 휘둘러 주변에 사람이 없는 것을 확인하더니 서둘러 언덕진 길을 내려서던 사내가 귀를 쫑긋 세웠다.

언젠가부터 밭둑길 끝에 있는 시누대 밭쪽에서 가야금 우는 소리가 희미하게나마 바람결에 묻어나고 있었다. 소리를 확인한 사내의 얼굴에서 의미를 알 수 없는 희미한 미소가 스치고 있었다. 사내는 마치 도둑고양이처럼 살금살금 시누대 밭으로 다가가 곧게 뻗은 시누대 대나무들을 살그머니 양쪽으로 재껴 틈을 냈다. 그러자 그 틈새로 수경의 집 뒤란 정자 정음헌이 떠억 하니 모습을 드러내는 것이었다.

정자에는 등을 보이고 있는 수경이 홀로 앉아 있었다. 하지만 사내는 선뜻 정음헌 마당으로 내려서지 않고 계속 대나무들 틈새로 사방을 두리번거렸다. 이윽고 번득이던 그의 시야에 수경의 집 앞, 골목 초입에 서 있는 낯선 두 사람이 걸려들었다. 동네사람들이나 주변 환경과 어울리지 않은 양복 차림의 그들 역시 사내처럼 번뜩이는 눈동자로 수경의 집 근방을 연신 휘둘러보고 있었다. 사내는 대문 밖 그들을 확인하고 나서야 비로소 시누대 사이를 헤치며 정음헌 정자 뒷마당으로 내려섰다.

생각 없는 명지바람 한 가닥이 고즈넉한 정자 뒤란 시누대밭을 슬쩍 눙치며 저만큼 멀어진다. 바람 끝자락에 묻어나는 댓잎 서걱거리는 소리에 가야금 용두를 무릎 위에 얹어놓고 있던 수경의 귓바퀴가 움찔한다. 덩달아 놀라 끔벅이던 눈동자는 금세 새치름을 떨며 정자 밖 담장 너머 저 멀리 있는 파란 하늘을 좇는다. 수경의 움직이지 않는 동공에 박힌 파란 하늘이 활처럼 길게 휘어져 있었다. 봉두난발에 턱, 구레나룻 가리지 않고 수염까지 덥수룩하게 자란 수경은 하얀색 무명 바지에 적삼을 걸치고 있었다. 진작부터 가야금 줄 위에 놓여 있던 두 손은 금방이라도 탄현을 할 태세로 바짝 긴장을 하고 있었다. 그런 속에서 숨소리조차 멈칫거리는 묵지근한 침묵이 잠시 잠깐 지나치고 있었다.

이윽고 어느 순간 수경의 이마에 선 힘줄이 꿈틀했다. 이어서 곧바로 "띠–옹" 하고 엄마의 자궁을 박차고 나온 태아의 첫울음 같은 소리가 터져 나왔다. 소리는 날이 시퍼렇게 선 칼날처럼 서슬을 내비치더니 끝자락에서 파르르 파르르 몸서리치길 몇 번 거듭한다. 그런 사이사이로 정자 뒤란을 두르고 선 시누대 댓잎 사각거리는 소리가 다시 고수의 추임새처럼 슬며시 끼어들기도 하고.

소리는 "징 당 찡 땅" 빠르게 반복적으로 이어지며 한참 동안 요동을 쳤다. 어느 순간 숨 가쁘게 몰아치던 휘몰이가 울돌목을 빠져나오나 했더니 금세 얼굴을 바꿔 호흡을 고르는 듯 여울이 되어 흐른다. 그렇게 한참을 흘러가다 여음처럼 두어 번 징땅거리더니 이내 곧 사르르 멸하고 만다. 수경은 소리가 끝나자 비로소 내내 숙이고만 있던 고개를 쳐들며 무릎 위에 놓여 있던 용두를 들어 천천히 마룻바닥에 내려놓았다.

내내 그런 수경과 마주하고 앉아있던 사내는 묵묵히 가야금과 수경을 번갈아 쳐다보더니 천천히 말문을 열었다.

"과연 탄금대의 악성이 다시 살아온 듯합니다."

"호오! 어디라고 감히 탄금대니 악성이니 하며 우륵 성인을 넘볼 수 있겠습니까. 천부당만부당합니다."

"허허허, 그러실 것까지야. 청출어람이야 스승이 더 바라는 바 아니겠습니까."

"언감생심도 유분수지요."

사내는 미처 다 걷히지 않은 웃음 끝자락을 그대로 한 채 자기 앞에 놓인 찻잔을 집어 들었다. 까칠하고 투박한 질그릇 찻잔 속의 찻물은 이미 식어 있었다. 그래도 입 앞으로 가져오자 역한 풀냄새가 훅 달려들었다. 소리 나지 않게 들고 있던 찻잔을 다시 내려놓았다.

그런 사내와 엇비슷 비켜앉아 하늘을 올려다보던 수경이 빙그레 웃으며 말을 이었다.

"특히 작설차는 식으면 역한 풀냄새가 더 심하지요. 당연히 버리고 새로운 물로 다시 끓여야 하지요."

"데워 마실 수도 있지 않을까요?"

"하긴 다도에는 중탕도 격에 맞다 하더군요."

"그런가요?"

"차는 도가 우선이 아니겠습니까."

"본질인 향보다도요?"

"하여 차 다음에 도 자를 쓰지 않던가요. 이런 작설차일 경우는 더 그렇습니다."

"……."

"다도 역시 일종의 익애(溺愛) 같은 거로군요. 선생의 가야 사랑처럼 말입니다."

"허허허 익애라. 다음에 무슨 말씀을 하실지 심히 걱정스럽습니다."

"선생님! 가야의 악성 우륵의 본모습은 어떠하였습니까?"

"우륵의 본모습이요?"

수경이 뜻하지 않은 반응을 보이자 맞은편의 사내도 움찔하는 기색을 보였다.

"아니, 전 단지 신라로 망명을 해야 했던 그의 본모습을 물은 것뿐입니다."

"이를테면 우륵 대악사의 망명을 나무라시는 건가요?"

"그게 그럴 만한 일이라면."

"잘 알고 계시듯 그건 나 같은 속인이 함부로 입에 담을 일이 아니다 싶습니다만. 그런데 분명 월간 음악전문지 기자님이 맞으신가요?"

"네, 월간 음악생활 주간 김봉록이 맞습니다. 필요하시다면 신분증을 제시하겠습니다만."

"허허허, 아니요. 됐습니다. 보시다시피 눈뜬장님 아닙니까? 그게 무슨 필요가 있겠소."

하지만 수경은 속으로 이미 단언하고 있었다.

'아니다. 이자는 월간음악 기자가 아니다. 한다하는 잡지사 음악 기자치고 내가 눈뜬장님인 걸 모르는 사람은 별로 없을 것이다. 이자 역시 그날 밤 이윤섭처럼 비책의 문자를 해독해낸 다음 그것을 바탕으로 날 찾아온 반갑잖은 손님일 것이다. 빌어먹

을…… 여기까지가 내 운명인가?'

하지만 어찌 그리 똑같을 수 있는가. 그날 밤 불쑥 찾아왔던 이윤섭이 역시 따지듯 물었었다. 그러면서 문제의 서책을 수경의 눈앞에서 흔들어 댔다.

*

"수경 선생님, 솔직히 고백해 주십시오. 저는 어제까지도 정음헌 이 자리는 오래전 우륵이 머물던 자리고 정음헌 바로 위 베개바위 옆 무덤은 우륵이 묻힌 곳인 줄 알고 있었습니다. 그래, 정말로 우륵이 반파로 돌아온 줄 알았습니다. 하지만 내막을 알고 보니 그것이 아니지 않습니까? 제가 알아본 바로는 베개바위는 김해의 고분군 끝에서 건너다보이는 야산에도 있었습니다. 굳이 이곳 강천리 고분이 아니어도요. 우륵의 묘가 있다면 이곳 강천리가 아니라 베개바위가 보이는 김해 고분군 어디에 숨어있을 것입니다. 만약 우륵이 정말로 노구를 이끌고 반파의 옛땅을 찾았다면 그곳은 이곳 강천리가 아니라 김해인 성혈현이었을 겁니다.

'頭流六山蹕回矣忽然於西山幢月東山落日也' 이 시는 말 그대로 시였습니다. 낭만과 여유가 철철 넘쳐흐르는 서정시. 그런 원본에 뜬금없는 두류(頭流)를 집어넣어 아는 사람만 알아볼 수 있는 특정 위치를 지정하는 지도로 만든 것이지요. 두류산 여섯 봉우리를 돌아서자 홀연히 나타난 서산 동월의 장소. 흥해가는 신라와 몰락해가는 반파의 경계에 해당되는 땅. 하지만 아니었지요. 두류는 최근에 누군가가 집어넣은 자구였던 것입니다. 이 자구 때문에 나중에라도 우륵의 묏자리를 가지고 사단이 나면 어쩌실 겁니까? 그러니 지금이라도 당장에 잘못된 해석이라고 말씀을 하셔야 합니다."

"이봐요, 이 선생! 대단하시구려. 하지만 그 잘나빠진 한시 때문에 위험해진다는 사실은 모르시지요?"

"아니, 건 또 무슨 말씀이십니까?"

"제가 말씀을 안 드렸던가요? 북쪽에서도 중요한 고문서는 문서 자체도 물론 소중히 보관하지만 그것을 촬영해 영구보존용 영인본으로도 제작해 둔다고."

"그런데요?"

"우리가 가지고 내려온 이문의 문집 역시 영인본으로 보존하고 있을 겁니다."

"……."

이윤섭은 그제야 수경이 말하려는 바를 어렴풋이 짐작하겠다는 듯 보일 듯 말 듯 고개를 끄덕였다.

"그러니까 그쪽, 북쪽 사람들도 영인본일망정 이문의 문집을 저처럼 해독해 내고 지금 이곳 수경 선생님의 위치를 파악해 정음헌이나 우륵 선생의 묏자리까지……. 북쪽에도 '두류'가 들어간 그대로의 원본이 있었던 모양이죠."

"그래요. 그 '두류'라는 자구는 결코 내가 집어넣었던 게 아니었소."

그제야 이윤섭은 화들짝 놀라 정음헌 주변을 새삼 두리번거렸다.

*

"듣기로는 손대기 같은 제자분과 함께 있다고 들었습니다만."

"네? 아! 손대기요?"

생각에 빠져있던 수경은 퍼뜩 정신을 가다듬으며 대꾸했다.

"네, 젊은 처자라고 읽었습니다만."

"읽어요?"

"모르셨던가요? 선생님 민박집 이야기는 신문이나 잡지에 두루두루 실려 있습니다."

"그래요? 저런, 저런."

수경은 매우 언짢다는 듯 혀를 끌끌 찼다. 그 끝에 다시 가야금 용두를 당겨 무릎 위에 올려놓는 것이었다. 그러고는 아주 느릿한 곡조를 타 내려가기 시작했다. 그것은 진양조인 〈춘향가〉의 한 대목으로 누군가가 바로 '아이고 도련님!' 하고 내지를 것 같은 가락을 앞서가고 있었다.

사내는 그런 수경을 물끄러미 바라다보았다. 당신 말처럼 정말 피곤해 보이는 얼굴이었다. 바삐 움직이는 손과는 상관없다는 듯 초점을 잃은 시선은 정자 지붕의 수막새 끝에 걸려있는 파란 하늘을 쫓고 있었다. 어딘가 망연해 보이기까지 했다. 그런 수경을 물끄러미 쳐다보던 사내는 입을 꾹 다문 채 천천히 자리에서 일어섰다. 그러고는 소리 없이 저고리 안주머니에서 묵직한 뭔가를 꺼내들었다.

그것은 소음기가 달린 '매그넘 50'이라는 이름의 권총이었다. 총을 꺼내든 사내의 눈동자가 갑자기 불꽃을 튀기며 희번덕거리기 시작했다. 가야금은 여전히 이별가의 클라이맥스를 넘어가고 있었다. 자리에서 일어선 사내는 수경 앞으로 다가가더니 그대로 수경의 안면을 걷어차 버리는 것이었다.

"이 반동 간나 새끼. 누굴 닭대가리로 아네. 니놈 이별가를 부르면 이정애 애미나이가 들어오다 말 거 같아 그랬니? 반동놈의 새끼 당장 꽉 쏴죽였으면 좋갓다만 그 애미나이 잡을 때까지 살려두는 거니 그리 알고 콱 자빠져 있으라우. 알간? 어찌 그 머리 가지고 우륵의 현신을 꿈꿨니. 아니, 스스로가 우륵이고자 했지. 대학교수 나부랭일 앞세워서 말야."

모르 쓰러진 수경의 코에서는 하릴없이 코피가 내를 이루고 있었다. 하지만 수경은 꿈쩍도 못한 채 옆으로 쓰러져 있어야 했다.

*

골목을 돌아서 텅 빈 마당을 보며 사립문을 밀어 젖힐 때까지 세상은 적막강산이었다. 마당을 지나 사립을 밀고 들어서자 기다렸다는 듯 가야금 줄 우는 소리가 바람결에 섞여들었다. 흡사 소맷귀를 나풀거리며 살풀이 한바탕이 어우러질 것 같은 계면조의 가락이었다. 전에 없던 이별가의 한 대목이었다. 수경 선생이 저런 노래를 금 위에 올려놓다니. 이별가를…… 하는데 갑자기 소리가 딱 끊기는 것이었다. 정애는 주춤 발걸음을 멈췄다. 뭔가 서늘한 것이 등줄기를 후려치며 발뒤꿈치로 빠져나가고 있었다. 한 발짝도 움직일 수가 없었다.

그때였다. 누군가가 갑자기 뒷덜미를 잡아채는 것이었다. 컥 소릴 지르며 그대로 뒤로 넘어졌다. 하늘을 보고 땅바닥에 누운 정애의 시야에 웬 남자가 나타났다. 남자는 한 손 검지를 입술 중앙에 붙이고 쉬 소릴 내듯 하고 있었다. 남자의 다른 한쪽 손에는 어디선가에서 많이 본 시커먼 쇳덩이가 쥐어져 있었다. 그것은 권총이었다.

아, 지금 무슨 일이 벌어지고 있는 것인가. 누군가가 정애를 질질 끌어 사립 밖으로 끌어냈다. 사립문 밖으로 나온 뒤에야 비로소 상체를 일으켜 세웠다.

"저 안에 정애 씨를 노리고 침투한 북조선 암살조가 수경 선생을 붙잡고 있습니다. 아마 정애 씨가 나타나길 기다리고 있을 것입니다."

정애는 도무지 입이 떨어지지 않아 뭐라 말 한마디 하지 못한 채 그들이 끌고 떠미는 대로 차에 올라 골목을 빠져나가기 시작했다. 댓 발짝이나 갔을까 했을 때였다. 타앙 하고 하늘을 짓찢는 소리가 터져 나왔다. 그 뒤를 따라 기다리기라도 한듯 콩 볶는 총소리가 연이어 울려 퍼졌다.

3

요한은 서둘러 배낭을 꾸렸다.

처음 맘먹었던 바와 달리 천왕봉으로 향할 참이었다. 상황이 변해 있었다. 장수를 떠나올 때와는 판이하게 달라져 있었다. 처음에는 아니, 민지숙과의 전화 끝에 메일함을 뒤져보기 전만 해도 처음 맘먹었던 대로 운봉에서 다시 시작해볼 참이었다. 지켜보고 있노라면 대특종까지는 아니어도 후속 기삿거리는 얻을 수 있잖을까 싶었다. 하지만 이제는 모든 것이 다 끝나버린 뒤끝이었다. 특종을 얻는다 해도 실어야 할 지면이 없어져버린 것이다.

오로지 그 희망 하나로 이 대가야의 고토로 다시 내려와 장수로 남원으로 운봉으로 헤매며 취재에 열을 올리고 다녔건만 그 모두가 허사가 돼버렸던 것이었다. 그렇다고 모든 걸 탈탈 털고 다시 서울로 올라가 뭔가를 새롭게 시작해볼 마음도 없었다. 그냥 발길이 앞서는 대로 가볼 참이었다. 우선은 운봉 강청골로 들어가 지난번과는 반대로 백무동 계곡을 거슬러 올라 천왕봉으로 향할 참이었다. 그렇게 해서 다시 지리산 골짜기를 헤매볼까 하고 있었다.

백제의 동북변 한주를 공취하고 신주를 설치한 신라의 진흥왕은 금관가야의 마지막 임금이었던 김구해의 셋째 아들 김무력을 그곳 군주(軍主)로 삼았었다. 금관가야의 왕자로서, 가야인으로서의 흔적 따윈 애초에 털어버린 그는 지금은 완벽한 신라인이 되어 다른 진골들처럼 행복하기 그지없는 하루하루를 보내고 있었다.

그런 김무력에게 하루는 뜻밖의 사람들이 찾아왔다.

"어디에서 온 누구야?"

"고동람군[62]에 사는 설표라는 자라 하옵니다."

"고동람군?"

참으로 오랜만에 들어보는 말이었다. 그 말은 언뜻 목덜미를 스치고 지나가는 차가운 삭풍 같은 감회를 불러 일으켰다.

"그래? 안으로 들라 하라."

손님은 생각 밖으로 어린 소년이었다. 등에는 자신의 키만큼이나 큰 가야금을 담은 질빵을 가로로 질러 메고 있었으며 머리엔 끝이 뾰쪽한 무명천 두건을 쓰고 있었다. 방으로 들어선 그는 예를 다해 김무력에게 인사를 올렸다. 아주 극진해 뵈는 그의 일거수일투족을 말없이 물끄러미 쳐다보고 있던 김무력의 얼굴에 씁쓸한 미소가 떠올랐다 사라졌다.

---

62)고동람군: 신라가 가야를 멸망시키고 고령가야국(古寧伽倻國)이 있던 지역에 설치한 고동람군 또는 고릉군(古陵郡)을 말한다. 통일신라시대인 757년(경덕왕 16)에 고령군(古寧郡)으로 이름을 바꾸었다.

"고동람군에서 왔다고? 그래 무슨 일로?"

"미거한 솜씨이오나 군주님께 가야금 한 곡을 타 올리고 싶어서 찾아뵈었습니다."

"가야금을? 혹 지금 신라땅에 만연하고 있는 우륵의 그 신묘한 가락을 말하는 것 아니냐? 참으로 알 수가 없는 일이다. 어떻게 그렇게 짧은 시간에 신라 전역에 퍼져나갈 수가 있는 것인지. 아주 절창이란 소리는 들었다마는. 하려거든 그걸 한 번 타보아라."

"아니 옳습니다. 대악사야 이미 가야 사람이 아니온지라."

"가야라니. 지금 예가 어디냐. 말을 조심하거라!"

손님의 말을 허리에서 자르는 무력의 말소리는 작고 낮았지만 아주 단호했다.

"죄송하옵니다."

그러면서 설표는 가야금을 꺼내 무릎 위에 올려놓았다. 이내 바람 소리만 간간이 스쳐 지나갈 뿐인 적막강산 같은 군영 안에 느닷없는 가얏고의 소리가 울려 퍼지기 시작했다. 그것은 진작에 들어본 적이 있는 아주 오래된 가야의 가락이었다. 소리가 익어갈수록 무력의 얼굴은 깊은 어두움에 휩싸여 들었다.

그러다 마침내는 일그러진다 싶더니 갑자기 허리춤의 장검을 뽑아들고는 가얏고를 타고 있는 설표의 목에다 들이대는 것이었다.

"가락이 아주 고약하고나. 정체가 무엇이냐? 뭣 때문에 나를 찾아온 것이냐."

자신의 목덜미에 시퍼런 서슬이 다가와 있는데도 설표는 눈 하나 깜박하지 않고 타고 있던 현을 하나하나 그대로 퉁기어나갔다.

"왕자님! 저는 반파의 부흥운동을 주도하는 금관가야의 유민 중 한 사람 옳습니다. 한데 지금 저희는 매우 절박한 처지에 빠져있습니다. 잘못하면 우리들의 가야 부흥운동이 피어보지도 못한 채 풍비박산이 나버릴지도 모를 처지에 있습니다. 저흰 지금 무엇보다도 새로운 구심점이 될 왕자님 같은 지도자가 필요합니다. 하오니 부디 저와 함께 가야땅으로 다시 돌아가 저희를 이끌어주셨으면 해 죽음을 무릅쓰고 찾아뵌 것이옵니다."

"무어라?"

"이젠 조국으로 돌아가 앞에서 저희들을 이끌어주셨으면 합니다."

"무어라, 조국?"

"이젠 김수로왕의 후손이자 가락국의 후예였단 사실까지 잊으신 겁니까? 그러시다가 그나마 명맥을 이어가고 있는 남은 형제국들 목에 칼을 들이대는 건 아닌지 심히 의심스럽습니다."

설표의 말끝에 김무력은 소리 없이 웃었다.

"조국? 동포? 아서라. 우리는 일찍이 수로나 가락국 이전에 먼저 변진의 후손이었다. 하지만 지금 어디에 있는가. 그 흔적이…… 금관가야의 나나 우리 아버지처럼 말이다. 그 이상 뭐가 더 있다고 생각하느냐? 이봐, 애송이 미망에서 깨어나거라. 신라는 머잖아 왜나 백제와 연맹관계에 있는 대가야를 들이칠 것이다. 돌아가서 네 가솔이나 챙겨 난피할 궁리나 하거라."

"그래서 끝내 그 칼로, 더러운 신라의 칼로 가야인의 목을 베겠다는 것입니까? 말도 안 되는 소리로 가야와 가야인을 지키려는 사람들한테까지 먹칠하지 마시고 저와 함께 우리의 가야인 반파로 돌아가 신라에 나라를 바쳤던 전날을 사죄하며 저희를 이끌어 주십시오."

"네 이놈. 예가 어디라고 감히 그런 말을 입에 담느냐. 그러고도 목숨을 부지할 수 있다 생각했느냐."

"아! 아! 빌어먹을, 빌어먹을. 한 치도 안 틀린 그 애비에 그 자식이었던 것을."

설표는 알아들을 수 없는 없이 작은 소리로 흐느끼듯 읊조렸다.

다음 날 대가야 고령의 저잣거리.

지난밤 천 리 먼 길 한주에서 일어난 일이 이미 대가야 고령의 저잣거리에 득실거리는 사람들의 입에서 회자되고 있었다.

"뭐야? 김무력이 기어이 설표란 자의 목을 베었단 말이냐?"

재련된 철정을 실은 달구지를 끌고 저자를 지나고 있던 담숙의 귓속으로 파고든 소리였다.

"아니, 죽일 것까지 무에 있다고."

장터 어딘가에서 일찍이 낮술을 걸친 사내가 왁자하니 큰 소리로 끼어들었다.

"그뿐인 줄 알아? 그리 죽은 설표의 시신을 황성강 하류 빈 들판에 내다버렸다 하지 않던가?"

어디서 달려왔는지 아직도 숨을 쌕쌕거리며 몰아쉬는 해사한 총각이었다.

담숙은 그들 사이를 헤치며 왜국으로 가는 황포돛배가 펄럭이는 다사강 포구 쪽으로 향하고 있었다. 시종 무표정이던 그의 얼굴에서 굳게 다문 입술이 잠깐 꿈틀댔다.

'설표, 그예 김무력을 찾아갔던가? 그자가 어디로 봐 다시 반파의 품으로 돌아올 자같이 보였던가? 가락국이 흥하든 망하든 그건 그 사람들과 전혀 상관이 없는 일일 뿐일 텐데…….'

그날 밤 늦게 담숙은 혼자서 혜암의 초막을 향해 길을 나섰다. 마지막으로 우륵을 만나 설득을 해 볼 생각이었다. 우륵은 무슨 이유에서인지 자신의 노래가 서라벌 전역에 울려 퍼지길 기대하며 날이면 날마다 신라의 국경을 넘어 다녔다.

"간단하네. 친정을 시작한 진흥왕이 내 노랫소리를 듣길 바라고 하는 일일세."

담숙의 물음에 우륵은 아무런 망설임 없이 대꾸했다.

"그래? 그래서 무에 얻을 게 있는데?"

"진흥왕은 현명하다 들었네. 누구보다도 소리를 알고 소리의 중요성을 알고 있는 임금이라 들었네. 진흥왕이 내세우는 이상국가라고 하는 게 있는데 그건 바로 유학을 바탕으로 하는 왕도정치를 말하는 것이지. 가얏고의 가락에는 왕도정치에 활용될 수 있는 유학의 근본이 숨어 있지. 그것을 약관의 진흥왕은 간파할 수 있는 인물이라 하더구만."

"신라의 왕도 정치를 위해 자네의 소리를 팔겠다는 것인가? 그리고 김구해나 김무력처럼 개인의 안일이나 광영을 얻겠다는 것인가?"

"이봐! 담숙. 자네와 난 세상 사람들이 다 아는 송아지동무 사이 아닌가? 설마 내 의중을 모르고 하는 소린 아니리라 믿네."

"그래서 하는 말일세. 그냥 우리와 함께 대가야땅에 남아 가야의 부흥운동을 도와줄 순 없겠나."

"이보게, 담숙. 신라의 칼끝은 이미 백제를 넘어 고구려까지 넘보고 있네. 그런 판에 가야의 부흥운동으로 무엇을 이룰 수 있다 생각하는가?"

"그런 자네는 무얼 이루리라 생각하는가?"

"적어도 천 년, 이천 년 후를 바라다보고 하는 일일세."

"이보게 우륵! 아니 궁중악사! 천, 이천 년 후도 좋은 일이지만 우리 가야는 지금 당장 죽어가고 있네. 지금 이천, 삼천 년 후가 아닌 지금 당장 누군가가 나서서 살려내야 하네."

담숙은 어떻게 해서든 우륵의 마음을 되돌려 보고 싶었다.

"이보게 담숙! 그것은 이미 어찌할 수 없는, 흐르는 물과 같은 일일세. 한 번 흘러가버린 물을 다시 되돌려 놓을 수 있는 일인가? 그 대신 새로운 길을 모색해야 하네."

"그것이 자네가 숭상해 마지않는 소리의 마지막 속내인가?"

"아니라고 할 수 없지. 소리 즉, 가락이란 어느 세월이든 늘 우리들 속 깊숙이서 소리 없이 생의 결을 쓰다듬지 않던가."

"어려우이. 혜암 선사를 모시고 살더니 언사마저 닮아가는구만."

날이 선 언사로 티격태격 중인 두 사람을 향해 초막 뒤에서 나타난 이문이 천천히 다가왔다. 그의 등 위에는 괴나리봇짐이 어슷하게 둘러메져 있었다.

"끝내 신라로 배반의 길을 떠나는 것인가?"

담숙의 거친 언사에 우륵은 허망한 웃음으로 대답했다.

"잘 생각하게. 다시는 돌아오지 못할 길을 끝내 나서겠다는 것인가?"

"머잖아 이문과 나 두 사람은 청주에 있는 하림궁으로 가

진흥왕을 만나야 하네. 오늘의 만남을 위해서 나는 오랜 시간 신라 곳곳을 찾아다니며 가얏고의 소리를 퍼트렸네. 내 정성이 하늘에 통해 드디어 신라의 진흥이 날 부르게 된 걸세. 그를 만나게 되거든 가야에서 이루지 못했던 우리들이 천년대계를 다시 한번 의논해볼 참이네.”

말을 마친 우륵은 기다리고 있던 이문을 앞세우고 마당을 가로질러 산길을 내려가기 시작했다. 그렇게 막 서너 발짝을 떼었을까 했을 때였다. 등 위에서 담숙의 낭랑한 목소리가 처음 듣는 가락에 실려 천천히 들려오기 시작했다. 처음엔 영문을 모른 채 들었었다. 그렇게 첫 소절을 듣고 나니 퍼뜩 머리에 떠오르는 게 있었다. 아! 아! 그 화살, 거기에 접혀 날아온 닥나무 껍질에 쓰여 있던 노래. 그 노래가 바로……! 담숙의 낭랑한 목소리는 계속되고 있었다.

가시리 가시리잇고 나난
바리고 가시리잇고 나난
위 증즐가 大平盛代

날러는 엇디 살라 하고
바리고 가시리잇고 나난
위 증즐가 大平盛代

잡사와 두어리마나난
선하면 아니 올셰라
위 증즐가 大平盛代

셜온 님 보내옵노니 나난
가시난 닷 도셔 오쇼셔 나난
위 증즐가 大平盛代

읽고 있던 소설 파일을 덮고 서둘러 주머니 속 휴대전화를 꺼내들었다. 조금 전부터 주머니 속 휴대전화가 요동을 치는데도 감지하지 못하고 있었던 것을 옆좌석의 학생이 질벅거려 알려줬다. 액정에는 생각 밖의 번호가 떠 있었다.

"아니, 이게 누구십니까? 그린 저널 편집부 데스크께서 전화를 다 주시고."

"편집부 데스크는 무슨. 보니까 메일을 읽었더구만."

"네. 남원 PC방에서 봤습니다."

"음, 그랬었구만. 다행이네. 읽었다니."

데스크의 메일은 어찌 보면 사망선고나 다름없는 내용을 담고 있었다. 그린저널을 합병해오는 회사 측에서 그에 그린저널을 살릴 수 없다는 통보를 해왔단 내용이었다.

자연 요한의 다음 기사도 쓸모가 없이 되어 버렸다는 이야기이기도 했다.

"미안하네. 능력이 없는 상사를 만나 안 봐도 될 피해를 보게 됐네 그려."

"부장님도, 별말씀을 다 하시네요. 뻔히 알면서도 무리한 부탁을 드렸던 저희가 죄송스러울 뿐이죠."

"하긴 어찌 보면 M&A 중인 회사에다 그런 걸 요구했던 우리가 우매했다고 볼 수도 있을 거야."

"네. 저 역시 감상적인 측면이 없지 않았고요."

"그렇게까지야……. 아무튼 그리 생각해주니 고맙네. 그리고 자넨 아직도 남원 부근을 떠돌고 있는 건가?"

"네."

"그러다 또 훌쩍 지리산으로 들어가 버리는 것 아닌가?"

"솔직히 지금 생각 중에 있습니다. 허허허."

"그런 자네가 부럽구먼. 하지만 월광태자63)는 넘보지 말게나. 잘못하면 마의태자 짝이 나고 마네."

"부장님, 전 세상의 술 냄새, 여자 냄새 못 잊어 그런 건 못 합니다. 꿈도 꾸지 마십시오."

그리고 몇 마디 더 허접스러운 이야기들을 나누고 그들은 서로 간에 이별을 고했다. 그런 절차를 밟아서 그린저널이란 제호를 가진 잡지는 이젠 두 번 다시 모습을 볼 수 없게 돼 버렸던 것

---

63)월광태자: 대가야의 마지막 왕으로 562년 신라 장군 이사부와 사다함의 군사에게 멸망한 가야의 운명을 슬퍼하며 가야산으로 들어가 중이 되어 일생을 살았다 한다. 합천군 야로면에는 그를 기리는 월광사가 세워져 있다.

이다. 요한은 조금은 쓸쓸한 기분이 되어 차창 밖 바람을 맞고 있었다.

*

폭풍우가 몰아치던 긴 밤이 지나가고 맑고 파란 하늘의 아침을 맞은 세상은 언제 비가 왔냐는 듯 평온하기 그지없었다. 세상을 온통 떠들썩하게 만들었던 강천리 연쇄 살인사건도 해결이 됐고 어이없는 유골 탈취범도 체포가 되어 사회적 이슈가 사라져버린 이즈음은 신문을 보는 사람들이 오히려 더 근질근질해 하는 눈치였다.

하지만 함안서 살인사건 수사본부만은 바깥세상 돌아가는 걸 전혀 모르는 듯 아직도 그대로 간판을 내걸고 있었다. 모든 사람들이 고개를 갸웃거렸지만 끄떡도 하지 않았다. 아니, 내부적으로는 오히려 더 바삐 돌아가는 눈치였다. 박 반장이 일본을 다녀왔고 김 형사는 인터폴에 범인 인도 협조요청서를 냈다. 대머리는 법원에다 영장을 청구하고……. 그리고 결과가 어찌 나올지 어떤 일이 들이닥칠지 초조한 마음으로 기다리고 있었다.

박 반장은 오랜만에 커피 한 잔을 타 들고 경찰서 뒤 야산 갈참나무 숲을 바라다보며 유유자적하고 있었다. 생각해보면 참으로 이상한 사건이었다.

1500년 전 사람을 끌어들여 죽고 죽이고 하다니. 세간에서는 아직도 강천리 사건을 일본인들이 저지른 걸로 기억하고 있지만 그게 다는 아니었다. 순간 누군가가 등 뒤를 질벅거리는 것 같아 뒤돌아보니 대머리가 유선전화기를 들고 서 있었다.

"인천공항이라는데요."

그러면서 수화기를 전하는 대머리의 얼굴에 밝은 미소가 번지고 있었다.

누굴까 하는 얼굴로 전화를 받아들던 반장도 대머리의 미소를 판독한 듯 따라 웃었다.

"네. 수사반 박 반장입니다."

하고 말하는 순간 다짜고짜로 '아니, 내가 뭘 어쨌다고 출국금지 조치를 취해요?' 하는 타박이 대번에 튀어나왔다.

"아, 네. 김유익 교수님. 그게 안 떨어질 줄 알았는데 떨어졌군요. 직접 증거가 부족해 정황증거를 제시해 영장을 청구했는데 다행히 법원에서 미흡한 정황증거를 받아들인 모양입니다. 이제는 어쩔 수 없이 본격적으로 수사를 시작해야 되겠군요."

"아니 무슨 정황증거 말이오?"

"이번 사건의 살인교사 용의자라는."

"뭐요? 내가? 살인교사 용의자? 말도 안 돼. 아니, 일본 나라현에서 온 그들이 범인이라고 신문마다 떠들어대고 있는 마당에……."

"한마디로 코미디였죠. 그들은 사교를 믿는 광신도 집단의 한 무리였습니다. 게다가 그들의 임무는 우륵의 유골을 훔쳐오는 것뿐이었습니다. 것도 한국에서 간 누군가가 부추겨 그렇게 됐더구먼요."

"예? 그들이 범인이 아니라는 말인가요."

"당연히 그렇습니다."

"아니, 그렇다고 제가 어떻게 교사범이 되는 겁니까? 아시다시피 저 역시 죽은 이윤섭과 같이 사국사기를 주창했던 사람인데……."

"하지만 컬러가 달랐지요. 이윤섭은 그야말로 학문적인 목적하에 진실에 접근해 가길 원했지만 김 교수님은 다른 목적이 있었지요."

"내가 무슨 다른 목적이 있었단 말이오."

"후기 반파국의 꿈인 음악국가와 우륵의 명예로운 귀환이었지요. 그러자면 고대 고분들에서 출토되고 있는 가야 시절의 유물이 널려 있는 지금의 강천리로 우륵이 다시 돌아와야 합니다. 하지만 이윤섭 선생은 거기에 동의하지 않고 소설의 결말을 바꾸려 했던 거지요. 만약 우륵이 늘그막에 다시 가야로 돌아왔다면 장소는 그의 고향인 성혈현이다 하고 교수님과 각을 세웠던 것이죠."

"아니, 내가 꼭 그렇게까지 해야 할 이유가 뭐가 있겠습니까? 우륵이 다시 오든 말든 그게 뭐 그리 대단하다고."

"사실 처음에는 저도 그 점에서 막혔었습니다. 그러다 교수님의 성씨 본향이 문득 떠올랐단 겁니다. 우륵 김씨인 교수님의 가문의 시조인 우륵을 할 수만 있다면 배반자의 이미지에서 벗어나게 하자. 아, 현대사에서도 그런 일이 있었잖습니까? 박정희 시절에 있었던 성삼문의 사육신을 칠육신으로 둔갑시키려 했던 이른바 사칠신 사건."

"하하하, 나중에는……. 이봐요, 형사 양반. 그것도 말이라고 하는 거요. 당신이 하는 말은 이윤섭이 소설보다 더 재미있는 소설일 뿐이오. 알아요?"

"그렇습니다. 인생살이 모두가 하나의 소설 같은 이야기일 뿐이겠지요."

"아니, 그리고 내가 누굴 시켜 살인을 교사했단 말이요?"

반장은 주머니에서 담배를 꺼내 입에 물었다.

"그래서 미국 R대학에 가 있는 교수님의 조교 임용재를 체포해 보내 달라고 인터폴에 협조 공문을 띄웠습니다. 사실 미제 속으로 묻힐 뻔한 이번 사건을 끄집어낸 것도 바로 그 조교였습니다. 며칠 전 강천리 고분에서 발견된 라이터. 그것은 임 조교가 제게 보낸 하나의 메시지나 다름없었습니다. '자신을 포함해서 우륵의 무덤에 관계된 모두 다를 다시 수사하라' 하는."

"그럴 리가. 걔가 그런 식으로 날 배반할 이유가 없습니다."

"또한 바로 그 부분에서 막힐 뻔했던 것도 사실입니다만 해답은 임 조교 자신의 행동거지에서 나왔었습니다."

"뭐죠, 그게."

"그건 사랑이 아니었을까요."

"뭐요?"

"아셨잖습니까? 임 조교가 선생님을 사랑했던걸. 그런데 다른 여자와 결혼을 한다니."

"뭐요? 그럼 내가 동성애자라도 된단 말이요? 당신 지금 그 말 인격모독에 해당된다는 걸 아시오?"

"네, 잘 알고 있습니다. 하지만 저는 임 조교 혼자만의 사랑을 염두에 두고 했던 말입니다. 사랑을 위해선, 내가 사랑하는 임을 위한 일이라면 살인인들 대수겠느냐? 그런데 그 임은 자신을 배반하고 다른 여자와 결혼을 꿈꾼다. 사건의 발단은 거기서부터가 아니었을까 했었습니다."

"더 이상 말을 나눌 가치가 없겠군요."

"그러시겠지요. 하나만 부탁드리고 끊겠습니다. 출국은 삼가 주셨으면 합니다. 그리고 참 보셨는지 모르겠는데 살아생전 이윤섭 선생은 우륵이 귀향한 곳은 성혈현이 맞다고 우겼지만 소설에다가는 지리산 밑 운봉 강천리로 내려오는 것으로 끝을 맺었더군요. 그건 두 분의 우정 때문이 아니었을까요."

"챙강, 짱 스르렁."

그것은 얇은 쇠막대끼리 부딪치는 소리였다. 사립문 밖에서 갑자기 들려오는 소리였다. 뒤따라 여러 사람들의 발소리와 함께 두런거리는 소리가 이어졌다. 자리에 누운 채 이문이 떠넣는 죽 숟가락을 말없이 받아 챙기고 있던 우륵이 눈을 번쩍 떴다. 깊이 박힌 누런 동공 초리에 다닥다닥 달라붙은 눈

곱에 진물까지 가득 고인 추접스런 눈동자였다. 그는 그런 눈을 크게 뜨고 이리저리 휘둘러봤다. 밖에서 들려오는 소리들을 두려워하는 눈치였다.

“별일 아닙니다. 뒷산 무덤에 묻을 부장품을 들어 나르기 위해 동원된 병사들의 울력 소리 같습니다. 그러니 안심하셔도 되겠습니다.”

우륵의 집 뒤란인 야산에서 벌써 달포 전부터 누군가의 무덤을 조성하고 있었다. 마치 이부자리를 청하고 누운 아낙 같은 이상스런 형상의 바위 곁에. 이문의 설명에 잠시 올려다보다가는 고개를 옆으로 돌려 눕는다.

“스승님, 그러지 마시고 마저 드셔야…….”

“욕……심이었……어.”

우륵은 이문의 채근은 못 들은 척 입술을 달싹거리며 몇 마디 토를 달았다.

“네?”

“그냥 신라땅 국원에 눌러 앉아있어야 했는데. 거기서 죽어 그냥 근처 야산 어디에 던져져 까마귀밥이나 되었어야 했는데. 이문 네 말을 듣는 게 아니었어. 내가 무슨 염치로 다시 가야땅, 내 고향 성혈현으로 찾아든단 말이냐.”

“스승님 무슨 말씀이십니까? 잘 오신 겁니다. 여기가 어딥니까? 여기는 대가야의 옛땅으로 스승님께서 당연히 자리 잡고 계셔야 할 그런 땅이 옳습니다. 스승님의 고향이잖습니까? 그리고 담숙 처사께서도 늘 '가시난 듯 도셔 오시라' 하셨잖습니까?"

"아! 담숙."

끝소리가 가늘게 떨리나 싶더니 끝내 울음 섞인 소리가 발목을 틀어쥐었다.

"스승님, 왜 이리 약해지셨습니까? 빨리 털고 일어나서 가야의……."

"아니다, 이문아. 아니야. 가야도 신라도 아니었어. 그냥 난 누구의 손길도 미치기 힘든 이 두류산 밑이 좋다."

말을 마친 우륵은 지친 듯 있는 힘껏 숨을 몰아쉬었다. 그러다 다시 가래 섞인 소리로 다음 말을 이었다.

"내가 죽고 나면 누구도 못 알아보게 태워서 온 산천에다 훌훌 뿌려줬으면 좋겠구나."

"스승님!"

"정말이다. 누구고 이 추악한 상판의 우륵의 생멸은 짐작조차 할 수 없게 말이다."

"스승님!"

"이문아! 갑자기 네가 타는 가얏고 소리가 듣고 싶구나. 한 곡조 탈 수 있겠느냐."

"가얏고를요?"

"글쎄, 죽을 때가 돼서 그러는지 어쩌는지 문득 그런 생각이 드는구나. 어디 그 상기문을 한 곡조 해 보던가."

이문은 들고 있던 죽 그릇을 저만큼 밀쳐놓고는 우륵의 머리맡에 자리 잡고 있던 손때 묻은 가얏고를 챙겨들었다. 그러고는 기러기를 이리저리 움직여 소리고름을 한 다음 한 줄을 잡아 뜯어 퉁기었다. 그리고 이내 다시 가락을 쏟아내기 시작했다. 두어 소리 듣고 있던 우륵이 눈을 번쩍 떴다.

"아니, 그 소리는……."

"그렇습니다. 스승님의 열세 번째 소리."

있는 힘껏 상체를 일으켜 세우던 우륵이 힘에 겨운 듯 머리를 털썩 소리 나게 베갯머리에 떨어뜨렸다. 하지만 이문의 소리는 이제 겨우 날개를 달고 저 넓은 세상을 향해 훨훨 날아가기 시작했다.

소설은 그렇게 끝을 맺고 있었다.

요한은 책을 덮고 있는 힘껏 팔을 뻗으며 기지개를 켰다. 바로 하품이 뒤따라 나왔다. 입이 찢어져라 하품을 하고 나니 대번에 눈에 눈물이 가득 들어찬다. 눈을 깜박이며 그렁그렁한 눈물을 눈시울 밖으로 끌어낸다. 작가는 우륵의 마지막을 왜 꼭 이런 식으로 마감하려 했던 것일까? 역사적인 사실대로 안개 속에 그대로 내던져둘 수는 없었을까?

마음이 아팠다. 우륵은 자신의 음악보다 좀 더 큰 대의를 위해 길을 간다며 고향인 성혈현을 떠났었지만 끝내는 부처님 손바닥 안을 헤매다 마는 중생들처럼 바로 신라의 코앞이나 다름없는 반파의 옛땅 두류산 밑으로 숨어들어 일생을 마감했다. 무얼까? 허망하다는 생각 외는 별다른 감회가 일지 않았다.

요한은 들끓는 머릿속을 식힐 요량으로 내내 엎드려 있던 슬리핑백에서 빠져나와 머리맡의 텐트 출입구 지퍼를 끌어 내렸다. 텐트 밖 세상은 온통 새하얀 안개로 뒤덮여 있었다. 오로지 요한의 텐트 하나만 일엽편주가 되어 망망대해에 혼자 떠있는 듯했다. 유리창에 낀 성에처럼 선뜩한 새벽 공기가 확 끼얹듯 달려들었다. 뒤따라 새하얀 안개 입자가 스멀스멀 기어들었다. 대번에 살갗에 소름이 톡톡 솟아올랐다. 얼른 다시 지퍼를 올렸다. 그러고는 빠져나온 슬리핑백을 꾸리기 시작했다.

해가 뜨면 언제 그랬느냐는 듯 안개는 흔적도 없이 스러질 것이다. 그때 다시 출발을 하기 위해 서둘러 준비를 해야 했다. 슬리핑백을 둘둘 말아 뭉뚱그려 묶는데 침낭 아래 맨바닥에서 낯익은 지갑 하나가 툭 떨어졌다. 어젯밤 만약을 모른다며 의외의 장소인 침낭 아래 맨바닥에다 감추고 잠들었던 생각이 났다. 그래 내내 목덜미가 뻐근했던 거였구나. 새삼스레 목을 좌우로 흔들어대며 목침 같았던 지갑을 주워드는데 문득 '繞剩粉堂所下涯着一間屋(요박분당소하애착일간옥)' 하는 자구가 머리에 떠오르는 것이었다.

분당소하에 착일간옥 달빛을 바른 집 아래 또 다른 집 한 간 지어놓고. 달빛을 바른 집 아래 지어 놓은 또 한 간의 집. 요한은 그 자리에 그대로 다시 주저앉고 말았다. 이윤섭이 손에 그러쥐고 죽은 한문 자구는 괜한 것이 아니었어. 이문은 치밀한 계산하에 스승 우륵의 장지를 그리로 결정했을 것이다. 그리고 엉터리 이두가 뒤섞인 암호 같은 한문 자구로 후대의 사람들에게 그 위치를 말했던 거였어.

頭流六山隈踏回矣忽然於西山朣月東山落日也

花間六蝶夢恾 始消憂一聲麗音

枕头边岑從矣秋風自西來爲尼岩樓生黴凉也

虛庭落月光爲尼幽澗迷松響歟

繞剝粉堂所下涯着一間屋永劫白雲相對爲移安李閑乎

우륵은 우매하기 짝이 없는 후손들을 비웃으며 목관 속 시신이 베고 누운 베개 밑 어딘가에 꽁꽁 숨은 채 이천 년 넘는 세월을 잠자고 있을 것이다. 빌어먹을.

'繞剝粉堂所下涯着一間屋永劫白雲相對爲移安李閑乎' 의 시구 속에다 꽁꽁 숨겨뒀던 것을. 집 밑에 지은 집, '堂所下涯着一間屋' 이야말로 누구고 찾을 수 없는 나만의 공간 아니겠는가.

그러면서 당(堂)과 옥(屋)을 분리하여 주와 객을 분명하게 환기시키고 '당소하애착일간옥(堂所下涯着一間屋)' 이라고 써 분명하게 위치를 일러줬던 것을…….

집 밑의 집 즉, 무덤의 임자가 드러누운 그 아래 어딘가 우륵은 숨듯이 누워 2000년 가까운 세월을 잠자고 있을 것이다.

요한은 다시 일어서 짐을 챙기기 시작했다. 애초 맘먹었던 천왕봉이 아니라 다시 백무동 계곡으로 내려갈 생각이었다.

농현

우륵의 귀환